青少版经典名著书库

柳林风声

[英]肯尼斯·格雷厄姆 著　　爱德少儿编委会 编译

爱德少儿编委会

主　编：童　丹
副主编：陈慧颖
编　委：安　心　董　悦　方舒梦　郭怡杉
　　　　雷蕴涵　李　恒　李可宜　刘国华
　　　　任仕之　桑一诺　沈　晨　向志楠
　　　　许　超　杨　丹　张重庆

浙江古籍出版社

图书在版编目（CIP）数据

柳林风声/（英）肯尼斯·格雷厄姆著；爱德少儿编委会编译. —杭州：浙江古籍出版社，2022.5（2024.5重印）

（青少版经典名著书库）

ISBN 978-7-5540-2225-2

Ⅰ.①柳… Ⅱ.①肯… ②爱… Ⅲ.①童话－英国－现代 Ⅳ.①I561.88

中国版本图书馆 CIP 数据核字（2022）第 053449 号

柳林风声

[英] 肯尼斯·格雷厄姆 著　　爱德少儿编委会 编译

出版发行	浙江古籍出版社
	（杭州体育场路 347 号　电话：0571-85068292）
网　　址	https://zjgj.zjcbcm.com
责任编辑	潘铭明
责任校对	安梦玥
装帧设计	爱德少儿
责任印务	楼浩凯
照　　排	湖北省爱德森森文化传播有限公司
印　　刷	河南华彩实业有限公司
开　　本	695mm×980mm　1/16
印　　张	11.5
字　　数	160 千字
版　　次	2022 年 5 月第 1 版
印　　次	2024 年 5 月第 5 次印刷
书　　号	ISBN 978-7-5540-2225-2
定　　价	20.00 元

如发现印装质量问题，影响阅读，请与印刷厂联系调换。

前 言

《柳林风声》是英国儿童文学作家肯尼斯·格雷厄姆创作的童话，出版于1908年。

1859年3月，肯尼斯·格雷厄姆出生于英国苏格兰的爱丁堡。他的童年很不幸，父亲是律师，却有严重的酗酒恶习。在他5岁的时候，母亲因患猩红热病逝，随后父亲也去世了，几兄弟都由亲戚收养。外公外婆把他带到乡间抚养长大。他小时候流连的田野风光，后来成为《柳林风声》中鼹鼠、老鼠、獾与蛤蟆结伴畅游的世界。中学毕业后，他没有钱继续读大学，20岁进入英格兰银行工作，直到1908年，因在银行里被一疯汉用枪击伤而退休。

肯尼斯·格雷厄姆喜欢自然和文学，他在工作之余研究动物和写作，很早就是一位颇有名气的作家。在他的独生子6岁时，他为儿子编讲故事，儿子听得入了迷，暑假也不肯到外地去过，他只好答应用写信的方式把故事继续写给儿子看。1907年，肯尼斯·格雷厄姆写给儿子的一扎信，就是童话《柳林风声》的蓝本。虽然肯尼斯·格雷厄姆的童年充满烦恼，但他创作的《柳林风声》的基调是甜美的。

《柳林风声》被誉为"英文散文体作品的典范"，在这本书中，作者以细腻典雅的笔调描绘了大自然风光的诗意变化。而萦绕在柳林间的那一份友谊与温情，更是让人如沐春风。

《柳林风声》中的故事始于鼹鼠丢下家里的大扫除，钻出地洞，兴高采烈地扑向外面清新的空气。不久，他就和他的几位朋友——悠闲自在且聪明谨慎的老鼠、行为粗鲁却为人和善的獾，以及自鸣得意且不负责任的蛤蟆一起踏上了一段刺激、惊险的冒险之旅。最终，千锤百炼后的他们终于能像英雄那样，勇敢地直面外面大千世界中那些心思歹毒、阴险狡诈的各色人物。

这部童话故事自问世之日起就一直深受读者的喜爱，成为英国历史上最受欢迎的儿童文学作品之一。肯尼斯·格雷厄姆那精彩绝伦的想象和静谧无声的幽默吸引了无数的孩子和成年人。自1908年《柳林风声》首次出版，至今已有一百多年。经过时间的淬炼，这部童话历久弥新，逐渐成为一部文学史上的经典。

目 录
CONTENTS

第一章　河岸 1

第二章　大道通衢 16

第三章　野树林 29

第四章　獾先生 42

第五章　温馨家园 55

第六章　蛤蟆先生 70

第七章　黎明前的笛声 84

第八章　蛤蟆历险记 96

第九章　浪迹天涯的旅行者 109

第十章　蛤蟆历险记续篇 127

第十一章　蛤蟆泪如雨下 144

第十二章　荣归故里 161

《柳林风声》读后感 175

参考答案 177

第一章　河岸

M 名师导读

　　在春天的感召下，鼹鼠奋力爬出了黑暗的地下居所。暖烘烘的太阳照在身上，他高兴得甩开四脚一直往前跑，跑过一片片草坪，穿过一丛丛矮树，看到鸟儿筑巢、花儿含苞待放，万物充满了生机，这一切是多么美好！鼹鼠就这样闲逛着，他最后在哪里停下了脚步？遇到了谁？又会经历哪些新奇的事情呢？

　　春天踩着轻柔的步子走来了，这天一大早，鼹鼠就开始了春季大扫除。打扫的对象当然是自己的小窝，鼹鼠每年的这个时候都会打扫自己的小窝，今年也不例外。鼹鼠已经对大扫除这件事很熟悉了。他先是拿扫帚扫地，接着用掸子掸灰尘；然后爬上短梯，踩着台阶，站在椅子上粉刷四壁。【写作借鉴：“扫”"掸”"爬”"踩”"粉刷"等一连串的动作，生动形象地描绘出鼹鼠进行大扫除时的情形。】这场劳动害得沙子进了他的喉咙和眼睛，一身乌溜溜的毛皮溅得到处都是白石灰水，手也酸，背也疼，浑身不自在。春天的气息在他的头顶上方的空气中吹拂，在脚底的土地里游动，在他周围飘荡，就连他那昏暗低矮的小屋内，也弥漫着春日满盈盈的希望和渴望的气息。【名师点睛：将"春天的气息"描绘得生动形象。四处弥漫的春意让鼹鼠的心情躁动起来，为后面鼹鼠放弃大扫除而外出游玩的故事情节做铺垫。】这也就难怪他会突然把刷子往地板上一摔，直嚷着："好烦哪！""讨厌死了！""去他的春季大扫除！"随即他连外套也来不及穿，就迫不及待地冲出屋外，仿佛有什么东西在急切地呼唤他。【写作

柳林风声

【借鉴：通过语言描写和动作描写，一个调皮并且因受到春天感召而心情躁动的鼹鼠形象跃然纸上。】

鼹鼠三步并作两步赶往狭窄地道，这条地道所通向的砾石车道属于那些住在更靠近空气和阳光的动物们。他一面七手八脚地用他的小爪子又挖又刨，边摸索边挤，再挖再刨，再摸索再用力挤；一面喋喋不休地唠叨："上啊！上啊！快上前吧！"最后终于"噗"的一声，他的口鼻钻进了阳光里，紧接着，整个身躯从地道里弹了出来，身体在暖洋洋的青草上连打好几个滚儿。【写作借鉴："挖""刨""挤"等动词的运用，形象地刻画出一个迫切渴望春游的鼹鼠形象。对鼹鼠的语言描写更是渲染了他急切的心情。】"好棒啊！"他自言自语道，"这比粉刷墙壁好多啦！"阳光暖烘烘地照在他的毛皮上，微风柔柔地吹拂着他那被晒烫的额头。在与世隔绝的地洞里蛰居那么长的一段时间后，鼹鼠的听力迟钝了。鸟儿们快乐婉转的歌声，在他听来活像大呼小叫。在生气蓬勃的喜悦和免除大扫除的欢愉中，他四肢同时弹跃，蹦蹦跳跳地跑到了草地另一头的树篱前面。【名师点睛："蹦蹦跳跳"写出了鼹鼠走出洞穴的喜悦心情。地面上的美好景物深深迷住了刚刚从地洞里出来的鼹鼠。】

"站住！"一只老兔子守住树篱的缺口说，"通过私人道路先付六便士。"

鼹鼠可不在乎老兔子的阻拦，他不但昂首阔步地沿着树篱走，还满口乱嚷嚷，戏弄那些急忙从洞里蹦出来瞧瞧外头在吵些什么的兔子，而且还趁他们没来得及做出任何反应时就跑掉了！【名师点睛：对于老兔子的"拦路抢劫"，鼹鼠没有一丝胆怯，还趁他们没来得及做出任何反应时就跑掉了，表现了鼹鼠的勇敢和行动敏捷。】那些兔子一如往常地互相抱怨："你真笨哟！怎么不告诉他——""喂，你怎么不说——""你本来可以提醒他——"诸如此类的话。不过，当然啦，就像以往一样，太迟啦！

一切似乎都好得不太真实。鼹鼠劲头十足地在大草地上四处逛，顺着灌木树篱，穿过一丛又一丛的矮树，处处看到鸟儿在筑巢，花儿在吐蕊,树叶也一叶叶地舒放开来——万事万物都是那么快活忙碌、欣欣向荣。【名师点睛:地面上的动植物都在忙着迎接春天,鼹鼠则劲头十足地感受着忙碌的氛围。】他丝毫不觉得良心在鞭策着他,对他细声叮咛:"快粉刷墙壁啊!"而是感到在这一大堆忙个不停的居民间当个懒骨头是多么快活啊!

鼹鼠漫无目的地到处闲逛,心想自己真是快活到了极点!冷不防,已经站在一条涨满水的河流边。鼹鼠心里非常高兴,眼前这条大河波光粼粼,对于鼹鼠来说很宽阔,河流蜿蜒曲折地流向他望不到头的远方。他从小到大还没有见过任何河流——这只弯弯曲曲、光滑饱满、蜿蜒向前游动的动物沿路追逐嬉笑。【名师点睛:鼹鼠认为河水在"追逐嬉笑",刻画了他愉快的心情。】它一会儿乐呵呵地抓住东西,一会儿又笑哈哈地把它们放走,再冲上前去纠缠新的玩伴,把它们冲散,最后又抓住它们,把它们举起。它颤动着——波光粼粼,浪花卷起,水声潺潺。鼹鼠看着着了迷,如痴如醉,就像个被大人的故事吸引得入了迷的小小人儿,老追在那人身边跑来跑去一样,鼹鼠也顺着河畔快步奔跑。等到终于跑累了,他才在河岸边坐下来。而大河是不会停下来等鼹鼠的,它还是那样哗啦啦地向前流淌着,水流声就像是大河的内心独白,它打着漩涡,流向大海。

鼹鼠坐在青草地上隔着河向对岸望,一边留恋那不停息的大河,一边寻找新的乐趣。突然,他看见就在河水边上有个暗暗的洞。【名师点睛:为下文洞中老鼠的出现做铺垫。】他开始出神地想象,对于一只没有什么需求又喜欢在河滨居住的动物来说,只要不会被水淹,又远离尘嚣,那就是相当舒适的住所啊!正当他凝望着那个洞穴时,【名师点睛:"凝望"说明鼹鼠对这个洞充满了好奇。】似乎有个明亮的小东西在洞穴的中心一闪而逝,紧接着又像颗小星星一样再度闪闪发亮。但此时此地,那不可能是颗星星,而若是只萤火虫的话,却又显得太亮了。鼹鼠正在朝它凝望时,那东西对他眨了眨眼,令他明白那是一只眼睛。渐渐地,一张小脸

柳林风声

就像图画四周的框一样,围绕那只眼睛的四周成形。

一张长了胡须、棕色的小脸。

一张庄严的脸,眼睛里闪着光,就是一开始吸引他注意的那种光。

一对小巧玲珑的耳朵,一身浓密光滑的毛。

是只老鼠!

两只动物站在那里,小心谨慎地打量着对方。【名师点睛:"小心谨慎"的见面方式预示着两只动物之间奇妙故事的开始。】

"嗨,鼹鼠!"老鼠先打招呼。

"嗨,老鼠!"鼹鼠也喊道。

"你要过来吗?"老鼠问道。

"哼,说说倒容易。河流这么宽,我又不会游泳,怎么过去呀?"鼹鼠脱口而出。他有点生气,因为自己是第一次见识河流,对于河边的生活方式很陌生。鼹鼠非常想到河对岸去瞧瞧,但是他有些苦恼,自己不会游泳,这么宽的大河,可怎么过去呀?

老鼠应该是明白了鼹鼠的烦恼所在,他什么也没说,只是弯下腰解开一段绳子用力拉,然后轻巧地跨入一艘鼹鼠早先没注意到的小船里。【名师点睛:老鼠熟练地用自己的小船去接鼹鼠过河,可见老鼠的体贴与热情好客。】小船的外壳漆成蓝色,里面是白色的,大小仅能容两只动物搭乘。鼹鼠虽然不完全明白它的功用,但是整颗心却马上对它充满了向往。他似乎感受到这只船将会把他载到河对岸去。

老鼠干净利落地把船划到鼹鼠这边的岸旁系牢,鼹鼠战战兢兢地往小船里跨,老鼠则老练地伸出前爪:"扶稳喽!"鼹鼠用力扶住船帮。老鼠说:"好啦,来,轻一点跳进来!"鼹鼠有些害怕,闭上眼睛轻轻一跳,接着鼹鼠便喜出望外地发现自己真的坐在一艘真正的船只的尾部了。

"今天真是美妙!"他看着老鼠把船推离河岸,再度摇起船桨,说,"你知道吗?我还是第一次坐船呢!"

"什么?"老鼠张大嘴巴嚷着,"第一次坐——噢!我的天哪——那

么你一向都'坐'什么？"【写作借鉴：语言、神态描写，写出了老鼠在得知鼹鼠第一次坐船后的惊讶。】

"坐船真有那么好吗？"鼹鼠怯怯地问。【名师点睛："怯怯"反映出鼹鼠的疑惑和第一次坐船的喜悦交织在一起的矛盾心理。】当他一靠在座位上，打量着船上的坐垫、船桨、桨架以及所有迷人的设备时，他感觉船身在轻轻摇荡，这令鼹鼠感到非常舒爽，他打消了心中的疑惑，准备好要相信船上的生活是很美好的。

"好！这是天底下最棒的事情了！"老鼠一边探身向前摇桨，一边郑重地说，"相信我，年轻的朋友，没有一件事——绝对没有一件事——能与在船上消磨时间相比，光是划船，"他如梦似幻地反复说着，"在——船上——消磨时光，在船上——"此时的老鼠有些陶醉了，他只顾着向鼹鼠表达船上时光的美好，双眼蒙眬，忘记了看前面的河道情况。

鼹鼠看着船快靠岸了而老鼠没有减速，他慌忙提醒老鼠："小心前面，老鼠！"

已经来不及了。小船全速撞上河岸，那沉醉在白日梦中的快乐划船手四脚朝天地仰躺在船舱里。【名师点睛："快乐划船手"是对老鼠的贴切比喻，"四脚朝天"更是说明了老鼠没有防备，这样的描写将一个俏皮可爱的老鼠形象传神地刻画了出来。】

"……或者傍着小船——消磨时光。"老鼠爽朗地大笑，并没有在意刚才的事故，他应该是习惯这样的事情发生了。老鼠拍了拍粘在毛上的灰尘，然后接着说："不管在船上或者船下都无所谓。迷人就迷人在这里，似乎做什么事情都无所谓。离开也好，不离开也罢；到达自己的目的地也好，抵达别的地方也行。总是忙忙碌碌，也总是不会特地去做什么。等你做完这事总是还有别的事要做，如果你高兴尽可以去做，不过最好还是别去做。喂！要是你今早真的没有什么事要做，咱俩一块儿顺流而下，泛舟一整天可好？"

鼹鼠被老鼠的话深深吸引住了，他止不住地幻想着，全然忘却了刚

柳林风声

才的惊险。鼹鼠快活地来回摇动他的脚趾,心满意足地扩张胸肌,长吁了一口气,然后喜滋滋地靠在软软的坐垫上。"我将拥有多么美好的一天啊!"他说,"咱们快快出发吧!"【名师点睛:"快快"体现出鼹鼠迫不及待的心情。】

"嘿,稍等一下!"老鼠把缆绳穿过栈桥上的一个环,打个结扣住,然后爬到码头上面自己的洞穴里,不一会儿工夫又顶着一个装满了东西的柳条点心篮,摇摇摆摆地出来了。

"把这个推到你脚底下去。"他把篮子递上船,关照鼹鼠放好,然后解开缆绳,再度摇起双桨。

"那里头装了些什么?"鼹鼠好奇地扭动着身子问。

"里头有冷鸡肉、冷火腿、冷牛肉、腌小黄瓜沙拉、法国卷饼、水芹、三明治、罐装肉、姜汁、啤酒、柠檬汁、苏打水……"老鼠一口气回答道。【名师点睛:列举了一系列的食物,表明老鼠出门时准备得很充分。】

"喂,停下来,停下来!"鼹鼠忘形地大叫,"太多了!我们路上吃不完怎么办?"

"你真的这么认为吗?"老鼠认真地问,"你竟然觉得我带多了,看来你是没有出过远门呀!这是我平常短程旅行时携带的东西,而别的动物老是说我是个小气鬼,寒酸极了!"

对于老鼠的询问和解释,鼹鼠一个字也没听进耳朵里。他全神贯注于眼前展开的新生活,陶醉在那闪闪的波纹、涟漪、阳光里,还有种种气味、声音里,他把一只手伸进水中拖曳,做起长长的白日梦来。【名师点睛:从鼹鼠的神态、动作中可以看出他对周围的一切都很喜欢。】

好心的老鼠也强忍着不去打扰他,从从容容地划着小船。

"老兄,我非常喜欢你的服装。"大约半个小时后,老鼠开口谈道,"改天等我能买得起时,我就要替自己买套黑色天鹅绒家居服。"

"抱歉,你说什么?"鼹鼠被老鼠的话叫醒了,脑袋昏昏沉沉的,没有在意老鼠究竟说了什么,鼹鼠努力集中精神,"你一定觉得我很无礼,可是这一切对我来说实在太新奇了。原来——这——就是——条——河!"

"是河流。"老鼠纠正。老鼠被鼹鼠的反应惊到了,从上船开始他们不就一直在这条河里吗?难道鼹鼠失忆了?

"你真的住在河边吗?多么愉快的生活啊!"鼹鼠充满羡慕地问道。

"住在河边、河上、河里,"老鼠说,"河流是我的兄弟姐妹、姑姑阿姨,是我的伙伴,还有食物和饮料,另外还是我的清洁剂。它是我的世界,别的什么世界我都不要!【名师点睛:河流给老鼠提供了生活的全部需求,使老鼠的生活惬意而美好。】它没有的东西都不值得拥有,它不知道的事情都不值得知道!天哪!我们曾共度多少美好的时光!不管是春夏或秋冬,都有它的乐趣。当二月河水泛滥时,我的地窖和地下室里都溢满了水,混浊的水从我的卧室窗口流过;而等到水全退了,露出一摊摊闻起来像葡萄干蛋糕味道的烂泥巴,还有堵塞地道的水草、灯芯草。这时,我可以在绝大部分杂物上、泥巴床上闲逛,还可以找到新鲜食物吃,捡到粗心大意的人们掉到船外的东西呢!"

"可是只有你和河流,完全没有别人可以交谈,"鼹鼠放大胆子问,"有时候不会有点无聊吗?"

"没有别人可以——算啦,我不能对你太严苛,"老鼠容忍着说,"你对这些不熟悉,自然不懂。近来河岸拥挤得不得了,以至于很多朋友一齐搬走了。噢,不,并非一向如此,绝不是。水獭、翠鸟、小鹧鸪、红松鸡……整天都在这一带出没,而且老是要你去做点什么——仿佛人家没有自己的事要照料似的!"老鼠冲着鼹鼠发起了牢骚,看来他平时没少帮他的邻居们做事情。

"那边一大片是什么?"鼹鼠打断了老鼠的牢骚,转移了话题,鼹鼠高举着一只爪子指着一片黑乎乎的树林。

"那个?哦,那不过是个野树林罢了!"老鼠简短地回答,"我们这些河畔居民不常过去。"

"难道他们——难道住在那里的不是什么好人?"鼹鼠有点儿紧张。

柳林风声

"嗯,"老鼠回答,"我想想看。松鼠们不错,还有兔子们——一部分啦,兔子里好的坏的都有。当然,獾也是好人。他住在野树林的中心,就算你付钱给他,他也不会搬到别处去住。亲爱的獾!没人干扰他。"【名师点睛:通过老鼠的介绍可以看出他对这里的一切都很熟悉,同时又为下文埋下伏笔。】说完又郑重其事地补上一句:"最好不要去打扰他。"

"哦,有谁会打扰到他呢?"

"嗯,当然——会有——别人,"老鼠支支吾吾地说,"像黄鼠狼、白鼬,还有狐狸,等等。他们多多少少还算好啦,我跟他们都是很好的朋友,碰面时也会共度一天的。不过,无可否认的,有时他们会突然翻脸——总之,你绝对不能真正地信赖他们,这是事实。"【名师点睛:破折号的作用表示语意的转折。】

鼹鼠深知老谈论些可能带来困扰的话题有违动物礼仪,就连只是略微提及也嫌失礼,于是舍弃这个话题。鼹鼠开始找新的关注点。他把目光转移到了河岸边。

"那么过了树林那头呢?"他问,"那暗蓝色,看起来像山丘,又或许不是的地方。有个东西看似城镇烟雾,或者那只是浮云?"

"过了野树林就是大世界。"老鼠说,"是跟你我都不相干的东西。我从没去过那里,以后也不会去。要是你有一点儿脑子的话,也不要去。拜托,以后千万别再提它了。好啦!我们总算到达回流处了,午餐就在这里吃。"老鼠似乎有些忌惮更远处的那片地方。

他们离开主流,将船划进一个乍看之下像是被陆地封锁的小湖。湖的两侧都是青草坡,平静的水面下能看到像蛇一般蜿蜒曲折的褐色树根。而他俩的前方则是一座矮坝,旁边并立着一轮滴答不停的水车车轮,车轮转动间又显现出一座砌着灰色三角墙的磨坊。眼前的画面是如此美妙,鼹鼠不由得高举两只前爪,喘着气声声赞叹:"哎呀!哎呀!哎呀!"【写作借鉴:对鼹鼠动作、语言的描写,淋漓尽致地表现出他的兴奋之情。老鼠没有表现出像鼹鼠那样的兴奋,显然他对这个地方很是熟

悉，并经常在这里停留进食。】

老鼠把船荡到岸边系牢，又把笨手笨脚的鼹鼠扶上岸，同时将午餐篮子拿上来。

鼹鼠央求着准许他亲自打开餐篮，老鼠非常乐意满足他的愿望，这还给自己省力气。于是老鼠伸展四肢躺在草地上休息，让他那兴奋的新朋友去抖开桌巾铺好，一一取出所有神秘的小包包。鼹鼠每拆一个包包就为里头意想不到的东西轻呼，并将所有的东西全部摆设妥当。待一切就绪后，鼹鼠告诉老鼠，食物都取出来了。老鼠一个鲤鱼打挺从草地上爬起来，看着篮子里空了，老鼠便招呼道："来吧，老兄，痛快吃！"鼹鼠欣然从命。鼹鼠饿坏了，他顾不上形象，大口大口地吃起来。因为他就像大伙儿通常所做的一样，一大清早就开始春季大扫除，中间也没吃东西没喝茶。而从那个在如今感觉仿佛经过许多天的遥远时刻到现在，他又经历过好多事情了。

"你在看什么？"老鼠问。这时，两人稍稍饱了，鼹鼠的眼睛已经可以暂离桌巾到处张望了。

"我在看，"鼹鼠说，"那一连串沿着水面移动的水泡，我觉得怪有趣的。"

"水泡？哦噢！"老鼠放开胸怀吱吱畅笑，"看来是碰上我的老朋友了。"

堤岸边缘露出一张闪着水光的大嘴巴，水獭冒出身来，抖掉毛皮上的水珠。

"两只贪吃鬼！"他打量几眼，朝着那些食物走来，"为什么不邀我一起啊，老鼠！"

"这是临时起意的。"老鼠解释，"顺便向你介绍我的朋友——鼹鼠先生。"

"认识你是我的荣幸。"水獭说着，两只动物从此成了朋友。

"到处都好喧闹哇！"水獭接着又表示，"整个世界好像都在今天到

▶ 柳林风声

河上来了。我特地跑到这个地方来想要清净一下,结果却碰上你们这两个家伙!至少——嗯,很抱歉,我压根儿不是那个意思。"

后方的树篱传来沙沙声,这树篱还覆盖着浓密的去年的老叶。一颗长条纹的脑袋钻出来窥望他们,脑袋后面耸着一副高高的肩膀。

"来吧,獾!"老鼠高喊。

獾朝前迈出一两步,随后嘀咕一声:"哼!一群人。"便转过身去,消失无踪。【写作借鉴:对獾的语言和动作的描写,突出了獾的不善交际,正好印证了前文老鼠说的话。】

"他就是这样!"老鼠耸耸肩,"非常讨厌交际,今天我们是不会再见到他啦。喂,告诉我们,还有谁在河上露面?"

"蛤蟆,"水獭回答,"乘着他那崭新的竞赛艇,穿着新上衣,样样都是新的!"说到这,老鼠和水獭会心一笑。他们都很了解蛤蟆的性格了,但是鼹鼠在一旁听得有些着急了,看鼹鼠一脸茫然,老鼠知道自己需要向这位新朋友介绍一下了。

"有一阵子,他迷上了驾驶帆船。"老鼠说,"后来他觉得腻了,又开始喜欢上撑船,每天从早撑到晚,否则就不快活,搞出许多乱子来。去年他热衷的是以船为家,我们全都去他的水上住宅陪他度过,还得装作很喜欢的样子。那时,他打算后半辈子都在那船宅中度过。不管他喜欢上什么都一样,总是要不了多久,喜新厌旧的老毛病就又犯了。"

"他也是个好家伙,"水獭若有所思地说,"只是没定性——特别是在船只方面。"

从他们所坐的地方越过分离水道的小岛可以瞥见河的主流。就在这时,一艘赛艇快速驶入他们的视野中。艇上的划船手——一个矮矮胖胖的人物,溅得浑身是水,身体摇晃得厉害,却仍拼了老命地卖力划船。【名师点睛:蛤蟆的出场方式新奇而有趣,"矮矮胖胖"生动地表现了蛤蟆笨拙的形象。】老鼠站起来向他打招呼,但是蛤蟆——因为艇上坐的正是他,却摇了摇头,坚决地继续向前划。此时蛤蟆正在跟赛艇较劲呢,哪有空理会老鼠的招呼呢。

"他这样摇来晃去,要不了一分钟工夫保准滚下船去。"老鼠说完,又坐了下来。

"那是一定的。"水獭笑呵呵地接着说,"我告诉过你蛤蟆和水闸管理员的故事没有?事情是这样的,蛤蟆……"【名师点睛:省略号省去了水獭要说的话,水獭的滔滔不绝与獾的内向形成了鲜明的对比。】

一只漂游的蜉蝣,受到蜉蝣们初见世面时那股青春活力的影响,陶陶然逆着水流飘忽不定地斜穿过来。忽然水面上卷起一个漩涡,接着就再也见不着蜉蝣的踪影了。

水獭也不见了。

鼹鼠低头凝视。话声依然在耳,可是他刚刚张开手脚躺过的那块草地上却空空如也。遥望远远的地平线,看不到一只水獭的影子。【名师点睛:写出了水獭消失的速度之快,动作之敏捷。】

然而河面上又冒出一连串的泡泡来。

老鼠轻轻哼起一支小调,似乎是在提醒鼹鼠不要问水獭的踪迹。鼹鼠也想起根据动物礼仪,无论什么时候,不管是有原因还是没有原因,都不得对于朋友的突然离去发表任何评论。

"好啦,好啦,"老鼠说,"我想咱们该走了。我们两个由谁来收拾餐篮比较好呢?"他的口气一点也没有迫不及待想抢着做这件差事的意思。

"哦,拜托让我来。"鼹鼠说。老鼠当然满足了他的要求。

收拾餐篮并不如打开餐篮那么好玩,一点也不!不过鼹鼠一心一意享受着做每件事的乐趣。他刚把篮子装好,捆得牢牢的,就看见青草地上还有个餐盘在望着他。等他把盘子装好后,老鼠又给他指出一把谁都应该看到的叉子。瞧!最后,还有那个他一直坐在上头却浑然不知的芥末罐——不过,事情最后总算完成了,鼹鼠也没怎么不耐烦。

下午的太阳渐渐西沉了,老鼠带着梦幻般的心情,轻柔地摇着船回家,一路喃喃自语地吟诵些诗句之类的东西,也不大理会鼹鼠。而鼹鼠

柳林风声

呢，午餐吃得饱饱的，加上内心扬扬自得，颇为自满，看着老鼠边摇船边唱歌的快乐情态，顿时感到很羡慕。鼹鼠觉得对于摇船又已经很熟悉（他是这么认为的），开始显得有点儿不耐烦了。于是，这会儿鼹鼠开口了："老鼠老兄！拜托，我想划船，就是现在！"鼹鼠开始试着向老鼠征询是否可以由他来划船。

老鼠微笑着摇摇头。

"朋友，现在还不行，"他说，"划船没有你想的那么简单，你从来都没有划过船，是很难一次就成功划好的，等你学过几门功课再说。划船并不像表面上看起来那么简单。"鼹鼠安静了片刻，马上又对摇桨摇得轻松有劲的老鼠忌妒起来。于是鼹鼠的傲气开始悄悄升起，说他也能划得和老鼠不相上下。他冷不防地跳起来抓住双桨，让正盯着河水吟诵诗句的老鼠大吃一惊。正在撑船的老鼠没有防备被撞得摔了个四脚朝天，而得意的鼹鼠却占住他的位置，信心十足地抓稳船桨。

"笨蛋，快住手！"老鼠躺在船底大叫，"你办不到的！你会害我们翻船的。"

<u>鼹鼠学着老鼠的样子夸张地把双桨往后一荡，又用力朝水里一铲，结果不但没有碰到河面，两腿还甩过头顶摔了个倒栽葱，压在平卧于船底的老鼠身上。</u>【名师点睛：照应了老鼠说过的话，鼹鼠根本就不会划桨，这样鲁莽的举动会给他们带来祸端，为下文鼹鼠坠河做了铺垫。】鼹鼠惊慌失措，赶紧抓住一边船舷，紧接着——"扑通！"

船翻啦，鼹鼠掉进河中挣扎着。

噢，天哪，河水多么冷啊！噢，感觉多么湿啊！水在他的耳中嗡嗡作响，身体一直往下沉，沉，沉！他一边咳一边喷着水冒出河面。这时，太阳看起来是多么耀眼，多么讨人爱呀！鼹鼠此时无比后悔自己的鲁莽行为，后悔没有听老鼠的劝告。当他绝望地往下沉时，突然一只坚定有力的爪子揪住他的颈背。是老鼠！老鼠显然正哈哈大笑——鼹鼠可以感觉得到他在笑。老鼠的笑从他的手臂经由他的爪子传入鼹鼠的颈背。

老鼠抓到一支船桨,塞在鼹鼠的胳臂下,然后在他另一只胳臂下也塞上一支。老鼠自己则在后面游着泳,把这无助的动物推到岸边,拖出水来,把他这一团软绵绵、湿答答的可怜东西安置在岸上。

老鼠帮他稍做按摩,抹掉身上的一些水,说:"喂,好了,老兄!现在尽可能在小路上大步来回疾走,直到全身再度干爽、暖和起来。【名师点睛:老鼠的温柔、细心跃然纸上。】我也要潜到水底捞餐篮去了。"

于是外表湿透、内心羞惭的鼹鼠沮丧地快步走来走去,直到身上全部干透。鼹鼠内心不再怀疑老鼠说的话,他终于明白自己是第一次坐船了!与此同时,老鼠也再度跃入水中,把船翻过来扶正、系牢,将漂流的财物逐一捞回来放在岸边。最后又成功地找到午餐篮,奋力把它拖上岸。

等到一切就绪,可以重新出发了,四肢无力、垂头丧气的鼹鼠便坐回他在船尾的老位置。等老鼠将船划离岸边后,鼹鼠用一种激动得沙哑的声音低低地说:"老鼠,我宽宏大量的朋友!我真的很为刚刚忘恩负义的愚蠢行为感到抱歉。我一想到自己差点把那漂亮的午餐篮搞丢了,心里就难过得要命。真的,我知道,我是只十足的蠢驴。这一次你能不能不要计较,让一切都像先前一样?"【写作借鉴:语言描写,写出了鼹鼠为自己刚才的鲁莽行为感到愧疚,并且希望得到老鼠的谅解。】

"老天,这没什么!"老鼠并没有责怪鼹鼠,而是开心地回答,"一点点湿对老鼠哪算一回事?大部分日子里,我在水里的时间比在外面的时间还多。千万别再把这件事放在心上了。喂,听着!我真的认为你最好来跟我一块儿小住一段时间。我家很简陋——哦,一点也不像蛤蟆的府邸。然而,我还是可以让你住得舒舒服服。我会教你划船、游泳,不久你对水就会像我们所有人一样,可以应付自如了。到时候我们就可以尽情地享受水上的乐趣了!"【名师点睛:老鼠对鼹鼠真诚的道歉予以回应,从他的言语中可以看出老鼠善解人意、为人宽厚。】

鼹鼠被他亲切的谈话态度感动得说不出话来,忍不住用掌背抹掉一两滴泪珠,但是老鼠却好心地把眼光移到别的方向。

▶ 柳林风声

很快,鼹鼠重新鼓舞起精神,甚至当两只红松鸡互相窃笑他那副落汤鸡模样时,他还和他们顶起嘴来。

到家之后,老鼠在客厅里生起熊熊的炉火,替鼹鼠取来晨袍和拖鞋,把他安置在炉前的一把摇椅上。老鼠告诉他许多河上的故事,一直说到吃晚饭时间。对于像鼹鼠这样一只陆居的动物来说,这些故事同样十分精彩刺激。这些故事完全不同于自己居住的阴暗的洞穴里的生活,非常丰富有趣,鼹鼠听着听着就入迷了。故事的内容包括什么水坝啦,突如其来的洪水啦,会跳跃的梭子鱼啦,还有会乱抛瓶子的汽船——至少瓶子的确是被抛出来的,而且是从汽船上,可想而知,是被汽船抛出来的。另外老鼠还谈起苍鹭,以及他们谈话的对象有多特别;提到和水獭一块儿进行过的排水沟历险记与夜间捕鱼,和獾一同野外远足。晚餐对鼹鼠来说是最愉快的一餐饭。不过才刚吃饱饭不久,鼹鼠就困倦极了,只好由体贴的主人送到楼上最好的寝室去。一进房间,他马上极其安详惬意地把头靠到枕头上。此时,他新发现的朋友——大河——正拍打着他的窗棂。这个夜晚静谧而美好。

<u>对于获得解放的鼹鼠而言,这天不过是一连串相似日子的第一天。随着万物渐趋成熟的夏季到来,白天一天比一天长,一天比一天充满乐趣。他学会了游泳和划船,可以深入河流的欢畅地带。他朝芦苇丛里竖起耳朵,间或听到风在芦苇秆间不断地轻诉低语。</u>【名师点睛:"竖起耳朵"这一细节描写充分表现了鼹鼠对新生活的喜爱之情。】

Z 知识考点

1. 填空题。

作为地下生活者,鼹鼠在交到了老鼠这个朋友后,认识了很多和他不一样的动物:"沿着水面移动的水泡"_____,讨厌交际的_____,喜新厌旧的_____,逆着水流飘忽不定的_____。

2.判断题。

鼹鼠想起根据动物礼仪,无论什么时候,不管有原因还是没有原因,都不应该对朋友的突然到来发表任何评论。（　　）

3.问答题。

在划船回老鼠家的过程中,鼹鼠的心理活动经历了哪些变化?

_____

_____

阅读与思考

1.鼹鼠对待外面的世界是什么样的态度?

2.老鼠有怎样的性格特点?

柳林风声

第二章　大道通衢

M 名师导读

　　阳光明媚的夏日，老鼠和鼹鼠在河边观看鸭子戏水，老鼠诗兴大发。鼹鼠却不欣赏，并提出想去拜访蛤蟆先生。他俩来到蛤蟆家，得知蛤蟆此时迷上了马车，喜欢驾着马车在大道上漫游。蛤蟆看到他们很高兴，邀请他们一起出游，他们在大道上会有什么奇遇呢？只有三分钟热度的蛤蟆这次会定下心来吗？

　　"老鼠，"一个晴朗的夏日早晨，鼹鼠突然表示，"如果你愿意，我想请你帮个忙。"

　　老鼠正坐在河岸上唱着一支小曲。那是他刚刚亲自完成的曲子，此刻正在热头上，对于鼹鼠和其他事务一概不予理会，更没有听到鼹鼠的呼唤。打从一大清早起，他就和他的鸭子朋友们在河里游泳。每当鸭子们忽然屁股朝天、头钻进水里时，他便潜到水中，在他们的下巴位置——如果鸭子有下巴的话——挠痒痒，直到他们不得不急忙将头伸出水面，气急败坏地喋喋不休，还顺势冲着他抖掉羽毛上的水。【名师点睛：善解人意的老鼠也有调皮的一面。他趁鸭子头钻进水里时在鸭子下巴的位置挠痒痒，气得鸭子们喋喋不休。】因为在头部埋入水里时，根本不能淋漓尽致地说出自己的感受。而鸭子们最爱潜水娱乐了，老鼠的存在破坏了他们的好兴致。最后他们终于央求他去一旁忙自己的事，他们的事让他们自己管。于是老鼠离开了，坐在河岸的阳光下，创作了一首描写他们的歌，命名为《鸭子小唱》：

沿着水的回流处,穿过高高灯芯草,鸭子只只在戏水,齐把尾巴翘!

母鸭尾,公鸭尾,黄黄的脚儿在抖动,黄黄的嘴巴看不见,忙碌在河中!

泥污的青青矮树下,翻车鱼在那儿游泳——我们在此贮食物,清凉丰盛又朦胧!

人人追求他所爱!我们就喜欢头朝下,尾向上,痛快戏水玩!

在那高高蓝天上,褐雨燕盘旋鸣叫——我们都在下面戏水,齐把尾巴翘!

"老鼠,恐怕我并不十分欣赏那支小曲。"鼹鼠谨慎地说。他本身不是诗人,也不在乎人家知道他不是,更何况,他生性坦率。更重要的是,他想让老鼠快点注意到他的问题。

"鸭子也不欣赏。"老鼠愉快地回答,"他们说:'为什么不容许人家在喜欢做什么的时候就做什么,却容许别人坐在岸上随时盯着他们瞧,又评头论足写些关于他们的诗句什么的。多么荒唐啊!'鸭子们就是那么说的。"【写作借鉴:语言描写,可以看出老鼠的真诚和坦率。他竟然把鸭子批评他的言辞告诉鼹鼠,非但没有不高兴,相反他的语句中充满了快乐。】

"说得没错,说得没错。"鼹鼠痛快地附和道。

"不,才不对!"老鼠愤愤不平地嚷着。【名师点睛:老鼠内心知道自己的做法是令鸭子们反感的,可是自己却不想承认,免得在鼹鼠面前丢面子。】

"嗯,那就不对,就不对。"鼹鼠顺着老鼠的脾气将老鼠安抚下来,终于觉得该再一次重复自己的问题了。鼹鼠抚慰他说:"不过我想问你的是,你难道不带我去拜访蛤蟆先生吗?我听说了那么多关于他的事,真的好想结识他。"【名师点睛:鼹鼠提议去拜访蛤蟆,从而引出下面的故事。】

17

▶ 柳林风声

"噢,当然好。"老鼠向来不斤斤计较,立马将这些什么歌曲的争论抛到脑后了。好脾气的老鼠跳起来,这一天里也就不去想什么诗歌了。"快把船撑出来,我们这就去拜访蛤蟆,任何时间都不会不妥,早去晚去他都是一个样儿。永远好脾气,永远高兴见到你,永远临近告辞就难过!"

【名师点睛:交代蛤蟆的性格,为后文鼹鼠、老鼠与蛤蟆的精彩故事做铺垫。】

"他一定是很好的动物。"鼹鼠说着登上小舟,拿起双桨,老鼠则舒舒服服地坐到船尾去。此时的鼹鼠已经能熟练地撑船远行了。现在换成老鼠坐在船尾休息了。

"他确实是最棒的动物。"老鼠回答,"那么单纯,那么好性子,又那么重感情。也许不是很聪明——我们不可能全都是天才,也许他既爱吹牛又自负,不过他也拥有某些极好的优点,以现今的标准而言。总之,蛤蟆的优点是多于他的缺点的。"

他们绕过一个河湾,迎面望见一座美丽气派的老宅第。色泽柔和的红砖墙,屋旁精心维护的草坪一直延伸到河畔。

"那儿就是蛤蟆的家,"老鼠介绍说,"左边那头竖着块招牌,声明'私人河道'的小溪通往他的船库,待会儿我们就在那儿下船。马厩在右边那头。你现在看到的是宴会厅——年代非常久远了。蛤蟆非常富有,而这也是附近最好的宅第之一,只是我们从不当着蛤蟆这样说。蛤蟆有个怪癖,我们都喜欢听赞美的话,而蛤蟆就是听不得别人说他的好话。"

他们溯溪而上。当小船划进一座大船库的阴影里时,鼹鼠收起船桨。在这里,他们看到许多漂亮的小船,有的悬吊在横梁下,有的停在码头上,但没有一艘是下了水的。整个地方弥漫着一股被人遗弃的荒凉之感。

老鼠环顾四周,说:"我懂啦,船已经成为过去式。他玩腻了,不再碰这些东西。不晓得他又迷上了什么新玩意儿。随我来,咱们拜访他去。马上我们就会知道全部详情啦!"

他们离船上岸,信步穿过万紫千红点缀其间的草坪寻找蛤蟆。"蛤蟆家的草坪简直太漂亮啦,里面的鲜花都是这个时节盛开的花。"鼹鼠一边走一边心里嘀咕道。不一会儿便看见蛤蟆一脸悠然神往地躺在柳条凉椅上,膝头摊着一张大地图,地图上做满了各色的标记,显然,蛤蟆又在计划他的新征程。

"好哇!"蛤蟆一见他们俩便跳起来大叫,"太棒了!"他热情地与他俩握手,不等老鼠引见鼹鼠,便绕着他们手舞足蹈起来。【名师点睛:"手舞足蹈"生动地表现出了蛤蟆的热情好客,呼应了前文老鼠对蛤蟆脾气的介绍。】"太好了!我正想派艘船去接你,不管你在做什么都要把你接来,老鼠,我太需要你——你们两位了。先来吃点什么吧?到里头来吃点东西!最近我家里准备了好多好吃的食物,简直太美味啦,正好你们来了,和我一起享用美食吧。你们不知道自己正巧在这时候出现是件多么幸运的事情啊!"鼹鼠被蛤蟆的热情震惊到了。毕竟这是他们第一次见面。

"我们先安静坐会儿吧,蛤蟆!"说完,老鼠一屁股坐到一把安乐椅上。鼹鼠也坐在他旁边的另一把安乐椅上,对蛤蟆"可爱的住处"发出些礼貌的赞赏。

"这是整个河域最完美的房子,"鼹鼠情绪激昂地嚷着,随后又忍不住追加一句,"或者该说——全世界最完美的!"

这时,老鼠用手肘轻轻碰了碰鼹鼠。不幸的是他的动作让蛤蟆瞧见了,他顿时面红耳赤。【名师点睛:印证了前文老鼠所说的蛤蟆听不得别人说他的好话。】在片刻的沉默后,蛤蟆猛然大笑起来。"好啦,老鼠,"他说,"你知道,这不过是我的一贯作风嘛。再说这房子也没那么差劲啊,你不是也很喜欢它吗?听我说,咱们开门见山,你们正是我所需要的朋友。你们必须帮助我,那是最要紧的事情了!"

"我猜想,大概是有关你划船的事吧。"老鼠一派真诚地说,"你虽然还是会溅起一大片水花,不过已经渐渐划得很不错了。只要有足够的耐心、充分的训练,那就一定会——"【名师点睛:破折号表示语气的突然转折,老鼠的话没有说完,被蛤蟆打断了。】

"噢,呸!划船!"蛤蟆打断他的话,厌恶地说,"幼稚无聊的娱乐,我

▶ 柳林风声

老早就不干啦,那游戏只会浪费时间。看到你们那样漫无目的地耗费掉所有精力,简直让我难过死啦!你们应该更懂事些的。不,我已发现了真正的事,唯一可以作为终身职业的正事。我打算把后半辈子全灌注在这件事情上,唯一可叹的是过去那么多年的岁月,全白白浪费在无谓的琐事上了。随我来吧,亲爱的朋友们,只要走到马厩外,你们就会看到要看的东西了。"

说完,蛤蟆在前面带路,后头跟着满脸不信任的老鼠。到了马厩外,他们看到一辆崭新的金光闪闪的吉卜赛篷车,车身由车房延伸到外面的空地,车身漆成淡黄,用绿色衬托,车轮是红色的。【名师点睛:蛤蟆的车子颜色丰富多彩,是蛤蟆强烈个性的反映。】

"瞧!"蛤蟆跨立在车边,自吹自擂地嚷着,"坐在那辆小货车里头,这才叫真正的生活。尘沙飞扬的高速路、石楠丛生的荒地,还有起起伏伏的丘陵!营地、村庄、小镇、大城!今天在这里,明天启程到别处去!旅行、变化、兴趣、亢奋!整个世界都在你眼前,还有一条随时改变的地平线!另外,听着,这是有史以来同类车子中造得最好的一辆,绝对没有任何疑问。上来瞧瞧内部的布置,全是我亲自设计的。真的!"

鼹鼠情绪亢奋,兴冲冲地随蛤蟆踩上踏板,进入篷车内部。老鼠却嗤之以鼻,两手深深插在口袋里,留在原地。【名师点睛:看到蛤蟆的吉卜赛篷车后,鼹鼠和老鼠有截然不同的表现。这是两者对蛤蟆的了解程度不同而导致的,老鼠已经非常熟悉蛤蟆那变幻无常的性格了,他才不会被蛤蟆的话所吸引。】

车里的确布置得相当精巧舒适。几张小小的卧铺,一张小桌靠着车厢壁折叠起来,一只烹饪火炉,几排小橱柜和书架,一个关着一只小鸟的鸟笼,还有各式各样的锅、盆、壶、罐。

"应有尽有!"蛤蟆得意地拉开一个小橱柜,"瞧!饼干、罐装龙虾、沙丁鱼——要什么有什么。这是苏打水,那边是烟草、信纸、熏肉、果酱、纸牌和骨牌。你们会发现,等我们今天下午出发时,什么东西都没遗漏。"

【名师点睛：蛤蟆为旅行准备了丰富的物品，还主动邀请鼹鼠和老鼠一起去，看来鼹鼠和老鼠想拒绝都难。】

"对不起，"老鼠嚼着麦秆，慢条斯理地问，"我是不是听见你谈到什么'我们''今天下午''出发'来着？"

"噢，亲爱的好老鼠，"蛤蟆恳求他说，"别又用那种口气讲话，因为你知道你非去不可。没有你我应付不来，所以拜托就当全都说定了，别再争论——我受不了辩来辩去的。你不会打算一辈子死守着你那条老旧沉闷的河，或者生活在同一个洞穴里、同一艘小船上吧？我要带你去看看这个世界！我要让你成为一只真正的动物啊，老兄！"

"我不在乎。"老鼠固执地说，"我不去。我要死守在我的老河边，要生活在同一个洞穴里和同一只小船上，事事照旧。此外，鼹鼠也会陪伴在我身边，和我行动一致。对不对，鼹鼠？"

"那是一定的。"鼹鼠忠心耿耿地表示，"我会永远和你在一起，你说怎样就是怎样。尽管，呃，你知道——那听起来好像很有趣！"【写作借鉴："尽管"一词写出了鼹鼠对旅行充满了向往。】他渴望地追加一句。可怜的鼹鼠！冒险对他来说是那么新奇的一桩事情，而且那么刺激，而这新鲜的一面又是如此诱人。他刚一看见那辆淡黄色的篷车和内部的小小设备就忍不住爱上它了。鼹鼠的视线已经很难离开那辆车子了，他被它深深迷住了。

老鼠看出鼹鼠心中掠过的念头，不禁动摇了。老鼠性格温柔且细心，他讨厌惹人失望，并且老鼠又很喜欢鼹鼠，为了满足他的愿望几乎什么都愿意做。蛤蟆紧紧盯着他们俩。

"进来吃顿午餐吧。"蛤蟆大施外交手腕，"大家再商量商量，不急着做任何决定。当然啦，我其实无所谓，只不过是想给两位添点乐趣罢了。'为他人而活'是我人生的座右铭。"

午餐席间，蛤蟆使尽浑身解数，不去理会老鼠，只是一个劲儿地对初出茅庐的鼹鼠鼓动三寸不烂之舌。像他这么一只口若悬河，又一向

> 柳林风声

受想象力支配的动物,自然会把旅途的风光、野外的生活和路旁的乐趣描述得五光十色,让鼹鼠激动得坐不住椅子。总之,很快地,他们三个似乎都认为这趟旅行当然是非去不可了,而老鼠心中虽然还半信半疑,却也任由自己的好性情打败个人的反对之意。他的两位朋友已经一头栽入种种计划中,正在策划未来几周每天不同的活动内容,老鼠不忍心扫他们的兴。【名师点睛:鼹鼠已经成功被蛤蟆说服了,老鼠为了鼹鼠也只能赞同蛤蟆的计划。】一切准备就绪后,眉飞色舞的蛤蟆领着他的两名同伴来到牧圈,要他们捕捉老灰马。由于不经商量蛤蟆就派他在这趟远征中担任最易招致满身尘沙的工作,老灰马正万分恼火。他显然宁可选择留在牧圈,所以,鼹鼠和老鼠费了不少工夫试图抓到他。趁着这段时间,蛤蟆又搬来不少必需品,把那些橱柜塞得更满,又在篷车底下加挂许多饲料袋、干草束等。最后他们终于捉住老灰马,套上鞍辔出发了。大家七嘴八舌地闲聊,有时还凭自己的一时兴起,或跟在车旁徒步行走,或坐在车杠上。这是个黄金般的下午,他们扬起的尘土飘着肥沃而令人满足的味道;鸟儿们在夹道的茂密果树树梢上对他们愉快地啼唱;擦肩而过的路人亲切地向他们问好,或者停下来夸赞他们漂亮的马车;坐在自家门口的兔子也纷纷举起前爪惊叹起来:"蛤蟆,你这辆车子可真漂亮呀!"【名师点睛:小动物们的鼓励和赞美让这三位旅行者信心倍增。】

到了晚上,这三只又累又快乐、已经离家好几英里的动物将车停在一块偏僻地上。老灰马被放去吃草了,他们三人则坐在车旁的青草地上吃着简单的晚餐。在蛤蟆自吹自擂地大谈未来几天的行程时,四面八方的星星越来越大,越来越繁密,一轮明月不知从哪里悄悄跑出来和他们做伴,倾听他们的交谈。【名师点睛:星星、月亮都被吸引了过来,从侧面烘托了蛤蟆口才好。】最后,他们回到车里的小卧铺上。蛤蟆把腿伸出被子外,睡意浓浓地说:"喂,晚安了,两位!这才是真正的绅士生活!说说你们的老河吧!"

"我不说我的老河。"耐心的老鼠回答道,"你知道我不是,蛤蟆,我是想着它,"他用低低的声调,感怀地说明,"我想着它——随时想着!"

鼹鼠从毯子底下伸出爪子,在黑暗之中摸到老鼠的爪子,紧紧握了一下。"只要你喜欢,我愿意为你做任何事情,老鼠。"他轻声说道,"我们要不要明天一早就溜掉?一大早——非常非常早——回到我们可爱的河上旧洞穴。"

"不,不,我们要进行到底。"老鼠也低声回答,"万分感谢,但直到这趟旅行结束前,我们都应该陪在蛤蟆身边,扔下他一个对他来说不安全。不会很久的,他向来只有五分钟热度。晚安了!"【名师点睛:老鼠的话预示着这场旅行是极其短暂的。】

谈话的结束时间当真比老鼠意料得更快。【名师点睛:写出了他们三人非常劳累。】

在吸过那么多野外空气、经历过那么多令人兴奋的事情之后,蛤蟆睡得非常熟,隔天早上再怎么摇也摇不醒他。于是,鼹鼠和老鼠便转而安静做起事来。老鼠负责照料马匹、生火、清洗昨晚的杯子和餐盘,做好吃早餐的所有准备。鼹鼠则走了大老远的路,到最近的村子里去买牛奶、鸡蛋,还有——蛤蟆忘了准备的各种必需品。辛苦的工作全部做完了,两只筋疲力尽的动物正在休息。这时蛤蟆神采奕奕地露了面,快活地评论着在历经持家的操劳、疲惫和忧虑后,眼前的生活是多么轻松惬意啊!鼹鼠和老鼠心想:蛤蟆这是把他们当成保姆了。

当天他们愉快地漫游草色青青的起伏山峦,沿着幽僻狭窄的小径前进,然后像前天晚上一样扎营休息。只是这次两位客人更加留意让蛤蟆做好他的分内之事。结果到了隔天早上要出发时,蛤蟆对于原始生活的简单朴实就不再那么欢喜雀跃,甚至在被强行从卧铺中拉起来时,还企图继续蒙头大睡。这天他们终于走上了大路——这趟旅途中碰到的第一条大马路。而飞来的横祸就在此刻轰然撞上他们——对于他们的远征来讲,这场灾祸的确非常严重,而其更险些断送了蛤蟆的后半生。【写作借鉴:设置了悬念,引起读者继续往下读的兴趣。】

当时他们正优哉游哉地沿着大马路漫步。鼹鼠走在老灰马的旁边

> 柳林风声

陪他谈天，因为老灰马一直在抱怨大伙儿根本忘了他的存在，一点也不体恤他。蛤蟆和老鼠走在篷车后交谈——至少蛤蟆一直在说话，而老鼠也间或应上一句，而他脑袋里却净是想些风马牛不相及的事情。这时，忽然听到后方遥遥地传来微弱的警报声，就像远处的一只蜜蜂在嗡嗡鸣响。他俩回头一望，只见一小片飞扬的尘沙之中夹带着一团黑黑的东西，以不可思议的速度朝他们疾奔而来，尘沙外传出一阵微弱的"噗噗"声，像是一只痛苦的动物在难过地哀号。【名师点睛：写出了不明之物来时的气势，同时也为下文埋下伏笔。】他们不以为意，扭过头来恢复原来的交谈。就在刹那间，安详的景象全变了。一股劲风加上一阵声浪促使他们往最近的水沟里跳。那"噗噗"声像只大喇叭在耳朵里响，在那一刻，他们瞥见那东西里面装着闪闪发亮的平板玻璃和华贵的摩洛哥山羊皮垫。哦，原来那是一辆富丽堂皇的汽车！这辆车硕大无比，开得狂野。驾驶人紧张地抱住方向盘，那一瞬间他便控制了整片土地和空气，车子经过时刮起漫天飞沙，迷住他们的眼睛，裹住他们的身体，紧接着又在远方渐渐消失成一个黑点，变回嗡嗡鸣响的蜜蜂。【写作借鉴："一瞬间""紧接着"等词反映出汽车行驶速度之快，这样的快车惊到了老灰马，酿成了惨烈的事故。】

老灰马正在沉重而迟缓地行走，突然遭遇这种混乱，索性放纵自己回归狂躁的天性。悬蹄、疾冲、持续退着走——纵使鼹鼠在他的头旁边费尽九牛二虎之力、说尽种种安抚的言语，期望使他觉得好受些，他仍倒拖着马车走向路边深深的壕沟。车子猛摇一下，接着一阵令人心碎的哗啦啦的碰撞声响——那淡黄色的篷车，伴着他们的骄傲和欢乐，一齐躺在深沟里，成了难以补救的残骸。

老鼠气得在马路上跳来跳去，发泄胸中的狂怒。"你们这些流氓！"他挥舞着双拳大吼大叫，"恶棍！拦路大盗！鲁莽自私的司机！我要控告你们！要你们上遍所有的法庭！"他的思乡病倏地一扫而空。眼前的他成了这艘淡黄色舰船的舰长。舰船因对方船员横冲直撞而搁浅，他正拼命回想过去都是用哪些尖锐的语言去骂那些把汽艇开得太靠近河岸害得他家地毯泡水的船主们。

蛤蟆直挺挺地坐在尘沙弥漫的马路中央，两腿向前伸直，眼珠子死盯着汽车消失的方向。他呼吸急促，脸上带着一抹静谧满足的表情，间或发出含糊不清的"噗噗"声。【写作借鉴：神态描写，面对突如其来的横祸，劫后余生的蛤蟆的反应真令人出乎意料，是吓呆了，还是一种莫名的惊喜？让人捉摸不透！】

鼹鼠忙着安抚老灰马，花了一段时间总算让他平静下来，然后走上前查看侧躺在壕沟里的篷车，这真是令人心酸的画面！车身的壁板和车窗都被撞得稀烂，轮轴扭曲得根本没法修理。一个车轮飞走了，沙丁鱼罐头散落满地，笼子里的小鸟哀哀啜泣，啼叫着要人放他出来。

老鼠过来帮忙，但是两人合力仍然不能够将车扶正。"嗨！蛤蟆！"他俩齐声地大喊，"过来帮个忙！"

蛤蟆没有搭腔，坐在马路上动都没动一下，于是他俩走过去看看蛤蟆究竟出了什么事。鼹鼠还担心蛤蟆是不是被吓傻了。但当他们来到蛤蟆跟前，发现他脸上挂着快乐的笑容。两眼依然直勾勾地看着前面尘土飞扬的地方，盯着肇事车辆行驶的方向，一脸恍恍惚惚的神情，偶尔还会喃喃地吐出一声："噗——噗！"

老鼠摇晃他的肩膀，严厉地逼问着："你到底来不来帮我们，蛤蟆？"

"辉煌壮丽！撼动人心！"蛤蟆呢喃呓语，丝毫没有移动之意，"运动之诗！真正的旅行之道！唯一的旅行之道！今天在这里——明天已到一星期后的里程外！掠过村庄，跳过市镇——总是在新的地方——噢，乐呆了！噢，噗——噗！噢，天哪！噢，天哪！"【名师点睛：原来蛤蟆没有被吓傻，而是获得了新的惊喜，这也很符合蛤蟆喜新厌旧的性格。】

"噢，别傻了，蛤蟆！"鼹鼠丝毫不死心地大叫道。

"而我竟然从来不知道！"蛤蟆像在说着梦话，"白白浪费了那么多年，我从来不知道，甚至做梦都没想到！可是现在——可是现在我知道了，我完全了解了！噢，从今以后，展开在我眼前的道路是多么灿烂似

柳林风声

锦！当我不顾一切地飞车冲过时，后方将扬起多么壮观的一片尘沙。在我伟大的进攻过后，又会有些什么样的马车被随随便便地扫入沟渠！讨厌的小马车，公共马车，淡黄色的马车！"【名师点睛：从对蛤蟆的语言描写中我们不难看出蛤蟆已经深深地迷恋上了汽车，对于几天前的心爱之物再也看不上眼了。】

"我们拿他怎么办才好？"鼹鼠问老鼠。

"什么都甭做。"老鼠果断地表示，"因为事实上一点办法也没有。唉，鉴往知来，我对他太了解了。他现在已经着了魔，产生了一股新的狂热。每次他刚被什么东西迷住时，总是那个样子。接下来好几天他都会继续维持那样的状态，像只走在梦中的动物，对于所有实际的目标都提不起劲。别理他，咱们去看看该怎么处理那辆篷车。"

经过详细检查后，他俩发现就算他们能够自行搬正篷车，也没办法再行驶了。车轴扭曲得根本无从修起，脱落的轮子更摔得四分五裂。【名师点睛：车祸过后，车子的损坏相当严重，没有了马车的他们该怎么办呢？】

老鼠把缰绳收到老灰马背上打了个结，走在老灰马的头旁边，一手牵着老灰马，一手提着鸟笼，笼里的小鸟仍在狂躁地鸣叫着。"来吧！"他对鼹鼠正色相告，"最近的城镇距离此地有五六英里，咱们得走路过去。越早出发对我们越好。"

"那蛤蟆怎么办呢？"出发之时，鼹鼠忧心忡忡地问，"我们不能丢下他。像他那样魂不守舍地独自坐在大马路中央，不安全。万一有另外一辆那东西开过来呢？"【写作借鉴："忧心忡忡"写出了鼹鼠对蛤蟆的担心，也写出了鼹鼠的善良。】"噢，烦人的蛤蟆，"老鼠粗暴地说，"我跟他之间彻底完蛋啦！"然而他们并没有走多远，便听到后面噼噼啪啪的脚步声追来。接着蛤蟆的两手分别插进他俩的臂弯里，他的呼吸依然急促，两眼仍旧茫然地瞪着前方。

"喂，听着，蛤蟆，"老鼠厉声吩咐，"等我们一走到镇上，你必须马上到警察局，去看看他们对那辆汽车是否有所了解，它的主人是谁，还有对它提出控诉。接着你得去找个铁匠铺或轮匠铺，安排将篷车拖去修理好。虽然得花点时间，不过车子还没被撞坏到完全无法修理的程度。与此同时，鼹鼠和我会去找个客栈，订几个舒服的房间，在篷车修好前好让大家住，也让你紧张的神经完全从震惊中恢复过来。"

"警察局？"蛤蟆喃喃呓语，"要我控告那纡尊降贵光临我眼前的漂亮迷人的汽车？修理那篷车？不，我从此再也不要马车了，也不想再看到那辆篷车。噢，老鼠！你不知道我有多感激你答应参加这趟旅行！没有你我就不会出发了，恐怕也永远见不着那——那天鹅、那阳光、那霹雳！听不着那迷人的声音，闻不着那醉人的味道！这一切都多亏你们，我最好的朋友！我是不会去控告那辆汽车的，它是我的追求。"

老鼠失望地掉过头去，隔着蛤蟆的头告诉鼹鼠："你看到啦？他已经无可救药。这事儿我不管了，等一到镇上，咱们立刻去火车站，运气好的话说不定能搭上一班让我们今晚就可以赶回河岸的火车。今后包你不会再看到我陪这个惹人生气的家伙出门游乐了！"【名师点睛：老鼠对蛤蟆的表现很生气。】他冷哼一声，沿路只对鼹鼠发表高论，走完剩下的疲惫路程。

一到镇上，他们马上前往火车站，把蛤蟆安置在二等候车室，付两便士给行李搬运工，请他盯牢蛤蟆。接着他们把马交托在一家客栈的马房里，尽可能交代清楚如何处理篷车和车上的东西。

最后，一列慢车将他们载到离蛤蟆府不远的车站。鼹鼠和老鼠把痴痴迷迷、仍然像在梦游一样的蛤蟆带回他家，指示他的管家填饱他的肚皮，替他更衣，带他就寝，然后他俩到船库取出自己的船，顺流而下返回家中。【写作借鉴："痴迷"的蛤蟆与理智冷静的鼹鼠和老鼠形成了鲜明的对比。同时，这些动作描写表现了鼹鼠和老鼠对朋友的负责和细心。】等到他们坐在自己温馨的河畔客厅用餐时，时间已经很晚了，不过老鼠却是万分惬意。

隔天傍晚，晚起的鼹鼠在闲散地度过大半个白天后，正坐在河岸

> 柳林风声

上钓鱼。这时老鼠已经拜访过许多朋友并结束了谈天说地,正轻快地沿路走来,看到了鼹鼠。

"你听说了吗?"老鼠说,"整个河岸,这是唯一的话题。蛤蟆今天早上搭早班火车进城去了,他已经订购了一辆非常昂贵的大汽车。"【名师点睛:蛤蟆真是一个雷厉风行的人,敢于冒险的他接下来会发生怎样精彩的故事呢?让我们一起来发挥我们的想象吧!】

Z 知识考点

1. 填空题。

老鼠十分了解蛤蟆,在他的眼里,蛤蟆有_____、_____、_____等优点,是最棒的动物。不过,蛤蟆也有一个怪癖,那就是_____。

2. 选择题。

蛤蟆的马车是怎么翻车的?　　　　　　　　　　　　(　　)

A.蛤蟆在马车上放了太多东西,马车左右两边重量不平衡翻车了。

B.老马觉得大伙儿忘了他的存在,狂躁地狂奔,于是翻车了。

C.马车是被一辆汽车撞翻的。

D.汽车发出的巨大声响使老灰马受惊,于是老灰马把马车带进了壕沟。

3. 问答题。

如果你和老鼠、鼹鼠一起参观蛤蟆的宅第,你会如何赞美呢?

_____

_____

Y 阅读与思考

1.老鼠想不想去冒险?为什么?

2.你觉得老鼠和鼹鼠会成为很好的朋友吗?为什么?

第三章　野树林

M 名师导读

快乐的夏天、秋天过去了，冬天来临了。鼹鼠有很多空闲时间，于是想去拜访獾，可老鼠却一再拖延。这天下午，鼹鼠趁老鼠不注意，偷偷溜出门，独自前往野树林，结果发现了可怕的东西，他因害怕而躲进洞里。这时，老鼠醒来发现鼹鼠跑去了野树林，他做了些什么？他会找到鼹鼠吗？

鼹鼠渴望结识獾，已经渴望好久了。【名师点睛：这一章的总起句，又一次提到獾，引出下文内容。】依据各方之言，他似乎是个重要的大人物，尽管他难得露面，周遭众人仍能感受到他无形的影响。但无论何时，只要鼹鼠一对老鼠提起他的渴望，得到的总是拖延的借口。"没问题，"老鼠准是这样回答，"獾迟早有一天会出现，他一向都是——到时我会替你们互相引见，他是最棒的了！可是你得让他认为你是碰巧见到他，而不是刻意在找他。"

"你不能邀他来这里——吃个饭或什么的吗？"鼹鼠问。

"他不会来的。"老鼠坦白相告，"獾讨厌交际，以及邀请、聚餐等事情。"

"哦？那么，假设我们去拜访他呢？"

"噢，我深信他一点也不喜欢那样。"老鼠惊慌地表示，"他非常害羞，那样做一定会冒犯他。我跟他这么熟，都从来不敢跑到他家去当不速之客呢！况且，毫无疑问，我们绝对办不到，因为他家是在野树林中的最深处。"

▶ 柳林风声

"噢,就算是吧,"就在这时,鼹鼠突然记起了老鼠说过的话,鼹鼠说,"可是你告诉过我野树林没什么问题啊!"

"噢,是的,是的,是没什么问题,"老鼠含糊其词地说,"不过我想咱们不要现在去。现在还不行,毕竟路途遥远,再说每年这个时节他都不在家,而且只要你静下心来等,改天他一定会来的。"【名师点睛:老鼠的含糊其词更加激发了鼹鼠去拜访獾的欲望。暗示鼹鼠迟早会见獾的,是不经意地遇到呢,还是鼹鼠主动去野树林拜访呢?】

鼹鼠只好接受这个答案,然而獾却始终没有来。日子过得很快,每一天都有新的乐趣,转眼间夏季已经结束很久了。夏季带给他们快乐的河流开始变得湍急,已经不适合在其中娱乐了,而冬季的雨雪使道路难以通行,老鼠和鼹鼠只能每天待在家中。鼹鼠的思绪这才又不时绕着那只独居在野树林深处某个洞穴里、形单影只度日的獾。鼹鼠心地善良,他竟然有些怜悯獾,自己有老鼠陪伴而獾只有自己孤单生活。

冬季里老鼠很能睡,每天都是早睡晚起。而在他短短的白昼中,老鼠有时写写诗,有时做些琐碎的家务事。当然啦,家中不时会有些动物过来串门聊天,因此常常有人谈起许多所见所闻,互相交换过去这个夏天的心得和所有的活动。当大家在一起交谈的时候,就像是在举办一场盛大的聚会,每个人都在分享自己的特长,给大家带来欢乐,以此来消遣冬日的时光。

当外面的风雨拍打着家门,窝在自己洞穴中打瞌睡的动物们不免回忆起一个个印象依然鲜明深刻的早晨。晨曦初现的一小时以前,白茫茫的雾气尚未散去,紧紧依附着水面。紧接而来的是大清早戏水的嬉闹,河岸上的跳跃奔跑,还有土地、空气与水面光热四射的变化。这时,太阳忽然又与他们同在,灰暗转为金黄,色彩再度从大地诞生、蹦跳出来。他们回忆起炎热的中午,在绿色灌木丛深处倦怠地午睡。阳光穿透叶缝,洒下小小的金色光束与斑点。午后的划船和游泳,沿着满是尘埃的阡陌、穿过黄色玉米田的漫步,最后是漫长而凉爽的傍晚。大伙儿综合了那么多事情,增进了那么多友谊,又为明天做了那么多冒险计划。【名师点睛:通过回忆以前美好的生活,表明了鼹鼠来到这里后的每一天都过得很快乐。】冬天时,动物们围在火炉边,短短的白天里有数不尽的话题可谈。只是,鼹鼠还是有很多空闲时间。因此,当有天下午老鼠坐在火光前的摇椅上,一边打盹儿,一边试着作一些不协调的押韵诗时,鼹鼠便下定决心,要独自出门到野树林去探个险,说不定还能够结识獾先生呢!

在一个寒冷寂静的下午,鼹鼠悄悄出了温暖的客厅来到户外。头顶上的天空如同纯钢似的发着青光,周遭到处光秃秃的,连片树叶也没有。他觉得自己从没有像这个冬日里这样看得深远透彻。这是大自然女神一年一度深深熟睡的时节,仿佛把她身上披盖的东西全都踢掉了。过去在枝叶繁茂的夏季里,被视为秘密宝库的矮树丛、小峡谷、石头坑和种种隐秘处如今都可怜兮兮地把自己和自己的秘密全部暴露出来,仿佛在邀请他,趁着它们不能像从前那样沉溺于奢华的化装舞会中,以古老的骗术诱惑、戏弄他时,仔细看看它们的寒碜破落相。

从某个角度说来真是怪可怜的,不过却也挺叫人快活——甚至兴奋。幸好鼹鼠喜欢不经修饰、脱去华丽外衣的村郊。【名师点睛:鼹鼠是一只真性情的动物,他率真质朴,说做就做,喜欢直来直去。】他认真端详它赤裸的骨干,它们结实、美好而单纯。树篱围成的绿帐,榆树与山毛榉交织成那如波涛汹涌般的垂帘,看起来好像全撕开了。鼹鼠开始庆幸自己去野树林的决定,他可不想等到来年草木将这不加装饰的景象重新掩盖起来的时候再来欣赏这些景物,他喜欢没有遮掩、本真的样子。鼹鼠兴高采烈地朝野树林行进。

刚进树林时,没有什么东西让他惊慌害怕。尽管此时的野树林没有绿色的装饰,黑压压的令人感到压抑和恐惧。细树枝在他的脚下咔嚓咔嚓响,断木绊着他。树桩上的蘑菇像一幅幅漫画,它们由于酷似某种遥远而熟悉的事物,当下叫他大吃一惊。不过这一切都是那么好玩,

▶ 柳林风声

真令人大感兴奋。野树林白天短暂的美好诱导鼹鼠继续深入,他顺势走下去,深入光线昏暗、树枝越垂越近的地方,两旁的洞穴个个对他张开丑陋的嘴巴。【写作借鉴:"丑陋的嘴巴"说明野树林没有鼹鼠想象的那样美好,为下文黑夜里鼹鼠被困埋下伏笔。】

这时周遭静寂无声,幽暗之色不断从他的前后方快速围拢,而光明却如洪水般,眼看着就要完全退尽。【写作借鉴:环境描写,突出了周围的静,渲染了恐怖的气氛。】

紧接着,一张张脸庞开始出现。

最初,鼹鼠是在扭头的时候觉得隐隐约约看到一张脸,一张邪恶的三角脸,从某个洞口探出来打量他。就在他猛然回头和它打了个照面时,那东西又会立即消失。

鼹鼠加快脚步,轻快地暗暗叮咛自己可别因此瞎疑心,否则就会胡思乱想个没完。他经过下一个洞口,再一个,又一个。接下去——没错!没错!确实有张瘦削的小脸,瞪着两颗冷冷的眼珠子,在某个洞口一闪而逝。他踌躇了一下,努力鼓起勇气,大步向前。突然间,远远近近数百个洞口,每个洞口都像拥有各自的一张脸,仿佛向来都是如此般匆匆冒出又隐没。他们全都用带着恶毒、敌意的眼光瞥向他,目光又犀利又凶狠邪恶。【名师点睛:鼹鼠在野树林遇到的恐怖景象,正好与上文老鼠说的野树林不能去相照应,突出老鼠的睿智。】

鼹鼠着实被这些忽闪忽闪的眼睛吓到了,他想,只要能够逃离夹道的洞穴,就不会再看到任何一张脸了。于是他猛地冲离小径,投入林中杳无人烟的地区。

随后口哨声响起。【名师点睛:是谁吹起这样扰人的口哨呢?激发了读者的阅读兴趣。】

刚刚听到时,声音在鼹鼠身后很远的地方,非常微弱而且刺耳,但却令鼹鼠莫名其妙地急忙向前奔。接着,依旧微弱、刺耳的哨音自遥远的前方传来,他犹豫一下,想要转身往回跑。就在这彷徨迟疑中,口哨声分别自两边响起,仿佛整片林子由入口一直到尽头,都在此起彼应。不管他们是何方神圣,显然全都士气昂扬,戒备森严,随时打算伺机而动!而他——他却是独自一人,手无寸铁,没处搬救兵,何况夜色又渐渐地笼罩下来了。

然后啪嗒啪嗒的响声传来。

那声音是如此微小、轻柔,一开始鼹鼠以为不过是落叶的坠地声。渐渐地,他听出它很有规律,晓得这绝对是小脚"啪啪"的踩踏声,距离还非常遥远。听起来像是在前方,再不然,就是前后方都有。声音越来越响、越来越乱。可怜的鼹鼠不知道自己该朝什么方向走,他进也不是、退也不是,他一下子朝这边拉长脖子,一下子朝那边竖直耳朵,焦急地朝四面八方听着,整个人仿佛快被那声音包围了。他静静地站着侧耳细听,一只兔子穿过树林朝他疾奔而来。鼹鼠站在那里等着,料想对方该会放慢脚步,或者转个弯避开他,折入另一条路线。结果却不然,那家伙箭步冲过,几乎将鼹鼠扫倒,板着一张凶巴巴的脸,瞪着他大叫:"闪开,你这笨瓜,闪开!"鼹鼠听见他咕咕哝哝地绕着一个树桩兜圈子,随即消失在其间的一个地洞中。

啪嗒啪嗒的声音越来越大,最后就像一阵突如其来的冰雹打在铺满四周的干树叶上一样。<u>整个树林仿佛都在奔跑,在狩猎、追逐、包围某样东西或者——某个人。</u>【名师点睛:整个树林都在捕猎,从侧面烘托了恐怖的氛围。】在恐慌中,鼹鼠也跟着漫无目的地乱跑起来,根本不晓得究竟要跑到哪里去。他忽而撞上什么东西,忽而摔倒在什么东西上,忽而又落在什么东西里……最后,他躲进一株老山毛榉又深又暗的树洞里。这个洞既隐蔽,又可藏身——也许甚至很安全。不过谁又晓得呢?反正,他已经累得再也跑不动半步,只能蜷伏在洞内的枯树叶中,期盼自己暂时平安无事。<u>他喘着气,发着抖,趴在洞里,听着外头的呼啸和脚步声,终于彻底了解了。</u>【写作借鉴:一连串的动作描写,写出了鼹鼠的紧张恐惧,他明白自己遇到了最恐怖的东西。】这就是那个让田

▶ 柳林风声

野和树丛里其他的小居民们曾在这儿遇到的被称为最黑暗时刻的可怕东西——老鼠一心防范却还是让他碰上的东西——统治野树林的恐怖！鼹鼠开始后悔自己独自探索野树林这个行动，责怪自己太莽撞了，后悔没有听老鼠的话，又一次让自己遇到危险。鼹鼠此时多么希望老鼠在自己身边呀。

这段时间，老鼠正舒舒服服地在他温暖的火炉边，打着盹儿。他那未完成的诗稿从膝头滑落下来。他仰着头，张着嘴巴，在梦中河流的绿堤上漫步。

突然，一段木炭松落了，火炉里毕毕剥剥地蹿出火舌来，把睡梦中的老鼠惊醒了。他想起原先进行的工作，弯腰捡起地板上的诗稿专心念了念，然后东张西望地找寻鼹鼠，想请教他是否知道一些适合某些日子的押韵字。

可就是不见鼹鼠的踪影。

他屏着气听了一阵子，整座屋子静悄悄的。

接着他连喊几声"鼹鼠！"却得不到半句回应，看来鼹鼠不在屋里，于是他站起来走到大门边。

鼹鼠的帽子不在平常挂着的木钉上，一向摆在伞架旁的长筒套鞋也不见了。

老鼠出了房屋，仔细检查外面泥泞的地表，盼望找到鼹鼠的足印。

有了，错不了的！套鞋是为了过冬才买的，还很新的，鞋底一粒一粒凸起的颗粒又新又明显。他在泥地中看出它们留下的痕迹，锁定目标，笔直通往野树林。

老鼠神色凝重，站在那里沉思了一两分钟。然后他折返屋内，在腰间束起一条皮带，插上一对手枪，拿着竖立在玄关旁的短棍，迈开敏捷的步伐往野树林的方向走去。【名师点睛："神色凝重"说明老鼠深知野树林的危险，但为了救出朋友，他带好武器毅然踏上了这条充满危险的路。】

当老鼠来到第一排大树边缘时，已经接近黄昏时分了。他毫不迟疑地奔入树林,焦急地左顾右盼,寻找他的朋友可能留下的任何痕迹。四处都有邪恶的小脸从洞口冒出来,但一见这勇猛的动物和他握在手里的手枪、棍棒,马上又消失了。刚进入树林时所清楚听到的呼啸和脚步声也渐渐远离、停息了。整片林子静得没有一丝声响。他勇往直前,走向树林最远的一头。接着,他舍弃所有小径,动身横越整片林地,嘴里不时士气高昂地呼唤着:"鼹鼠!鼹鼠!你在哪里啊?是我——是我,老鼠!"

老鼠耐心地在林子里寻觅了一个多钟头,终于听见一声小小的回应。他高兴地循着声音传来的方向走去,在越来越暗的天光中走近一株老山毛榉树脚下。这棵树干上面有个小洞,洞里传出一句微弱的声音,说道:"老鼠!真的是你吗?"

老鼠爬进树洞,看到筋疲力尽还在哆哆嗦嗦的鼹鼠。老鼠一把抱住鼹鼠,激动地哭了起来,自己太在乎鼹鼠了,终于把他找着了。"哦,老鼠!"鼹鼠嚷嚷着,"你一定想不到,真是吓死我了!"

"噢,我完全了解,"老鼠宽慰他,"你真的不该跑到这里来,我尽了全力防止你这么做。我们河岸上的居民从来不会自己跑到这里来,就算非来不可,也至少要结伴而行,这样才不会有问题。再说,要了解的东西还有千百样呢!这些我们都已清楚,而你却还不懂。我指的是口令、暗号、口诀,以及你口袋里还要带上装备,演练逃出的方法和技巧。只要你懂得这些,一切就简单了。但既然你是只小动物就非得要懂,否则一定会惹上麻烦。当然,假使你是獾或水獭的话,那又另当别论了。"

"勇敢的蛤蟆先生必定不在乎独自来喽,对吗?"鼹鼠询问。

"蛤蟆老弟啊?"老鼠纵情大笑,"就算给他一整帽子金币,他也不会单独在这里露面。蛤蟆不会的。"【写作借鉴:语言描写,连喜欢冒险的蛤蟆都不会孤身一人来野树林,可见野树林的可怕,更衬托了老鼠的侠肝义胆。】

鼹鼠听到老鼠满不在乎的笑声,又看到他的棍棒和闪闪发亮的手枪,不再猛打哆嗦,开始壮起胆子,恢复镇定。

▶ 柳林风声

"好啦,"老鼠随即说道,"趁现在天色还有点儿亮,咱们真的得一块儿动身回家了。你知道,在这里过夜万万使不得。别的不提,单是过低的气温就够受的啦!"

"亲爱的老鼠,"可怜的鼹鼠说,"我抱歉极了!只是我现在真的累得要命,这是铁的事实。你务必让我在这里多休息一下好恢复体力,不然肯定走不到家。"

"噢,没问题,"好脾气的老鼠说,"休息吧,反正现在也黑得伸手不见五指了,过一会儿应该会有点月光才对。"

于是鼹鼠把整个身体钻进枯树叶里,伸展四肢,马上就睡着了。

只是睡得断断续续,不太安稳,老鼠也尽量用枯叶把身体盖好保暖,一手抓着枪,耐心地躺在一旁等候。

好不容易等到鼹鼠醒来,恢复平时的精神。

老鼠说:"好啦!我来看看外头是否一切平静,然后我们就真的非走不可了。"

老鼠跑到洞口,把头伸出去。接着鼹鼠便听到他在悄声自言自语:"喂!喂!这下棘手啦!"【名师点睛:真是一波未平一波又起,究竟又发生了什么事呢?】

"怎么回事,老鼠老兄?"鼹鼠问。

"雪上来啦!"老鼠简短地回答,"或者该说,下雪啦。雪下得好大。"

鼹鼠走上前来,趴在他身边往外望,看见原先让他吓破了胆的树林变成另一幅景观。地洞、水塘、陷阱,以及其他凶恶的威胁,都在急速消失中。四处涌现出一张闪亮的仙境地毯,看起来显得那么精美高雅,叫人不敢用粗鲁的双脚去践踏。雪花漫天飞舞,轻轻拍在脸颊上。看似从地上发出的亮光映照出一株株黑压压的树干。【写作借鉴:环境描写,写出了下雪时野树林的美景,暂时舒缓了读者紧绷的心弦。】

"唉,无能为力啦,"老鼠思忖了一阵说,"看来咱们非得出去碰碰运气啦。下了雪温度更低了,会更加寒冷!最糟糕的一点是,我不确定我们身在哪里,而今这场雪又叫所有的东西全改了模样。"

老鼠说的没错。倘若换成鼹鼠,铁定认不出这就是原来的那座树林。

不过,他们还是勇敢地踏上了那条看来最有希望的路。沿途互相扶持,带着无比的士气,每碰到一棵迎接他们的树都好像认出一位旧识,或者假装在千篇一律的雪白大地和毫无变化的树干间看到的空地、开口、小径都是熟悉的转弯。

约莫一两个小时后,他们停下脚步,又疲惫又沮丧,茫然地坐在一段倾倒的树干上喘气,考虑接下来该怎么办。他们累得筋骨酸疼,跌得到处都是瘀血。他们刚刚掉入好几个洞里,又搞得全身都湿透了。【名师点睛:老鼠和鼹鼠陷入了十分危难的境地,两人该如何脱险回家呢?】地上的雪积得非常深,几乎无法拖着小小的短腿走动,而树又越长越密,越来越相似。树林似乎永无尽头,也没有开端,林内处处全是一个样,最糟的是没有路可以走出去。

"我们不能在这里坐太久,"老鼠开口说,"一定要再走上一程,采取点儿什么行动才行。天冷得什么事都不能做,雪很快就会深得任咱们怎么费力都过不去了。"他四下张望,考虑一番,又说:"喂,我想到一个主意。前面那边有个小峡谷,附近的地势好像都是这里凸一块,那里隆一堆的,有好多小丘。咱们这就到那边去,设法找个地面干爽、风雪打不到的山窟或地洞避一避,在那里好好休息一下再来想办法,因为咱们俩都已着实累垮了。再说,也许雪会停,或者会有什么转机也说不定。"【名师点睛:写出了老鼠的从容,遇事善于思考。】

于是他俩再度起身,奋力走到小山谷,四下寻觅能够遮挡刺骨寒风和旋舞冰雪的干爽洞穴或凹角。就在他俩忙着研究一个老鼠提到的小圆丘时,鼹鼠突然绊了一跤,吱吱尖叫一声向前扑倒了。

"噢,我的腿,"他大叫,"噢,我可怜的小腿!"随即翻身坐在雪地上,用他的两只前爪搓揉他的腿。

"可怜的鼹鼠!"老鼠亲切地说,"你今天好像运气不太好,对吧?咱

▶ 柳林风声

们仔细瞧瞧你的腿。"他蹲下来察看一番，说："是啊。你的确被割破了小腿肉。<u>【名师点睛：一波未平一波又起，鼹鼠受伤使得回家的路变得更艰难了。】</u>等一会儿，我先找出手帕，再帮你包扎起来。"

"我一定是绊到什么看不见的树枝或树桩了。"鼹鼠难受地嚷着，"噢，天啊！噢，天啊！"

"<u>伤口划得非常整齐，</u>"老鼠仔细检查，说，"<u>绝对不是被树枝或树桩擦破的，看起来倒像被某种金属物品的利边给割伤的。好古怪！</u>"他沉思半晌，接着细心查看周围每个土堆和斜坡。<u>【名师点睛：通过对老鼠的语言描写刻画了他的心思细腻和善于观察。】</u>

"算了，甭管是什么割的啦，"鼹鼠疼得话都说不通顺，"什么割的都一样痛。"

但老鼠在用自己的手帕小心裹好那只伤腿后便抛下鼹鼠，忙着在雪地里又抓又刨。他四足并用，<u>勤奋地边刨边铲边探看</u>，而鼹鼠则不耐烦地在一旁等着，偶尔发出一句："喂，省省吧，老鼠！"<u>【名师点睛：老鼠的勤快冷静和鼹鼠的莽撞无知形成了鲜明的对比。】</u>

突然间，老鼠大叫一声："万岁！"接着又是一连串，"万岁——万——岁——万——岁——万——岁！"然后在雪地上跳起一支轻盈的捷格舞。显然，老鼠发现了他认为有用的宝贝。

"你究竟发现了什么，老鼠？"鼹鼠嘴里问道，双手却仍在搓揉他的腿。

"过来看啊！"开心的老鼠边跳边说。

鼹鼠一拐一拐地走过去瞧个仔细。"噢，"最后，他慢吞吞地表示，"我看得很清楚。这东西以前也见过，见过好多次。依我看是个熟悉的物品——门口刮泥板！喂，那又怎样？何必绕着一块门口刮泥板大跳捷格舞？"

"你难道看不出其中的含义吗？你——你这脑筋迟钝的家伙！"老鼠不耐烦地吼道。

"我当然看得出其中的含义。"鼹鼠回答,"这纯粹表示有个非常粗心健忘的人把他的刮泥板遗留在野树林中央——正好在一定会绊到每一个人的地方。照我看,这人真不会替别人着想。等我回到家去,自然会——会找个什么人告状去,你等着瞧好了!"

"噢,天哪!"老鼠对鼹鼠的愚钝灰心透了,大叫着说,"够了,够了,别再斗嘴啦,快过来把门口的雪刮干净吧!"【名师点睛:对于鼹鼠的愚钝和反应迟缓,老鼠不想再解释什么,只是督促他快点将门口的雪刮干净。】

说完,老鼠便动手工作,把积雪刮得四下乱飞。

经过一番辛苦劳动后,老鼠的努力得到了回报,眼前露出一块破破旧旧的门垫。

"瞧,我跟你说过什么来着?"老鼠神气万分地嚷着。

"什么也没有。"鼹鼠满怀信心地回答。"喏,"他接着又说,"看来这会儿你又发现另一样被丢弃的家庭杂物了,我想你大概高兴死了吧。要是你非要绕着它大跳捷格舞,最好快快跳完,然后把这件事丢到脑后,这样我们也许可以别再在这些垃圾堆上浪费任何时间,再继续赶路。难不成我们可以吃掉门垫?或者盖门垫睡觉?还是把门垫当雪橇,坐着它滑回家?你这恼人的鼠辈!"

"你——的——意——思——是,"老鼠激动得大叫,"这块门垫没有告诉你任何信息?"

"说真的,老鼠,"鼹鼠极其暴躁地说,"我想我们玩够这蠢游戏了,天底下有谁听说过门垫会告诉人任何信息?【名师点睛:这块门垫对于老鼠和鼹鼠究竟有什么意义呢?为什么老鼠如此开心?鼹鼠还是没有领会老鼠的用意。】哪有这种事?根本不可能,门垫守本分得很。"鼹鼠受够了老鼠让自己忍着疼痛猜他的用意的这种做法。

"喂,给我听着,你——你这满脑子豆腐渣的东西,"老鼠真的火大了,"住嘴!一个字都不许再说了!只管刮——要是你希望今晚能睡得温暖干爽的话,就赶快到处刮一刮、刨一刨、挖一挖。仔细地找找,尤其

39

柳林风声

是在圆土堆的四周,因为那是我们仅剩的机会了!"

老鼠生龙活虎地攻向他们身旁的一堆雪堆,拿着他的短棍四处戳,然后拼命地挖掘。鼹鼠也勤奋地刮除积雪,不为别的,只为满足老鼠的要求。因为依他之见,他的朋友简直就要神志不清了。【名师点睛:鼹鼠到现在都没有弄明白老鼠为什么刨雪,他照做只是为了满足老鼠的要求。】

大约经过十分钟的卖力工作后,老鼠的短棍顶到某个听起来像是中空的东西。他继续边戳边挖,直到能够伸进一只爪子往里摸,这才把鼹鼠叫过来帮忙。

他俩辛苦地忙了好一会儿。终于,奋力工作的成果呈现在始终满肚子怀疑的鼹鼠面前,而且大大出乎他的意料。

原先看似一个雪堆的圆丘一侧现出一扇看起来相当坚固的小门,漆成墨绿色。门旁垂着一段门铃的铁拉索,拉索下方的小铜牌上面整整齐齐地刻着几个方正的大写字母,借着月光,他俩看出那几个字是:獾先生。

鼹鼠在惊喜交集中仰倒在雪地上。他们竟然找到了獾的家,简直太棒了。鼹鼠心想这下终于有暖和的地方歇息了。

"老鼠!"他忏悔地喊着,"你真了不起!你是个真正了不起的人物。现在我全明白啦!打从我割破腿的那一刻起,你那睿智的脑袋就一步步地在辨明真相。【名师点睛:明白真相后的鼹鼠对老鼠佩服得五体投地,鼹鼠知错能改的态度值得我们学习。】你看着我的伤口,知识丰富的脑子开始飞快打转:'是刮泥板!'于是你开始积极找出那块刮伤我的东西!然后你就此罢手了吗?不。有些人到此就会心满意足了,但是你不同,你继续发挥智慧。'只要让我找到一块门垫,就快证实我的推断了!'当然,你果真找到了你的门垫。你的脑筋太好了,我相信只要你想,任何东西都能找得到。'成啦,'这回你心底说,'就像我亲眼看见的一样清楚明白,门户确实存在。现在唯一要做的,就是把它找出来!'嗯,这种事情我在书上看过,却从不曾在现实生活中碰到过。你应该去能够得到赏识的地方。处在我们这些人之间,真是白白浪费你的才华。要是我有你的脑筋该多好啊!"

"不过既然你没有,"老鼠毫不客气地打断他的话,"我猜想你大概打算彻夜坐在雪地上说个不停吧?快起来拉拉你看到的那条门铃拉索。我来擂门,你可得铆足力气去拉铃!"

老鼠抡起棍棒使劲儿打门,鼹鼠也一跃而上扯紧拉索,两脚离地挂在半空中。远远的距离外,隐约传来一声低沉的铃声相回应。【名师点睛:文章意犹未尽,留下无尽的悬念:獾有没有开门让他们进去?】

Z 知识考点

1. 填空题。

回顾鼹鼠的足迹,"画"一张鼹鼠探寻野树林的路线图吧:刚进入树林时,野树林没有＿＿＿＿＿的装饰,＿＿＿＿＿的,树桩上的蘑菇像＿＿＿＿＿;继续深入,光线＿＿＿＿＿,树枝＿＿＿＿＿;冲离小径,来到一片＿＿＿＿＿的地区;漫无目的地乱跑,躲进一株老山毛榉树的洞里。

2. 判断题。

老鼠的眼中,獾非常害羞,他讨厌交际,以及邀请、聚餐等事情。

(　　)

3. 问答题。

下了一场雪后,树林里的一切全改了模样,那老鼠和鼹鼠是怎样找到獾的家的?

_____

_____

Y 阅读与思考

1. 鼹鼠在森林里碰到了什么?
2. 老鼠在雪地里找到了什么?

柳林风声

第四章　獾先生

> **名师导读**
>
> 　　老鼠和鼹鼠这两个不速之客碰巧闯进了獾的居所,并受到了獾的热情款待,獾的友善态度和家的样子让鼹鼠感受到了家的温暖和安全感,鼹鼠此时的心境有什么变化?第二天,水獭因为担心,来獾家找老鼠、鼹鼠,他们三个饱餐后准备回到河流去,他们怎么回去呢?

　　老鼠和鼹鼠在雪地上跺着双脚保暖,耐心地等候着。仿佛过了好长一段时间,最后终于听到门内一阵拖拖拉拉的脚步声慢吞吞地接近。正如鼹鼠告诉老鼠的,感觉像是有人穿了双尺寸过大,又已经磨得见底的毛毡室内拖鞋在走路。鼹鼠的智慧就在这里,他形容得分毫不差。

　　随着拔出门闩的响动,洞门开了几寸,足够露出一只长鼻子,以及一双困得快要睁不开的眼睛。

　　"喂,下一次再有这种情形发生,"一个粗暴多疑的声音说道,"我一定狠狠地发脾气。这一次又是谁在三更半夜扰人清梦?快说!"【名师点睛:獾开门的语气并不友善,与下文中獾的温和形成鲜明对比,突出了獾是一只善良的动物。】

　　"噢,獾,"老鼠高喊,"拜托让我们进去。是我——老鼠,还有我的朋友鼹鼠,我们在风雪中迷路了。"

　　"怎么!是老鼠,我亲爱的小家伙!"獾一改原先的口气,叫着,"快进来,两位,快!哟!你们想必累死了。【名师点睛:从这段话里,我们可以看出,獾并不是不近人情,而是待人热情有加。】幸好我从不曾遇上这种事,在雪地里迷路,又是在野树林内,况且还是在夜里。不过,先进来再说吧!"

两只小动物跌跌撞撞、争先恐后地挤入洞内,安心快活地听着门在他们背后砰的一声关闭。【写作借鉴:"跌跌撞撞、争先恐后"写出了老鼠和鼹鼠又冷又累的样子。】

穿着长睡袍的獾脚下趿的拖鞋确实肥大又破旧。【名师点睛:獾的拖鞋肥大破旧,印证了鼹鼠的话。】他手捧一座扁平的烛台。或许在听到他们的擂门、拉铃声时,正是他回床就寝的途中吧。他亲切地低头看着他们俩,拍拍他们的脑袋,和蔼地说:"这种夜晚最不适合小动物外出。老鼠,怕是你又捣蛋喽!不过,来吧,到厨房里来,那里有最暖的炉火,最棒的晚餐⋯⋯该有的都有。"

獾掌着烛台,拖着脚步带路。两名客人追随其后,并用肘互相触碰,以表示自己的期待。通过一条老旧不堪的走道,进入一座类似中央大厅的地方。在这里,他们可以隐约看见另一些宛如地道般向外延伸的分支走道。这些长长的支道带着神秘的气息,看不透尽头在哪里。然而大厅这边也有几扇门——外观相当舒适的橡木门。獾推开其中一扇。不一会儿工夫,他们便置身于炉火熊熊、光焰通明的厨房之中了。

地板的红砖早已被踩得平滑了,大型的壁炉里烧着木头,两头精致迷人的炉角嵌入墙中,丝毫不用担心通风的问题。厨房正中央摆了张长桌,朴素的桌面搁在脚架上,四边各自放着长板凳。长桌的一头有把向后拉开的摇椅,前方留有獾简单而又丰富的晚餐剩菜。厨房的另一端,一排排洁净无瑕的盘子在碗橱架上闪闪发亮,头顶上的屋椽挂着几条火腿、数捆草药、一网袋一网袋的洋葱,还有许多篮鸡蛋。獾厨房里的食物丰富多样,适合招待聚会也适合招待朋友,老鼠和鼹鼠有口福了。

好心的獾把他俩推到一把高背长木椅上烤火,烘干身体,叮嘱他俩脱掉湿答答的外套和靴子,然后替他们取来睡袍、拖鞋,亲自用温水洗涤鼹鼠的伤口,又贴上绊创膏,就算没有比原来更好,至少也恢复如初。【名

▶ 柳林风声

【名师点睛：从这一系列的描写中可以看出獾的善良、亲切、心思细腻、考虑周全。】在环绕的光明与温暖中，他俩终于干爽暖和起来。酸麻的腿伸在身前，桌子后面响着惹人联想的餐盘的清脆碰撞声。两只被风雪苦苦逼迫的小动物，这会儿仿佛进了安全的港湾。刚刚被他们关在门外的寒冷和无路可寻的野树林，似乎已然相隔十万八千里。林中遭受的际遇，也成了一场几乎忘记的梦。

好不容易他们彻底烤暖了全身，獾立即把他俩唤到餐桌旁，享用他忙忙碌碌准备好的餐饮。他俩早就饿昏了，可是看到那么丰盛的晚餐，却又不知道该先享用哪一道菜。一时之间他们根本无暇交谈，等到慢慢恢复谈话了，却又美中不足地因为塞着满嘴食物而讲得咿咿唔唔。獾一点也不介意这种事，也没理会他们把手肘支在桌上，或者两人同时开口叽里呱啦。由于他自己从不参与社交圈，对于这种事情是否真正值得大惊小怪完全不知情。獾坐在餐桌首席的摇椅上听着两只小动物叙述他们的故事，间或庄重地点点头回应。他似乎不会为任何事感到意外或震惊，也从不插嘴，更不会提醒他们应该做这个，不该做那个。【名师点睛：写出了獾为人从容随和，也不爱指责别人。这样的性格与河岸动物们猜想的獾的性格相差很大，原来獾是一只如此厚道温和的动物！】鼹鼠开始对他大有好感。

晚餐终于在这样一种温馨舒适的氛围中真正结束，两只小动物都觉得肚皮撑得鼓鼓的，而且很安心，用不着为任何事或任何人而提心吊胆。主客三个围坐在大壁炉炽热的木炭周围，想着能够熬夜到这么晚，这么酒足饭饱，无拘无束，不用担心外面的风雪和路边洞窟中那恐怖的眼神是多么开怀的事情。在大家天南地北地闲聊一阵后，獾热诚地提出："赶快，告诉我一些你们那片天地的消息。蛤蟆老弟近况如何？"【写作借鉴：语言描写，从獾的语言中可以看出獾不是一个冷漠的人，相反，他时刻都在关心自己的朋友。】

"噢，越来越糟糕了。"老鼠凝重地表示，坐在长椅上享受温暖火光的鼹鼠也四足高举过头,试图流露出一脸痛心的表情。"上周才又撞过一次车,而且撞得很严重。嗯,他老是坚持亲自开车,偏偏又完全无法胜任。要是他肯雇只稳重正派、训练有素的动物,付给那只动物优厚的薪水,把所有事情交给那只动物去办,那么一切自然不成问题。偏偏他不要,他深信自己是天生的司机,谁也教导不了他什么,于是种种问题自然也就层出不穷了。"

"他到底有过多少次?"獾闷闷不乐地问。

獾心急,话说得不太透彻,老鼠一时间没有确定獾问的究竟是什么。"是撞车,还是车子?"老鼠问,"嗯,算了,反正碰上蛤蟆——数目都一样。这是第七辆了。至于前面那些——你晓得他那座车库吧?喏,早已层层堆积,全是不比你帽子大的汽车残骸!总共是六辆——若是能够计数的话。"

"他已经进过三次医院,"鼹鼠插嘴道,"至于必须缴纳的罚金,光是想想就吓死人!"

"不错,那也是一部分的困扰。"老鼠接着往下说,"蛤蟆很有钱,这点我们大家都知道,但他并非百万富翁。加上他是个拙劣透顶的司机,又完全漠视法律和秩序,送命或破产——两样他迟早会碰上一样。【名师点睛:蛤蟆疯狂的举动到头来肯定会自食恶果。】獾!我们是他的朋友,难道不该采取点儿什么行动吗?"

獾绞尽脑汁想了想,终于相当严肃地开口:"喂,听着!帮是肯定的,但是我现在有心无力,你们当然知道,目前我什么都没办法做!"

两位朋友默默同意,完全理解他的观点。根据动物界的规律,在冬季里,根本别指望任何一只动物去从事什么英勇豪迈、全力以赴,甚至只是温温和和、普普通通的活动。大伙儿全都昏昏欲睡——有的当真睡熟了。每只动物或多或少都受到气候的限制,都在休息中度过艰辛的日日夜夜。这段时间内,他们身上的每块肌肉都受到严格的考验,每一分精力都维持极度的紧绷感。

"很好!"獾接着声称,"但,一旦换上新的年头,夜缩短了,不到天亮

▶ 柳林风声

人就醒来,心浮气躁地盼着天亮。甚至天没亮,就起来做点什么——你们知道。"【名师点睛:破折号暗含深意,三只动物不言自明,达成了来年开春帮助蛤蟆的共识。】

两只动物郑重其事地点点头。他们知道!

"嗯,到时候,"獾继续往下说,"我们——就是你、我和我们这位朋友鼹鼠——我们要认真管管蛤蟆,不许他再做一点糊涂事。我们要让他恢复理智。必要时,就算使用武力也在所不惜。我们要令他成为一只有理性的蛤蟆。我们要——"獾和鼹鼠发现一旁的老鼠不插话,再一看,老鼠竟然睡着了,鼹鼠大喊道:"你睡着了,老鼠!"【名师点睛:在三只动物谈话时,老鼠竟然睡着了,可见此时他非常疲倦。】

"我没有!"老鼠猛一挺身醒来。

"从吃晚餐到现在,他已经睡着两三次啦!"鼹鼠哈哈大笑。他觉得自己却相当清醒,甚至精神振奋,自己这一天并不比老鼠轻松,却没有睡意,只是不明白原因何在。这自然是因为他天生就是地底下的动物,又在地下成长,獾的家园正符合他的天性,让他感到轻松自在。而老鼠习惯每晚睡在窗户正对凉风习习的河流并且敞开的寝室,自然觉得周遭空气凝滞而有压迫感。这种闷闷的感觉令老鼠昏昏欲睡。

"哦,这会儿大家都该上床了。"獾说着,起身端起烛台,"来吧,两位,我带你们到寝室。明早用不着拘束,随你们高兴什么时间吃早餐都行!"

獾领着两只小动物来到一个看上去半是寝室、半是贮藏室的房间。獾囤积的东西随处可见,大概占去了半个房间,但架设在地板上的两张小床看起来是那么柔软又讨人喜欢。床上铺的床单布料虽然粗糙却很洁净,闻起来有股芬芳的薰衣草香。鼹鼠和老鼠不到三十秒,便脱掉身上的衣服,高高兴兴地钻进被窝里。

这两只小动物依照好心的獾的指示,隔天早上睡到很晚才下来吃早餐。他们发现厨房里生着熊熊的火,两只小刺猬坐在桌旁的长板凳上,吃着木碗里的麦片粥。看到他们进来,刺猬放下他们的汤匙站起来,恭

敬地鞠了个躬。【名师点睛:体现了野树林里刺猬的礼貌。】

"行啦,坐啊,坐啊,"老鼠愉快地招呼道,"继续吃麦片粥。你们两个打哪儿来的?是在雪地里迷了路吧?"

"是的,先生,"两只小刺猬中较大的那个很有礼貌地说,"我和这位小比利两个想觅路上学——即使天气这么坏,妈妈也要我们去上课。我们自然迷路了,先生。比利年幼又胆小,吓得大哭起来。好不容易,我们终于误打误撞地碰到獾先生家的后门,于是放大胆子敲了门。因为众所周知,獾先生是位好心的绅士——"【名师点睛:从刺猬的言语中可以看出獾心地善良、乐于助人。】

"我了解。"老鼠边说边从一块熏肉上替自己切下几片薄片,鼹鼠也打了几个蛋在一只煎锅里。"呃,外面天气究竟如何?还有,你用不着频频称呼我'先生'。"【名师点睛:老鼠随和洒脱的性格使他不习惯别人的客套话,虽然这是刺猬对他的礼貌称呼。】

"噢,坏透了,先生,雪深得吓死人。"刺猬回答道,"像你们这样的绅士们,今天可别出门。"

"獾先生哪里去了?"鼹鼠拿着咖啡壶到壁炉前去将咖啡加热。

"主人进他的书房去了,先生。"刺猬答道,"他说他今天早上将会特别忙碌,不愿受到任何打扰。"

在场的人自然都明了这个解释。实际情况正如前面所说,当一只动物在一年之中过了六个月活动紧凑的生活,另外六个月相形之下(或者实际上)便显得很贪睡。而在这嗜睡的六个月里,若是有人来了或有什么事待做,你也不能老是拿睡觉当作推托之词——这个借口太过公式化了。虽然实际上所有的其他借口也都是为自己安心睡觉而找寻的。几只小动物都心知肚明,獾一定是痛痛快快地吃饱了早餐,退到书房,跷起二郎腿安坐在摇椅上,脸上盖着一张红棉布手巾,像每年这个时节一样地"忙碌"着。【名师点睛:写出了獾悠闲自在的生活。】

前门门铃当当作响,沾了满嘴油的老鼠派遣鼹鼠和小刺猬比利前去

47

▶ 柳林风声

看看来者何人。大门处响起一大片重重的脚步声,比利旋即领着水獭进门。水獭扑上前来拥抱老鼠,热情地高声打招呼。

"快放手!"老鼠满嘴食物,四下喷溅。

"我想应当能在这儿安然无恙地找到你们。"水獭开心地说,"今天早上我到河岸边时,他们全慌成一团。老鼠彻夜未归,鼹鼠也一样。他们说,一定是出了什么可怕的事。当然啦,白雪又掩埋了你们所有的脚印。但我知道,人们一陷入困境通常会去找獾,所以我马上冒着风雪、穿过野树林来到这里!【写作借鉴:"慌成一团"写出了小动物们对鼹鼠和老鼠很关心,水獭更是冒着风雪来寻找他们,写出了他们之间深厚的友情。】噢!在红日初升时走过雪地,棒极啦!当你在寂静中走着,一团团的白雪不时地忽然从树梢啪嗒一声坠下,叫你猛然吓得跳起来落荒而逃,想要找个地方躲避。一夜之间凭空出现了雪堡和雪窖,以及雪桥、雪廊、雪壁垒,如果有时间,要我留在那儿陪它们玩上几个钟头都行。地上到处可见被沉重的积雪压断的大树枝,知更鸟趾高气扬地站在那上面蹦蹦跳跳,仿佛那是他们自己弄断的。但一路上我却没碰到一个聪明人可以打探消息。半途中,我遇见一只坐在树桩上、用爪子清洁他那张笨脸的兔子。当我悄悄走到他身后,用我的前掌搭在他肩头时,可把他吓得魂飞魄散呢!最后我好不容易从他口中逼问出,昨天晚上他们之中有只兔子在野树林见过鼹鼠。他说,那是树洞之间的话题,有人提到老鼠先生的挚友鼹鼠境况有多惨!他迷了路,他们纷纷跑出来追他,把他追得团团转。【名师点睛:看来昨天晚上那些窝在洞窟中发出声响让鼹鼠恐惧的动物是一群兔子。】不管怎么说,我已能晓得某件事。倘若运气好再遇见'他们'之中的任何一个,我就会多知道一点了。"水獭痛快地讲着自己一路上的经历,没有发现一旁的鼹鼠竟然又害怕地抖起来。

"难道你一点都不——呃——紧张?"一提到野树林,鼹鼠昨日的惊恐又有一部分重回心中。

"紧张?"水獭张嘴大笑,露出一口白得发亮的牙齿,"要是他们之中有哪个想对我怎么样,我才会让他们紧张。【名师点睛:对于让所有动物都谈之色变的野树林,水獭却不屑一顾,水獭有十足的把握不被野树林里的家伙们欺负,如果谁欺负他,他准会痛快地还击,可以看出水獭的勇敢。】喂,鼹鼠,请你帮我煎几片火腿吧。我简直饿昏了,而且有一箩筐的话要跟老鼠说。"

于是鼹鼠温顺地切下几片火腿,叫两只小刺猬煎熟,然后回到原位吃自己的早餐。水獭和老鼠则头靠着头,热烈地大谈河上的行当,滔滔不绝地说个没完,就像潺潺的河水一样永不停歇。

一盘火腿刚刚吃完,正想送回盘子再多添些时,獾打着哈欠、揉着眼睛进来了,以他安静而简单的方式加上亲切的询问向在场每个人打招呼。"想必快到午餐时间了,"他告诉水獭,"最好留下来和我们一道用餐。这种寒冷的早上,你一定饿啦!"

"饿惨了!"水獭朝鼹鼠眨眨眼,"光瞧见这两只小刺猬拿煎火腿填饱肚子,就让我感到饥肠辘辘。"

一吃完麦片粥就卖力替人煎火腿的小刺猬们又觉得肚子饿了,怯怯地望着獾先生,却又羞怯得说不出话来。

"喂,你们这两只小家伙最好快快回家找妈妈。"獾和蔼地说,"我会派个人帮你们带路。【名师点睛:找人给小刺猬带路可以看出獾做事考虑得很周到。】我断定,你们今天不用再吃午餐啦!"

獾给了两只刺猬每人六便士,又拍了拍他们的头。他们毕恭毕敬地挥挥帽子,举手碰碰额头行礼,离开了獾的家。

厨房里,大伙儿马上坐下来吃午餐。鼹鼠的座位就在獾先生旁边,水獭和老鼠还在一个劲儿沉迷于河流话题。于是鼹鼠趁机告诉獾,他觉得这里有多么舒适,多像家一样。【名师点睛:写出了鼹鼠对獾家的喜爱。当然,獾家确实担当得起这样的称赞。】鼹鼠还对地下生活进行了一番评论:"一旦进入地底下,"鼹鼠说,"你就会彻底安心自在。不会出任何事情,也不会有任何东西逮着你。你完全可以自己做决定,用不着和任何

49

柳林风声

人商量，或不用管他们怎么说。头顶上的万事万物照常运行，你只要任其发展，用不着去挂念。随时想上去就可以上去，一切都在等着你。"

獾对鼹鼠露出和煦的笑容。"我的看法正是如此。"他答道，"除了地下，没有一个地方是安全、宁静的，或安定的。再说，要是你有意扩充和扩大——只要刨刨挖挖就行啦！要是觉得自己的房子大了些，不妨封掉其中一两个洞口，就又称心如意啦！没有建筑师，没有工匠，没有人爬到墙头上对你发表高论，也没有天气因素作怪。喏，瞧瞧老鼠。只要洪水涨个几尺高，他就得搬进出租公寓里，既不舒服，环境又不好，而且贵得吓死人。再说蛤蟆吧。我对蛤蟆府没什么异议。就房子而言，是这一带最好的房屋。但假设万一失火了，蛤蟆怎么办？假设屋瓦被刮走，或者墙壁龟裂了、塌了，蛤蟆怎么办？假设房间里冷风吹来吹去——我本身讨厌透风，蛤蟆怎么办？虽说到地面上去四处走走，找点东西糊口谋生是很不错，但终归要回到地下来——这就是我的家庭观！"

鼹鼠由衷赞成，最后獾待他亲切得不得了。"吃完午饭后，"獾说，"我带你到我这小地方四处逛逛。看得出来你会欣赏它，你懂得家居建筑应该怎么设计，真的。"

因此，午餐过后，趁另外两只动物坐到炉角唇枪舌剑时，獾点了一盏提灯，吩咐鼹鼠随他走。他将要带鼹鼠参观他的住宅。他俩穿过大厅，走入一条大隧道，摇曳的灯光明灭不定地照亮两旁大大小小的房间。有的只有橱柜大，有的像蛤蟆家的餐厅一样宽敞。一条右转的狭小走廊引领他们走上另一条走廊，同样的格局又再重复一遍。鼹鼠不禁为这种大小、规模、四通八达的结构瞠目结舌。【名师点睛：正如獾所想的，鼹鼠对他的住宅十分欣赏。】阴暗悠长的走道，拥挤仓库的坚固圆顶，遍布四处的砖石建筑、梁柱、拱门和人行道路面都叫他惊奇。"怎么做的，獾？"最后他问，"你是用了多少时间和力气完成这一切的？太惊人了！"

"倘若全是我独自完成的，"獾直言，"的确很令人吃惊。但事实上我什么也没做，只是清理出自己需要的走廊和房间。它的规模还远不止于此,周围尚有许多没使用到的。看得出来你听不明白,我必须向你解释说明。很久很久以前,今天的野树林所在处,是一座人类的城市。【名师点睛:獾向鼹鼠介绍房子的由来,解开了鼹鼠的疑惑。】就在我们现在所站的地方,他们生活、走路、谈话、睡觉,从事他们的营生。他们在这里养马、摆酒宴,从这里骑马出门打仗或驾车出去做生意。他们是个强大的部族,他们很富裕,他们是伟大的建筑师。他们建造持久的建筑——因为他们认为自己的城市将会永恒存在。"

"但是,他们后来都怎么了?为什么我没有在野树林这边看到人类出现,他们都不见了?"鼹鼠追问。

"谁晓得。"獾说,"人们来了,他们逗留一阵,兴盛繁荣,建造东西,然后走掉。听说,在还没有建造那座城市的多年以前,这里有很多獾。现在这里又住着獾了。我们是个坚忍的族群。我们可以暂时搬出去,但是耐心地等着,等到终有一日会再回来。以往如此,以后也将是如此。"

"哦,那么等他们终于走了以后呢?我是指那些人类。"鼹鼠问。

"等他们走了,"獾接着说,"强风和雨水立即无止无休、年复一年地掌管这一切。城市被夷为平地,消失了。接着,这片土地长出了幼苗,幼苗拔高成森林大树,荆棘、蕨类也攀爬匍匐着助势。腐殖土壤慢慢堆高,湮没了一切。冬季里暴涨的溪流挟带着泥沙和土壤淤积在此地,日积月累,为我们备妥了家园。于是我们搬进来了。在我们头上的地表上,发生了同样的事情。动物来到此地,看中它的风貌,各占地盘定居下来,扩张领域,兴盛繁衍。他们懒得费心研究过往,他们太忙了。这地方有点儿起起伏伏、高低不平。自然而然,到处是坑洞,不过那是个极大的便利。他们也不操心未来。未来也许人类会再搬进来,住上一段时间,很有可能。如今野树林里有不少种族群居在此,好的,坏的,不好不坏的,就和一般的聚居地一样,我叫不出他们的名字来。一个世界,需要有各式各样的东西才能够组成。不过,我想目前你自己对他们应该有些认识了吧。"

▶ 柳林风声

"正是。"鼹鼠微微一颤。

"没事,没事,"獾轻拍他的肩膀,"喏,这是你第一次和他们遭遇。他们并非真的那么坏。我们全都必须生活,也必须让人生活。不过明天我会传个话出去,以后你们应该就不会再遇上麻烦了。在此地,我的任何一位朋友都可以通行无阻。如若不然,我一定会追究原因!"【名师点睛:从獾霸气的语言中可以看出獾在这一带威望很高。】

回到厨房后,他们发现老鼠正坐立不安地走来走去。地底下的气氛正压迫着他,让他越待越紧张。和水獭的对话加剧了他对大河的思念,他似乎真的害怕若不回去看管,河流会溜掉似的。因此他早已披上外套,把手枪插回腰带上。

"来吧,鼹鼠,"一见到鼹鼠,老鼠便焦急地说道,"我们得趁着天色明亮时回家,我可不想再在野树林里逗留一夜。"

"不会有问题的,我的好兄弟,"水獭说,"我陪你们一块儿走,就算蒙上眼睛我都能认得每一条小路。要是有哪个家伙欠揍,你们大可以安心交给我去揍他一顿。"【名师点睛:水獭为人仗义,乐于助人。】

"老鼠,你真的用不着忧心忡忡,"獾淡淡地说道,"我的通道比你想象的要长得多。另外,我还有很多通道通向好几个方向的林子边缘,不过我并不在乎大家知道这些。等你真的非走不可时,我给你指一条捷径离开。而在此之前你尽管放轻松,安心坐下来。"

老鼠还是一个劲儿急着要赶回去照料他的河流。【名师点睛:写出了老鼠急切想回家的心情。】于是獾再次提起灯笼,领着大伙儿走进一条闷湿的地道。这条地道蜿蜒曲折,急转直下。部分凿成拱状,部分削穿了坚硬的岩石,走得让人骨酸脚麻。好不容易,阳光终于透过走道出口顶上交错的植物的缝隙洒下。獾和他们仓促地道别,赶紧把他们推出门外,再用爬藤、灌木和枯枝败叶尽可能将一切恢复成自然面貌,然后返身往回走。

三名访客发现他们已置身于森林的最边缘,身后的岩石、荆棘和树根胡乱地纠缠成一团。前方是一大片一大片平静的田原,四周的树篱映着雪地显得黑沉沉的。再向前远眺，熟悉的老河流闪着微光，寒冬的红日低低地悬挂在地平线上。

熟悉路径的水獭负责带队，抄捷径赶到远方的出入口，然后暂停脚步回头一望，看见一整片野树林浓浓密密、阴森骇人地坐落在周围辽阔的皑皑白雪上。此时的野树林还是给他们一种恐怖的感觉，他们同时转身快步往回家的路上赶，赶回去看看炉火和被火光照亮的熟悉事物，聆听窗外河流轻快的水声。不管这条河的情况如何，他们都很了解、都很信任，从来不会叫他们吃惊或害怕。

就在鼹鼠匆匆赶路、焦急地盼望着早点回到家中和熟悉喜爱的事物在一起时，他清楚地认清自己是只属于耕作地和树篱的动物，紧紧依附于犁过的田园、常见的牧场、黄昏漫步的小径与栽培作物的园地。

<u>至于伴随未经开发的大自然那些严酷的条件、坚忍的耐力，或者同大自然进行实际抵触的冲突，都是为别人而存在的。他必须放聪明，谨守与自己的命运和际遇紧紧相连的乐园。这里头，自有够他一生经历的冒险活动和奇遇。</u>【名师点睛：一段奇异的经历，带给聪明的鼹鼠一番思考，他坚信今后的生活会越来越好，并且会珍惜现在的生活。】

Z 知识考点

1. 填空题。

獾认为，除了地下，没有一个地方是_____、_____的，所以他的家庭观是：到地面上找点东西糊口谋生倒是不错，_____ _____。在他看来，老鼠住在河边的洞里，只要河水上涨几尺，就要_____；而蛤蟆的房子有_____被刮走，墙壁_____、_____的风险。

柳林风声

2.选择题。

老鼠为什么强烈要求回到河流去？下面的原因不包括 （ ）

A.老鼠知道獾不喜欢社交，不想给他添麻烦。

B.老鼠习惯生活在河流，獾家地底下的气氛使他感到紧张、不舒服。

C.和水獭的对话，加剧了老鼠对河流的思念。

D.老鼠担心河流会溜掉，急着赶回去照料。

3.问答题。

老鼠和鼹鼠野树林冒险后来到獾的家，獾是怎么招待他们的？

阅读与思考

1.你觉得獾先生是一个怎样的人？

2.水獭是怎么知道老鼠他们在獾先生家的？

第五章　温馨家园

> **M 名师导读**
>
> 　　在和水獭外出一整天后，老鼠和鼹鼠正要穿越田野返家。这时，鼹鼠捕捉到了"如触电般强烈触动他的信息"，这信息是什么呢？面对哭泣的鼹鼠，老鼠又做出了什么决定？他们能顺利到达想要去的地方吗？

　　羊圈里的羊儿不知出于什么原因变得非常躁动，他们鼻子里呼哧呼哧地喘着白气，好似很愤怒一般。整群绵羊挤成一团冲撞着栅栏。两只小动物谈笑风生、兴高采烈地加紧脚步从旁边走过，在和水獭外出长长的一整个白天后，他们正要穿越田野返家。这一天里，他们到辽阔的丘陵高地间打猎、探险，许多注入他们那条河流的小溪源头都在这附近。暮色渐渐笼罩，他们却还有好一段路要走。他俩慌不择路地走过耕地，早已听到羊群的声音，因此朝着羊群的方向走去。这时，他们发现由羊栏往外延伸出一条被踩踏出来的小径，脚步也轻松多了。他们凭着所有动物天生具有的那种嗅觉，一概斩钉截铁地回应："对，丝毫不错，这正是回家的路。"老鼠和鼹鼠果断地选择沿着这条小径向前行进。

　　"看来我们好像要进入某个村庄了。"鼹鼠有点迟疑地放慢脚步。【名师点睛：鼹鼠的迟疑表明他经过野树林的冒险之后，变得非常谨慎小心了。】因为原来的羊肠小径后来变成了小路，小路越来越宽，现在又把他们引上一条用碎石铺成的大路了。动物们可不喜欢村庄，动物们不想和人类有什么接触。那些村庄里的大道，东一条，西一条，完全不顾什么邮局和酒店，总是想通往哪里就通往哪里。

▶ 柳林风声

"噢,没关系,"老鼠说,"每年到了这个季节,村民都是安稳地围在炉边,足不出户。我们可以不受任何打扰,不惹任何不快,悄悄通过这村子。高兴的话,还可以从窗口看看他们,瞧瞧他们在做些什么。"

当他们轻轻踩着细雪接近村庄时,骤降的夜幕已完全包围了这个小村子。除了道路两旁一个个暗橘红色的方块,几乎什么也看不见了。每间农舍的灯光,都是透过那些方形的窗口流泻到外面昏暗的世界。【名师点睛:农家屋内的光明、温馨与屋外的寒夜形成了鲜明的对比。】矮格子窗户大多没装窗帘,对从窗外往内窥视的动物们来说,那些围坐在茶几旁边的居民各有各的快乐风采,即使是演技精湛的演员也难以捕捉其神韵。两名观众由一座剧院移往另一座剧院,看着一只小猫被人抚摸,一个困倦的孩子被抱起来,离家遥远的他们眼中不由得露出羡慕的神情。【名师点睛:生活中一些细微的镜头触动了他俩的神经,想家的念头再一次袭上心头,"羡慕"一词使他们的思家之情表现了出来。】

小窗内充满着家的味道,一扇扇窗将一户户农舍打造成一处处温馨的场所,把窗外的寒风和黑夜抵挡住。这家农舍靠着窗帘的地方,挂着一只鸟笼,里面栖息着一只鸟儿,此时鸟儿已经安然入睡了,看着这只处在温暖家园里的鸟儿,老鼠和鼹鼠更加怀念家的感觉。这时一阵刺骨的寒风吹过他俩的颈背,皮肤上一阵冰冷的刺痛使得他们仿佛从梦中惊醒过来。【写作借鉴:过渡句,起到承上启下的作用,现实的冰冷更激发了他们对家的渴望。】两只动物自觉脚趾冰冷、四肢酸疼,而自己的家园却还在遥远的路程之外。两只动物不得不收起自己的羡慕之心,加快步伐赶路回家。

才过村子,农舍一下子全没了,他俩又可以透过黑幕,从马路两旁闻到亲切的田园气息。他们振作精神,准备走完这最后一段长路,回家的长路,铁定有个尽头的长路。届时,门闩哗啦一响,火光突然大亮,熟悉的画面像迎接阔别海外的游子一样欢迎他们。他俩安静而稳健地快步赶路,各怀各的心思。鼹鼠频频想到晚餐。由于四周已是一片漆黑,而据他所知这又是一个自己完全陌生的乡村,因此他乖乖地跟在老鼠的背后,把向导工作全部交给他。至于老鼠呢?他依照平日的习惯稍微走在前面一两步外,弓着肩膀,两眼盯着面前笔直的灰色马路,以至于当鼹鼠突然意识到声声召唤、浑身恍如触电般猛然一震时,老鼠并没有注意到。

在黑暗中蓦然飘出来的缥缈的神秘呼声,纵然尚未能够让鼹鼠忆起那是什么,但声声熟悉的呼唤却令他激动不已。他完全停下脚步,鼻子到处嗅来嗅去,努力重新捕捉那细细如丝、如触电般强烈触动他的信息。不一会儿,他又捕捉到它了。这一次,回忆如洪水般一拥而至。【写作借鉴:"如洪水般一拥而至"运用了比喻的修辞手法,写出了鼹鼠的思乡感情之浓,也反映了鼹鼠离家太久,对家的记忆变得很敏感。】

家!那就是这些信息透露的意义。那些抚慰的呼声,那些空气中拂过的轻柔碰触,还有那些拉拉扯扯、看不见的小手,一路上召唤鼹鼠回家!噢,此时此刻他必定离家很近了。自从他在那个晴空万里的早晨逃走之后,便始终沉迷在他的新生活里,一心一意享受它的乐趣、它的惊奇,以及它那新鲜、扣人心弦的经历。此刻,在黑暗中,伴着如泉涌而至的回忆,它是多么清晰地矗立在他眼前!不错,是很寒酸,又很小,装潢很简陋,但那还是他自己的,是他亲手为自己建造的家园,每天工作完后都好高兴回去的家。而那个家显然也很高兴和他在一起,而且正思念着他,盼望他回去,并且正透过他的鼻子这么告诉他。幽幽地,责备地,但不带半点怨恨和怒气,只是清清楚楚地提醒他,它就在那里,盼着他回去。【写作借鉴:将鼹鼠的家拟人化,运用拟人的修辞手法赋予鼹鼠的家以感情色彩,家在思念鼹鼠回来,这实际上是鼹鼠内心活动的反映,是鼹鼠思家情绪的表现。】

那呼声好清晰,好明白。他必须马上听它的,回去!"老鼠!"鼹鼠欣喜若狂地大喊,"停下,回来!快!"

"噢,走啊,鼹鼠!快走!"老鼠爽快地答复,仍旧一个劲儿地快步赶路。

"求求你停下来!"可怜的鼹鼠央求,"你不明白!是我的家啊,我的

柳林风声

老家！我刚刚闻到它的气味了，就在附近，真的很近！噢，回来啊，老鼠！拜托，拜托你回来！"

这时老鼠已经遥遥领先一大段路，远得听不清他在喊些什么，也听不出他语气中深刻的痛苦味道。老鼠整颗心都悬在天气问题上，因为他也闻到一股气息——一股疑似大雪将至的气息。【名师点睛：破折号的作用是解释说明，再一次说明了老鼠的睿智和善于观察。】

"鼹鼠，目前我们不能停下来，真的！"他回头大喊，"不管你刚刚发现的是什么，我们明天去找。不过现在我真的不敢停下来——天色已经很晚，而且又要下雪了，加上我不敢确定该走哪一条路！我需要你的鼻子，鼹鼠，快赶上来吧，好兄弟！"老鼠不等他回答便加紧脚步向前走。

可怜的鼹鼠孤零零地站在马路上，心都碎了。一股哽咽不知沉在体内的何处，凝聚再凝聚，他知道，就快激烈地迸发到表面上来了。但即使是在这么严峻的考验下，他还是坚持对他的朋友忠心耿耿，从没有想到要弃他的朋友于不顾。这时候，阵阵的哀求、低诉、魔咒又从老家飘来，最后苦苦逼着他回去。他不敢再在它们的魔法圈中逗留下去，咬咬牙，扯断心弦，俯首盯着路面，顺从地跟着老鼠的脚步走。【名师点睛：虽然回家的欲望如此强烈，但在友谊面前鼹鼠选择了跟着老鼠走，可见老鼠在他的心目中相当重要。】而阵阵微弱稀薄的气息依然尾随他渐去渐远的鼻子，谴责他的新友谊和无情的遗忘。

鼹鼠卖力地追上毫不知情的老鼠。【名师点睛：老鼠并没有听清鼹鼠的哀求，对于他想要回家的诉求毫不知情，所以才没有顾及鼹鼠，但这并不代表老鼠不善良，老鼠为了鼹鼠什么都可以做。为下文老鼠支持鼹鼠原路返回寻找老家埋下了伏笔。】对方开始兴奋地大谈回到家后他们要做些什么，一点也没注意到同行的朋友始终默默无语、苦闷心酸。然而，等他俩继续走上好一段路，路过几棵残留在路旁的矮树丛边的树桩时，老鼠终于停下脚步，亲切地说："喂，鼹鼠老弟，你看起来好像累得要命。一路上不言不语，脚下像绑了铅块似的拖拖拉拉。咱们先在这里坐一会儿，休息休息。雪一直拖到目前为止都没下,而我们也已经赶完大半路程啦!"

鼹鼠愀然地退到一根树桩上坐下,努力控制自己的情绪,因为他感觉它就快要决堤了。交战了那么久的哽咽,不肯臣服于他。一再高涨,高涨,拼命想要纵情流露;一波接一波,冲得又急又激烈。终于,可怜的鼹鼠放弃挣扎,不禁放声痛哭起来。他知道一切就要完了,他已然失去几乎算是已经找到的东西。

老鼠为鼹鼠这突如其来的激烈而悲伤的心绪大感震惊,茫然不知所措,半响都不敢开口说句话。终于,他满怀同情,细声细语地探问:"怎么啦,老弟?究竟出了什么事?把你的苦恼说出来,让我来看看有什么办法。"

可怜的鼹鼠胸口急遽起伏,好不容易一句话刚要说出口,马上又被下一口抽气哽回去了,几乎无法言语。"刚刚我嗅到了我老家的味道,它在呼唤我回去。我知道它是个——破旧、肮脏的小地方,"终于,他一面饮泣,一面断断续续地吐露,"不像你——那温馨的地方,或蛤蟆漂亮的宅邸。但那是我自己小小的家——我喜欢它。我离开了,把它忘得一干二净——刚刚我忽然闻到它的气味——在马路上,我叫你而你不听时,老鼠——所有事情一下子全部涌上心头——我要它——噢,天哪!噢,天哪!【名师点睛:破折号的连用,写出了鼹鼠因委屈而抽泣,从而导致言语断断续续,我们充分感受到了鼹鼠对家的渴望。】而你不愿回头,老鼠——我只好离开它,虽然始终都闻到它的气味——我想我会心碎。我们本该回去看它一眼啊,老鼠——只是一眼——它就在附近——可是你不肯回头,老鼠,你不肯回头。噢,天哪!噢,天哪!"

回忆带来阵阵新的悲伤,鼹鼠再度泣不成声,无法继续说下去。

老鼠直愣愣地盯着前方,一句话也没说,只是轻轻拍着鼹鼠的肩膀,过了好一会儿才愁眉苦脸地低声埋怨自己:"现在我全明白了!我多蠢啊!蠢猪——那就是我!一头蠢猪——不折不扣的蠢猪!"老鼠内心充满了懊恼,一个新的决定又迅速成形。

柳林风声

他一直等到鼹鼠的呜咽渐渐规律，不再那般歇斯底里。等到哽咽只是陪衬，大声抽鼻子变成主调，他这才站起来，轻描淡写地说："好了，老弟，现在咱们真的得赶紧走啦！"【名师点睛："轻描淡写"反映出老鼠一贯遇事淡定不慌张的性情。】然后，他朝着刚刚辛辛苦苦走过的来时路往回走。

"你究竟要去哪里，老鼠？"鼹鼠慌忙地仰起头，泪汪汪地喊着。

"我们去找出你的家。"老鼠愉快地说，"所以你最好赶快跟上来，那可有得找的。我们需要你的鼻子。"

"喂，回来啊，老鼠，回来！"鼹鼠站起来匆匆追上前去，嚷着，"没用的，我告诉你！时间太晚了，天色也太暗啦，那地方又太远了，况且眼看就快下起雪来！我——我根本没打算让你知道我那种感受——那全是意外，是个错误！想想河岸！想想你的晚餐！"【名师点睛：善良的鼹鼠不愿老鼠为了他再冒险在寒夜里折回，这种随时都可能下雪的天气简直太恶劣了。破折号的运用突出了鼹鼠语气的坚定，凸显了他对老鼠的真挚感情。】

"去他的河岸！去他的晚餐！"老鼠情绪激昂地说，"告诉你，我现在要去找出这个地方，就算彻夜留在户外也在所不惜。开心一点吧，老弟，挽着我的手，咱们很快就会回到原处的。"

还在抽泣的鼹鼠一路哀求着，勉勉强强被他那果断的朋友拖着往回走，听他谈些愉快的话和趣事奇闻来鼓舞自己的精神，让累人的路程走起来感觉短一点。【名师点睛：老鼠为了鼹鼠不顾劳累往回走，可见他们的情谊浓厚，写出了老鼠的善解人意。】终于，老鼠觉得他俩一定离鼹鼠刚刚"滞留"的路段很近了，于是他说："喂，现在别再闲聊啦。办正事！用你的鼻子，专心去做。"

他俩静悄悄地移动一小段路，老鼠突然经由和鼹鼠相挽的手臂，意识到一股如电流般的微弱刺激流遍好友的全身。他立即松手，后退一步，全神贯注地等着。

信号传来。

鼹鼠纹丝不动地伫立片刻，仰起鼻子微微合张，嗅着空气中的气息。

鼹鼠箭步往前冲出一小段路——不对——刹住——回到原地,然后,稳健地、满怀自信地缓缓前进。【写作借鉴:"箭步""刹住"等词语生动贴切,将鼹鼠急迫的样子活灵活现地表现了出来,一个激动的鼹鼠形象被描绘得淋漓尽致。】

　　激动万分的老鼠紧紧跟随,而鼹鼠却有点像在梦游似的,跨过一条干沟,爬过一片树篱,在黯淡的星光下嗅着路,越过一片光秃秃的、没有人迹的空旷田野。

　　这时,他突然毫无预兆地猛往下钻,但老鼠一直警惕留神,忙跟着他钻下地去,来到被鼹鼠那忠实精确的鼻子引导主人前来的地道。这正是鼹鼠逃离老家时钻过的那条地道!

　　地道既挤又不通风,还带着强烈的泥土味。老鼠觉得自己仿佛走了大半天才到通道尽头,总算能够挺直腰板,伸展四肢,抖动一下身体。【写作借鉴:"挺直""伸展""抖动",这一连串的动作写出了老鼠放松了劳累的身体。】鼹鼠擦亮一根火柴,老鼠借着火柴光看出他们现在站在一块空地上。这里经过仔细打扫,脚下铺着沙子,正对面是鼹鼠家小小的前门,一旁的门铃拉索上漆着用歌特体字母书写的字样:"鼹鼠居"。

　　鼹鼠伸手取下挂在墙边一枚钉子上的灯笼并将其点亮,老鼠左顾右盼,看出这该是个前庭之类的地方。门的一侧摆着一张花园凉椅,另一边有部滚路机。因为鼹鼠在家时是只爱整洁的动物,受不了别的动物把他的土地踢出几个土坡来。每次朋友拜访过后,鼹鼠总会用这部滚路机将门前的路面压平整。四面墙边挂着许多只装着野蕨的铁丝篮,搭配着数个托着石膏像的托架,以及其他众多现代意大利英雄人物。前庭的一侧设有一座九柱戏场,沿着它旁边摆了些长椅和小木桌,桌上留着一个个像是啤酒杯制造的圈痕。中央有圆形的小池塘,里头养着金鱼,边缘嵌着海扇壳。池子中央耸起一座包着许多海扇壳的奇异东西,顶端嵌着一颗银色大玻璃球,每样物品投射在那玻璃球上都映出扭曲的形象,制造出十分逗人喜爱的效果。

柳林风声

鼹鼠一看见这些亲密的东西立即眉开眼笑,连声催促老鼠进屋,并在大厅里点盏油灯,环顾一眼他的老家。【名师点睛:离家一年的鼹鼠看到久别的故居,顿时感到非常开心,用"眉开眼笑"来形容非常贴切。】他看见每样东西上都蒙着一层厚厚的灰尘,看见这长期无人看顾的房子一副凄凉荒芜相,还有它那狭小贫乏的腹地,以及破旧寒酸的家具什物——他两只前爪搂着鼻子,再次颓然倒坐在大厅座椅上。"噢,老鼠!"他沮丧地大叫,"我为什么要这么做?为什么偏要在这样一个夜晚把你带到这又冷又寒酸的小地方。这时候你本来大可以待在河岸,在熊熊的炉火前烘暖你的脚趾头,身旁会有自己美好的东西围绕呢!"【名师点睛:鼹鼠看到自己家的凄凉荒芜,想起老鼠家的温暖舒适,不由得感到惭愧,并感到深深的自责。这也表明了鼹鼠心地善良,对待朋友真诚厚道。】

老鼠全然不理会他伤心的自责,自顾自地跑来跑去,打开各扇门,详细察看每个房间和橱柜,点亮许多油灯、蜡烛。"这座小屋真是棒极了!"他开心地高呼,"这样小巧!设计这么周详——什么东西都有,样样都摆在最合适的地方——咱们今晚一定会过得很快活——现在,我们首先需要烧一炉旺旺的火,我来负责——我一向知道什么东西要上哪里找。【名师点睛:老鼠永远是那么积极乐观、充满阳光,他善于观察,总能发现什么需要做、什么不需要做。】喂,这就是客厅了吗?好棒啊!凿入墙壁里的那些睡铺是你自己的点子?真棒!喏,我来搬些木头和煤炭,要知道生炉火可是我的看家本领之一呢。鼹鼠,你去拿把掸子——餐台的抽屉里可以找到一把——想办法把屋里弄得整洁些。来吧,老弟!"

鼹鼠被老鼠一激励,马上站起来痛快地东掸掸、西擦擦,卖力打扫。老鼠则一遍遍抱着木头、煤炭来回跑,烟囱里很快就响起噼里啪啦的烈焰奔窜声。他把鼹鼠拖到炉前取暖。可是,才一会儿工夫鼹鼠又颓丧起来,心灰意冷地坐在角落里的一把长凳上,把脸埋在手中的鸡毛掸子里。

"老鼠,"他唉声叹气地说道,"你的晚餐怎么办?你这又冷又饿又累的可怜东西。我什么东西也没法给你——没有——连块面包屑也没有!"

"你怎么这么容易认输啊！"【写作借鉴:语言描写,老鼠指责鼹鼠的悲观心情,同时反衬了老鼠不服输的精神。】老鼠责备他说,"嘿,我刚才在厨房的碗橱里看见一把沙丁鱼罐头的开罐器,看得一清二楚,明明白白的。大伙儿都知道,那就表示这附近一定有沙丁鱼罐头。振作起来吧！打起精神,陪我一块儿去找找吧。"

他俩一块儿去找寻食物。翻遍每座橱柜,拉开每一个抽屉,结果自然不会太可观,但毕竟还不是很让人失望。一罐沙丁鱼,一盒几乎满满的饼干,还有一根用铝箔纸包着的德国香肠。

"够摆一桌筵席啦！"老鼠察言观色,边布置餐桌边说,"就我所知,有些动物会愿意不惜任何代价,要求今晚和我们共进晚餐！"

"没有面包！"鼹鼠悲哀地呻吟道,"没有黄油,没有——"【写作借鉴:对鼹鼠的语言描写,再一次写出了鼹鼠的悲观沮丧。】

"没有美味可口的肥鹅肝酱,没有香槟！"老鼠笑嘻嘻地接着说,"这倒提醒了我——走道尽头那个小门是什么？你的地窖？铁定是！所有这屋子里的奢侈品全在那里！你等一下,瞧我的！"

老鼠往地窖门那边走去,不一会儿工夫两爪各抓着一瓶啤酒,两臂再各挟一瓶,灰头土脸地回来了。【名师点睛:老鼠发挥自己的机智,不断充实晚餐的样式。从老鼠灰头土脸的样子可以看出这间地窖很久没有打扫了,难怪鼹鼠自己都忘记里面藏着啤酒了。】"鼹鼠,我看你真像个住在金银窝里的乞丐。"老鼠说,"别再看轻自己啦。这里真的是我平生所见最令人愉快的小地方！喂,你那幅画究竟打哪里挑来的？真的,让这地方看起来好温馨啊！难怪你会喜欢它,鼹鼠。告诉我有关这里的一切,还有你是怎样把它布置成现在这个样子的。"

接下来,趁着老鼠忙于拿刀、叉、碗盘,在鸡蛋杯里搅拌芥末酱时,还在为刚刚紧绷的情绪而起伏喘息的鼹鼠开始叙述——一开始还带着点儿羞赧,后来谈得兴起,便越说越率性——这是怎么设计,那是怎么构思,这是怎么从某位姑妈那儿意外得来,那又是怎么个惊奇发现加上廉

63

柳林风声

价购入,而另外这件则是辛苦积攒加上东省西省才买下来的。他的精神终于恢复了,还拿了盏油灯向他的客人一一展示,并详细说明它们的特点,压根儿把他俩都亟须饱餐的晚饭给忘了。饿得发慌却还竭力掩饰的老鼠一本正经地猛点头,蹙着眉头仔细观赏,偶尔轮到他发表意见时,更频频夸道:"棒极了!真出色!"【名师点睛:正沉醉于回家的喜悦中的鼹鼠兴致勃勃地介绍自己的住宅,丝毫没有留意到已经饿得发慌的老鼠。老鼠为了照顾鼹鼠的心情,不忍心打断他的介绍。】

最后,老鼠总算把鼹鼠诱回餐桌,刚要全力以赴地打开沙丁鱼罐头时,前庭屋外传来种种声音——一些像是小脚在石砾上拖着走的声音,还有一些杂乱的细语交谈声。他们听到几个断断续续的句子——"来,大家排成一列——汤米,把灯笼提高一些——先清清你们的喉咙——等我喊一、二、三后就别再咳嗽——小比尔哪里去了?——喂,过来,快,我们大家都在等着——"【名师点睛:一段独白巧妙地引出了鼹鼠回老家后见到的第一群朋友,究竟是谁在鼹鼠的家门外叫嚷呢?】

"怎么回事?"老鼠停下手中的动作询问道。

"我想一定是田鼠。"鼹鼠带着几分神气回答道,"每年这个时节,他们都会固定地到各处去报佳音。他们在这一带是相当出名的团体,而且从来不会疏漏掉我这里——鼹鼠居,是他们最后一处会来的地方。而我总是会请他们喝些热饮,遇到请得起时还外带晚餐呢!能再次听到他们的歌声,就好像回到往昔的时光了。"【名师点睛:从鼹鼠的言语中可以看出鼹鼠待人热情以及回到家后的愉悦心情。】

老鼠听着鼹鼠的话顿时觉得很有趣,已经按捺不住了。"咱们现在就去见见他们!"老鼠一边说一边向大门奔去。

门一打开,迎面所见的是一幅美丽的画面,符合时令的画面。借着一盏角制灯笼朦胧的光线,他们看见前庭站立着八到十只小田鼠,排成半个圆圈,脖子上围着红色的长羊毛围巾,前爪深深地插在口袋里,两脚轻轻地跳来跳去好保暖,亮晶晶的圆眼珠滴溜溜地互相瞟来瞟去,嘻嘻窃笑,不时吸吸鼻子,用袖口去擦。提着灯笼的一只较大的田鼠就开口道:"好啦,一,二,三!"他们尖锐的小嗓音在空气中回响,唱出一支古老的颂歌。那是他们的祖先在霜凌雪欺的休耕地里,或者在被大雪困于壁炉边时创作的颂歌之一,而后代代相传,每到圣诞节便在泥泞的街头被人歌咏。

歌声停歇,带着微笑又有些腼腆的歌手们,互相斜递着眼色,然后是一片沉默——但只是一下子。接着,遥远的钟铃敲出欢欣热闹的叮当声,化为微弱悦耳的嗡嗡鸣响,从上头远远的地方钻入他们才刚走过的地道,传入他们的耳中。钟声打破了这短暂的沉默,大家意识到圣诞节到了!鼹鼠此时正苦恼于自己没有购置足够丰盛的食物来招待这些朋友们,而老鼠则显得很乐观。

"孩子们,唱得真好!"老鼠由衷地大喊,"现在,大家快进来,到炉边来取取暖,吃点热东西!"【写作借鉴:语言描写,表现了老鼠的真诚和热情。】

听到老鼠的邀请,鼹鼠也抛却了苦恼,今晚的食物应该可以让这些田鼠们饱餐一顿的。"对,快进来,田鼠们,"鼹鼠热情地叫着,"全跟往日一模一样!进来后把门带上,再将那把高背长椅拉到火炉边。好啦,你们稍等一会儿,等我们——噢,老鼠!"鼹鼠终于还是没办法让自己妥协,他意识到家里的食物确实不够。他绝望地大叫一声,噙着泪水,一屁股重重地坐在座位上。"怎么办?怎么办?我们没有东西可以招待他们!"【写作借鉴:动作描写和语言描写,"绝望""噙着"等词把鼹鼠的悲观刻画得淋漓尽致。】

"只管交给我来办。"老鼠一把揽下来,"喂,提着灯笼的那个!过来这边,我有话要对你说。来,告诉我,晚上这时间可有哪家商店还开着?"

"当然有了,先生。"田鼠恭恭敬敬地回答,"每年的这个时候,我们的商店都是全天候营业。"田鼠似乎意识到了什么,期待地搓着爪子。

"那么,注意听!"老鼠说,"你马上提着灯笼出门,帮我——"

接下来是一大段唧唧咕咕的交谈,鼹鼠只听到其中的几个小片段:

▶ 柳林风声

"新鲜的,记住——不,一磅正好——务必要挑巴金氏的,因为别的我都不要——不行,只要最好的——要是那里买不到,就去别家试试——嗯,当然要家庭制的,不要罐装的——行了,尽你所能吧!"【名师点睛:从老鼠的交谈中可以看出他是一个心思细腻、办事有条理的人,像家长一样照顾大家。】最后,叮叮当当的硬币由一只手爪传到另一只手爪,小田鼠又接下一个供他购物用的大篮子,提着灯笼匆匆忙忙地走了。

其余的田鼠排成一排坐在长椅上,晃着短腿,陶醉在火光中,烤冻疮烤到隐隐感到刺痛。【名师点睛:田鼠们为了给邻居们报佳音被冻伤了,真令人感动!】鼹鼠想引导大家轻松聊天却没成功,因为小田鼠们本来就很害羞,今天又有老鼠在,他们就更难开口聊天了,鼹鼠索性大谈家族史,要每只田鼠背诵他们那一大串弟弟们的名字。这些弟弟们的年纪显然还太小,今天不能出门报佳音,但渴望在不久的将来能赢得父母的首肯。

在这同时,老鼠忙着检视啤酒瓶上的商标。"我认得这是老柏顿牌的。"他称许道,"聪明的鼹鼠!了不起的家伙!这会儿咱们可以加点香料烫些酒来吃了!你去把材料准备准备,我来拔开瓶塞。"

没多久工夫,他们便将香料泡好,把洋铁壶推入红红的火焰中心。很快,每只田鼠都又咳又呛(因为加过香料的麦酒,只喝一小口就让人受不了)地啜饮着美酒,揉着眼睛,哈哈大笑,忘了这一辈子所遭受过的所有寒冻。【名师点睛:写出了大家在一起时开心快乐的场面,渲染了幸福温馨的气氛。】

"这些小家伙也演戏呢!"鼹鼠对老鼠说,"由编到演通通自己来,而且表演得极棒!去年他们演了一出绝妙好戏让大家欣赏,内容是说有只田鼠在海上被海盗船捉去,他被逼着划船,等他逃离海盗船回到家乡,心爱的姑娘已经嫁给了另一只田鼠。喂,你,你也参加了演出!我记得。站起来,背几句台词来听听。"

被点到名的田鼠站起来,害羞地咯咯笑着左顾右盼。舌头始终像打了结一般。【名师点睛:生动地反映出田鼠害羞的性格。】同伴们个个为他加油,鼹鼠也又哄又鼓励,老鼠更是握着他的肩膀摇了摇,却终究无法打败他的舞台恐惧症,就像皇家溺水救援会的水手抢救一名落水已久的人一样,他们全都忙着铆足全力鼓励他演出。这时门闩咔嗒一声,大门应声而开。提着灯笼的田鼠拖着沉重的篮子,摇摇摆摆地走进来。

一见满篮实实在在的东西递到桌子上,就没人再提戏剧表演的事了。凭着老鼠的指挥才华,在场的每个人都被派去做事。不到几分钟,晚餐已经准备妥当。【名师点睛:晚餐的布置如此迅速而有序,老鼠确实是一位优秀的指挥家呀!】鼹鼠像在做梦似的坐上首席,看着方才还稀稀落落的桌面,转眼间已经摆满了美味可口的佳肴;看着他的小田鼠们无不眉开眼笑地埋头大吃,然后自己也跟着尽情享用——这些像变魔术般出现的美食——因为他的确饿坏了,他心想:这次回家是多么快乐啊!他们边吃边畅谈往事,田鼠们提供给他好些近来地方上的街谈巷议,同时尽其所能地回答他所提出来的无数个问题。老鼠难得插上一句话,只是用心照应每位客人都能吃到很多自己想要吃的东西,让鼹鼠不用为任何事烦恼、焦虑。【名师点睛:体贴的老鼠总会在关键时候发挥自己的作用,帮助鼹鼠应对各种情况。】

最后田鼠们满怀感激,说着数不清的祝贺佳节的话语,外套口袋里塞满了带给家中弟弟妹妹们的东西,叽叽喳喳地告辞了。等终于送走田鼠们后,鼹鼠和老鼠关上大门,听着叮叮当当的灯笼铃声渐行渐远,他们把火拨旺,把椅子拉上前,再为自己温杯睡前酒,谈论这漫长的一天内发生的种种事情。最后老鼠打个大大的哈欠,说:"鼹鼠老弟,我准备躺下来了。困死了!那边那张是你自己的睡铺,对吗?很好,那么,我睡这边。这幢小屋子真妙!每样东西都好便利啊!"老鼠的夸赞令鼹鼠感到很温暖,他由衷地感激这位朋友,是他义无反顾陪着自己回到这里,也是他帮自己张罗了这顿晚餐。鼹鼠感念着老鼠各种各样的好,心里暗暗发誓要一辈子和老鼠做好朋友。

▶ 柳林风声

老鼠是真的困了,这一天可把他累坏了。他爬上睡铺,把自己裹在毛毯里,就像被收割机抱入机臂的整片大麦束一样,马上进入了梦乡。

疲惫的鼹鼠也很乐于立即上床,马上就快快活活地、心满意足地把头靠到枕头上。但在合上双眼之前,他又环视了一遍在炉火光辉映照中呈现出柔和色彩的老房间。

这里所有亲切熟悉的东西,长久以来已经不知不觉成为他的一部分,而今正无怨无悔地笑吟吟地迎接他归来。此刻的他则处在机灵的老鼠悄悄设法引他融入的心境里。他清清楚楚地看到它是多么朴素而平凡——甚至于有多么狭窄——却也清清楚楚地看出它对他有多么重大的意义。他一点也不想放弃目前的新生活和灿烂的生活空间,自己不会背离阳光、空气而守在家里。上面的世界太有力量啦,即使回到下面它仍声声呼唤他,而他也知道自己一定会再回到那片更大的舞台。但想到能有这个地方可回,真的很欣慰。【名师点睛:暗示了鼹鼠终会离开家,回到上面的世界。】

这个完完全全属于他的地方,这些那么高兴再见他的面,而且永远欢迎他归来的东西。这些东西会一直安安静静地等待着他,永远给他提供一个避风港,让鼹鼠在饱经地面世界的酸楚后还能有个地方静心躲避,这个地方不会抛弃他,只会永远包容他。

知识考点

1. 填空题。

老鼠夸赞鼹鼠的小屋棒极了。虽然整体看起来这样_____,但_____很周详——什么都有,样样摆在_____的地方。此外,客厅里_____的点子也很棒。

2. 判断题。

起初,那一次次触动、呼唤,抓住了鼹鼠的心,使鼹鼠兴奋、忧伤、痛苦,但没有得到老鼠的回应,这是因为老鼠不愿理会鼹鼠的请求。(　　)

3.问答题。

鼹鼠觉得自己的家太小、太简陋,自感招待不周,老鼠是什么反应?

_____

_____

阅读与思考

1.你觉得家的味道是什么样的?

2.田鼠们有着怎样的性格?

▶ 柳林风声

第六章　蛤蟆先生

M 名师导读

　　初夏一个阳光灿烂的早晨,老鼠和鼹鼠迎来了意想不到的客人——獾!原来獾是为了遵守承诺,打算好好管教胡闹的蛤蟆。可是,蛤蟆却施计逃走,开始了新的冒险……最后,蛤蟆成了英格兰最坚固的地牢里的囚犯。这中间发生了什么事情呢?

　　那是个万里无云的初夏早晨,阳光洒遍了整片大地,自然界经过春天的漫长复苏达到了它最饱满的状态,一切都那么有活力。河流已恢复它往常的流速,酷热的太阳仿佛要将所有绿色的、丛生的、尖尖长长的东西全部拉向它,就像绑着绳子拉扯那样。树叶、小草都变得直挺挺的,一看就充满着勃勃的生机。为了迎接划船季的到来,鼹鼠和老鼠打从天色微亮就围着小船忙得团团转,粉刷、上光、修理船桨、整修船上的坐垫、找寻不见踪影的长篙,等等。忙完后他们在小客厅里边吃早餐边讨论当天的计划,忽然听到一阵重重的敲门声。

　　"劳驾!"老鼠净顾着吃鸡蛋,说,"鼹鼠,既然你都吃饱了,当个好人,去看看是谁吧!"

　　鼹鼠走过去开门,只听见他发出一声惊讶的大叫,随即推开客厅门,郑重宣布:"獾先生驾到!"【写作借鉴:"惊讶"写出了獾的到来使他们感到意外。】

　　今天獾怎么会突然亲自登门拜访呢?看来獾是有非常重要的大事要来找老鼠和鼹鼠帮忙。这的确是件了不得的大事。獾竟会正式拜访他们,或者形容得确切点——拜访任何人。通常就算你急得要命想见他,也得选在清早或傍晚,趁他悄悄窜过树篱时当面拦截才成;或者一路寻觅他那位于野树林中央的住处,而那可是一件粗心不得的大事呢!

獾跨着重重的大步伐进入屋内,一脸肃穆地站在那儿盯着两只小动物。老鼠张着嘴巴,手中吃蛋的小汤匙不知不觉掉到了桌巾上。【名师点睛:连平日里一贯从容的老鼠都惊讶到这种地步,可见獾的拜访多么稀有!那究竟是什么重要的大事情让獾如此上心呢?】

"时刻到啦!"终于,獾郑重地宣布。

"什么时刻?"老鼠不安地瞄瞄壁炉架上的时钟。

"谁的时刻?你该这么问才对。"獾答道,"哼,蛤蟆的时刻!蛤蟆的时刻!我说等冬天完全过完后,我会尽快好好管教他。今天我就要过去把他带在身边管教啦!我是专程为了怎么管教蛤蟆这件事来拜访的。"

"蛤蟆的时刻,那当然!"鼹鼠开心地嚷着,"好啊!现在我想起来了!我们这就去教他当只明智的蛤蟆!"

"就是今天早上,"獾坐到一把摇椅上,接着往下说,"因为昨晚我听说,又有一部超大马力的新汽车将要送抵蛤蟆府。说不定,就在此时此刻,蛤蟆正忙着将他那些视为心肝宝贝却奇丑无比的礼服穿上身,使他由一只好看的蛤蟆变成一只任何正经动物见了都会火冒三丈的怪物。我们必须趁无法挽救以前,赶紧采取必要的行动。你们两个马上陪我前往蛤蟆府,一定要完成挽救的任务。我们一起努力限制住蛤蟆,让他不再这样地没有界限,胡作非为。我们马上动身。"

老鼠记起了去年冬天在獾家里说过的话,他十分赞同獾的主意,觉得现在管教蛤蟆是时候了。"你说的对!"老鼠嚷着,立即站起来,"我们要挽救那只倒霉又可怜的动物!我们要改变他,他将会成为一只与尚未接受咱们改造前有一百八十度转变的蛤蟆!"【写作借鉴:"一百八十度转变",可见老鼠对于他们三个的行动很有信心,那么他们究竟能否

71

▶ 柳林风声

帮助蛤蟆完成转变呢？引起读者兴趣。】

他们由獾带队，踏上这趟慈善的任务之行。他们排成一路纵队，而不是分散开来横在路上，因为这样忽然遇上了危险或麻烦的时候就难以互相支援。

正如獾刚刚预期的，他们一到蛤蟆府的车道就看见一辆闪闪发光、漆成大红色（蛤蟆最喜爱的颜色）的崭新的大汽车停在正屋的前面。他们走近敞开的大门，果然看见全身软帽、护目镜、高筒松紧鞋、超大大衣打扮的蛤蟆一面拉上他的长手套，一面大摇大摆地走下门前的台阶。【写作借鉴：外貌描写，蛤蟆的打扮与前文獾说的话相照应，果真是"一只任何正经动物见了都会火冒三丈的怪物"。】

"哈啰，快过来，各位！"蛤蟆一看见他们便很快活地高呼着，"你们正好及时赶上与我同乐——与我同——呃——同乐——"

当他看见三位沉默的朋友那冷漠严厉的表情时，热烈的语气变得结结巴巴起来，邀请的话也没敢说完。

獾大步跨上台阶，厉声吩咐两名同伴："把他带进去。"然后，在蛤蟆被硬往门里推，挣扎着抗议的同时，他转身告诉负责新汽车的司机："恐怕今天不需要你的服务了。蛤蟆先生已经改变心意，用不着那辆车子了。这是最后决定，不用再等了。"然后继蛤蟆等三人之后进入屋内，砰的一声关上大门。【名师点睛："砰的一声"反映出獾十分生气，一向沉稳的獾变得如此气愤，可以预想到蛤蟆等待的将是獾的严厉管教。】

"好啦，你听着！"四人全站在大厅后，獾告诉蛤蟆，"首先，把你这一身可笑的东西脱掉！"

"偏不！"蛤蟆气呼呼地回答，"你们这样凶神恶煞似的是什么意思？我要求立即解释。"此时的蛤蟆也一肚子火，自己好心邀请他们陪自己玩，他们竟然把自己推进屋里，并且蛮横地不经他同意就退掉了他刚刚开回家心心念念好多天的车子，简直太不讲理了。

"喂，你们两个，把他那些鬼玩意儿给我脱掉。"獾干脆直接下令。

他们不得不把蛤蟆压倒在地,任他挥拳蹬腿、骂尽所有粗话,才动手展开这工作。接着老鼠骑到蛤蟆的身上,鼹鼠逐一剥掉他的全套汽车装。除去了那一身行头的蛤蟆,气势好像也矮了半截。现在他再也不是什么公路煞星,纯粹只是只蛤蟆,两眼带着哀求地从这个望到那个,软弱地陪着咯咯笑,看来已经完全明白自己眼下的处境了。【写作借鉴:"哀求""软弱"写出了蛤蟆的无助,与之前神气十足的样子形成了鲜明的对比。】

"你知道事情迟早会走到这一步的,蛤蟆。"獾沉着脸说,"你对我们给予你的警告全然置之不理,任意挥霍令尊留给你的金钱,这些钱早晚会被你花得精光!同时因为你横冲直撞地飞车、撞车,和警察吵架,使得我们动物在这一带的名声越来越坏。我们动物各自保有独立性是应该的,但绝不容许自己的朋友胡闹得太过分,而你实在闹得太不像话了。嗯,你在很多方面都不错,我也不想太过苛责你,我会再尽一次力让你明白事理。你随我到吸烟室里来,听听一些有关你自己的事实。我们再看看,从那里头走出来的蛤蟆是否和进去前一个样儿。"

獾拉着蛤蟆,把他带进吸烟室里,随即将门关上。

"没用的!"老鼠轻蔑地说,"和蛤蟆谈谈永远治不了他的毛病。【名师点睛:老鼠认为说教这种方式对于管教蛤蟆是没有效果的。老鼠比獾更善于交际,也更了解蛤蟆善变的性格。照应后文。】他会说一大堆理由。"

他们舒舒服服地坐到摇椅上,耐心地等着。透过紧闭的房门,他俩只能听到獾起起落落的说教声。不久,他们注意到训诫声音开始不时被长长的呜咽声打断。这呜咽声显然是出自蛤蟆的。蛤蟆是个心肠软又易感动的家伙,十分容易——就此刻来说——因任何观点而来个一百八十度的转变。但就蛤蟆的性格来说,这种转变是暂时的,蛤蟆会很快忘记刚刚自己内心的忏悔。

约莫三刻钟后,那扇门开了,獾把垂头丧气、没精打采的蛤蟆牵着出来。

蛤蟆的皮肤松垮垮地垂在身上,两腿站都站不稳,脸上挂满了被獾

▶ 柳林风声

那番动人谈话勾引而出的泪水。【名师点睛：此处写出了蛤蟆被獾教训后沮丧的样子，说明獾的训斥说服力强，似乎令蛤蟆心服口服，可是蛤蟆真的认识到自己的错误了吗？】

"蛤蟆，到那边坐下。"獾指着一把椅子说。"朋友们，"他接着表示，"我很高兴地通知两位，蛤蟆终于认识到他的错误了。他真的很为自己过去误入歧途的行为感到难过，也已保证从今以后永远不再碰汽车了。我已要他郑重立誓。"

"那真是个天大的好消息！"鼹鼠庄重地说。

"哦，的确是个很好的消息。"老鼠将信将疑地表示，"只要——只要——"

老鼠边说边十分认真地打量着蛤蟆，不得不认为从对方那依然满含悲伤的眼神中，隐约还透露出一点闪烁的味道。【名师点睛：老鼠机智过人，他敏锐地察觉到了蛤蟆的伪装。】

"现在只剩下一件事要做。"獾满意地吩咐，"蛤蟆，我要你把刚刚在吸烟室里对我全盘招认的话郑重地在你这两位朋友面前重复一遍。第一，你是否后悔过去的所作所为，了解到那有多愚蠢？"

一阵长长的、长长的缄默。蛤蟆一脸绝望地望向他们，而他们则肃静地等着。终于，他开口了。

"不！"他的口气虽有点窒闷，但却十分强硬，"我不后悔，而且那一点也不愚蠢！它光荣极了！"【写作借鉴：从对蛤蟆的语言描写中可以看出，蛤蟆并不想改变自己，而是固执地认为自己没有错。这也验证了老鼠的话，蛤蟆是不会因为说教而真正改变的。】

"什么！"獾既震惊又愤慨地大吼，"你这堕落的动物。你刚刚不是才告诉我，就在那——"

"噢，对，对，在那里！"蛤蟆不耐烦地说，"在那里我什么话都会说出口。你的话是那么滔滔不绝，亲爱的獾，你说的话又是那么感人，那么具有说服力，把你的每个观点都说得那么好——你知道，在那里你可以爱拿我怎样就怎样。但在那之后,我扪心自问,把事情又反复地想了一遍,就发现其实我一点儿也不后悔,所以就算嘴巴上那么说也没有半点用。喏,对不对?"此时的蛤蟆已经完全看不出一点悲伤的情绪,反而开始为自己打抱不平。

"那么你不保证,"獾问,"以后不再碰汽车喽?"

"绝不!"蛤蟆郑重强调,"相反地,我真心发誓,只要让我看见第一辆车,'噗噗',我马上坐了就跑!"

"早告诉你了,不是吗?"老鼠对鼹鼠表示。鼹鼠点点头,心想蛤蟆果真没那么容易改变,单纯的说教是没有效果的。

"很好,那么,"獾站起身来,坚定地说,"既然你不听劝,我们只有动用武力了,我一直担心非得走到这一步。【名师点睛:看到蛤蟆没有丝毫悔过之意,獾决定采取另外一种办法,看来獾不把蛤蟆挽救过来是决不会罢休的。】蛤蟆,过去你常邀我们在你这栋漂亮的屋子里住上一段时间,现在我们就决定住下来。等将你彻底改造成功之后我们自会告辞,但在那之前绝不离开。你们两个,带他上楼,把他锁在他的卧房里,然后咱们来安排各自的任务。我们这次必须得把蛤蟆这些坏习惯给彻底纠正过来!"

"蛤蟆,你知道,这全是为了你好。"老鼠一面和颜悦色地说,一面和鼹鼠把拼命踢腿挣扎的蛤蟆往楼上拖。"想想,等你完全克服这——这阵令人痛苦的突发病症后,我们大家会一块儿过得多快活,就跟以往一样。"此时老鼠的话在蛤蟆听来更像是对他的嘲讽。蛤蟆被拖着上楼,他骂骂咧咧,拼命地吼叫,抗议獾他们三个将自己囚禁起来。

"在完全治好你的毛病以前,我们会很用心地为你照料一切,等你彻底认识到自己的问题并改变了,我们就会把你放出来,我们四个还会一起开心地玩耍。"鼹鼠说,"而且还会负责让你别像原来一样乱花钱,任意挥霍你祖先积攒下来的财富。"

"再也不会发生那些和警方扯上关系的遗憾事件了,蛤蟆。"老鼠边说边协力将蛤蟆推入卧房。

▶ 柳林风声

"也不会再一连住院好几个礼拜,听候那些女护士指挥了,蛤蟆。"鼹鼠补充一句,并锁上了门。【名师点睛:老鼠与鼹鼠一唱一和,配合得非常默契。】

他俩走下楼梯,蛤蟆透过钥匙孔对他们大声叫骂,对着门疯狂地踢踹,一刻也不消停。而三位好友则接着针对眼前情况开会共商大计。

"这件事情可有得耗了,"獾叹着气说,"我从没有见蛤蟆态度这么坚决过。总之,我们还是会解决的。蛤蟆一分一秒都得有人看守着。咱们得轮流陪伴着他,直到他体内的毒素完全排除为止。那时候蛤蟆会完全认识到自己行为的不对,并决心改正。"

于是他们排班看守。每天晚上轮流由一只动物到蛤蟆房间过夜,白天则划分时段轮值。一开始,蛤蟆显然令这三位用心良苦的守卫吃足了苦头。当他的毛病突然剧烈发作时,他会用卧室里的椅子拼成汽车形状,然后蹲伏在最前面一把椅子上,两眼直视前方,发出粗鲁可怕的声音,直到达到最高潮,然后翻个三百六十度的筋斗,最终趴在那堆椅子残骸间。【写作借鉴:动作描写,可以看出蛤蟆对开车已经走火入魔,成为一种病态。】这一刻,他显得十分满足。然而,随着时间的流逝,这些痛苦的发作也渐渐不再那么频繁了,而三位好友更全心全意致力于将他的心思导引到新的方向。只是他对其他事情似乎并未恢复兴趣,人也显得越来越颓丧消沉了。

一个晴朗的早晨,轮到值班的老鼠上楼去接替獾,只见他正坐立不安地急着要换班,好走段长长的路去林子附近溜达溜达。"蛤蟆还没下床,"獾在门外告诉老鼠,"喂,留神点儿,老鼠!一旦蛤蟆安安静静、服服帖帖,扮演起温顺的乖孩子的形象,就是他最诡计多端的时候,保准会出什么事情。你和他说话他都会安慰你说他一切都好,不必要为他担心,这个时候你可不要以为是蛤蟆良心发作,蛤蟆太善变了。我太了解他了。好啦,现在我非走不可了!"獾急匆匆地走了,他已经很久没有外出散步了,有些迫不及待了。

"你今天好吗,兄弟?"老鼠走近床头,愉悦地询问蛤蟆。

老鼠等了好几分钟,才得到一段软弱无力的回答:"非常感谢你,亲爱的老鼠!听你这么关心真受用!不过你先告诉我,你自己好吗?还有了不起的鼹鼠好吗?"

"哦,我们都很好。"老鼠答完又补充道,"鼹鼠和獾出门四处闲逛去了,要到午餐时间才回来,所以你我两人将共度一个愉快的早晨,我也会尽量让你开心。现在,快跳下床来吧,这才是好兄弟。这么晴朗的早晨,你可别老这么闷闷不乐地躺在床上哟!"

"亲爱的,好心的老鼠,"蛤蟆喃喃不清地说,"你真不了解我的健康状况啊!现在的我怎么可能'跳'得动呢。不过千万别为我操心,我讨厌成为朋友的负担,也期盼以后也不会。事实上,我真希望自己不是。"【名师点睛:这段描写就是獾说的"诡计多端",接下来会发生什么事呢?】

"嗯,我也希望。"老鼠由衷地表示,"这段时间以来你一直是我们的大麻烦,我很高兴这情形就要停止了,而且是在这么好的天气,又正值划船季刚要展开的时候!蛤蟆,你真是太差劲了!麻烦我们倒是不怕,可是你害我们错失了好多的美好时光呢!"

"可是,我就担心你们介意的还是麻烦。"蛤蟆恹恹懒懒地说,"我完全能够理解,这是很自然的。你们厌倦了成天为我操心,无论如何我都不能要求你们再为我做什么了。我知道,我是个麻烦的怪物。"此时的蛤蟆看着非常可怜,丝毫看不出来他有什么活力了,甚至让老鼠感到他已经奄奄一息了。

"不错,你的确是。"老鼠说,"但我告诉你,只要你肯当只明智的动物,天大的麻烦我都愿意替你承担。"

"早知道这样,好老鼠,"蛤蟆喃喃自语,声音比之前更轻微了,"我就会央求你——也许是最后一次了——尽快赶到村子那边——即使现在恐怕已经来不及——请个大夫来。不过你还是别费心了,这不过是一点小毛病罢了,也许我们最好干脆听天由命。"【名师点睛:蛤蟆欲擒故纵,伪

▶ 柳林风声

装着让老鼠陷入了他的圈套。】

"咦,你找医生做什么?"老鼠问着,凑上前去察看他的情形。他的确动也不动地、直挺挺地躺在那儿,声音也更加虚弱,容貌神态都变了样。

"近来你当然注意到了——"蛤蟆哼哼唧唧地说,"不——你何必要注意,注意事情只会添麻烦。到了明天,真的,你或许会对自己说:'噢,要是我早点注意到就好了!要是我采取点什么行动就好了!'可是,不!那可是件麻烦事。别放在心上——忘了我的要求吧。"

"听着,老弟,"老鼠慌了,"要是你真的认为自己需要大夫,我当然会替你找来,但你的情形还不到那么糟。咱们来谈点别的好了。"

"恐怕,亲爱的朋友,"蛤蟆露出悲伤的笑容,"在这种情况下,'谈话'是帮不上什么忙的——或者,连大夫也一样。然而,只要有一丝希望,谁都得牢牢抓住。另外,在你去请大夫的时候,可否麻烦你同时把律师请来?这会让我省好多事。有些时刻——也许我该说是有一个时刻——一个油尽灯枯的人,必须不计一切去面对某些不愉快的工作!"【写作借鉴:通过对蛤蟆的语言描写,可以看出蛤蟆是在使用计策,想引开老鼠。】

"律师!噢,他的情况一定真的很糟糕!"被吓坏了的老鼠暗自想着,然后匆忙离开房间。【写作借鉴:心理描写,一向善于观察、聪慧的老鼠都被蛤蟆的演技骗了,充分说明了蛤蟆的演技高超。】

不过,老鼠仍未忘记小心地将门锁上。

到了外头,他停下脚步三思。另外两位朋友都在好远一段距离外,眼前没人可商量。

"还是谨慎点的好。"经过深思熟虑后,老鼠想,"我知道蛤蟆曾无缘无故幻想自己情况糟得不得了,但从未听过他要求找律师!假设没有什么真正的大毛病,律师会告诉他,说他是庸人自扰,同时鼓舞他——这样多少还是有点收获。我最好按他的意思走一趟,反正要不了多久。"于是,老鼠便好心地跑到村子里去了。

一听到钥匙在锁孔转动的声音就轻快跳下床的蛤蟆,站在窗口迫不及待地看着老鼠从车道跑得不见影子。然后蛤蟆开怀大笑,尽快穿上他这时候所能找到的最时髦的服装,从梳妆台的一个小抽屉里抓出大把钞票,塞满各个口袋。接下来把床上的被罩、床单一条接一条地打结编成一条绳索,再将这条绳索的一端系在都铎王朝式的华美窗户的窗棂上,爬出窗户轻巧地滑落到地面。<u>最后他怀着愉快的心情,吹着欢乐的旋律,朝着和老鼠相反的方向大踏步离开。</u>【名师点睛:蛤蟆终于用他那高超的演技使自己重获自由,蛤蟆逃跑后会去哪里呢?】

等到獾和鼹鼠终于归来后,老鼠吃了一顿闷闷不乐的午餐。他必须在餐桌上面对他俩说出这段既悲哀又不具说服力的故事。獾那一番挖苦——且不说是无情的评语——大约是意料中的事,因此倒也罢了。然而真正叫老鼠痛苦的是,虽然尽可能站在好友这边的鼹鼠也忍不住说上几句让他难过的话。獾一直在重复着说他临走时就和老鼠交代过不要搭理蛤蟆,可老鼠偏偏不听。

"他说得活灵活现,像真的一样。"老鼠<u>垂头丧气</u>地说。【写作借鉴:"垂头丧气"写出了老鼠被獾和鼹鼠埋怨后的沮丧心情。】

"他的话对你来说像真的!"獾暴跳如雷地回应,"责怪你已于事无补。这会儿,他肯定已跑得远远的。最糟糕的是,他一定会因此而自我膨胀得厉害,以为自己有多么聪明,什么蠢事都能做得出来。唯一值得安慰的是,我们现在自由啦,用不着再浪费任何宝贵的时间去站岗。不过大家最好再多在蛤蟆府里留宿一段时间。他随时可能会被送回——也许躺在担架上,也许被两名警察押回来。"

獾的话虽这么说,却不知究竟要到哪一天,经历多少风险磨难,蛤蟆才会再轻轻松松地坐在祖先留下的府邸里。三只动物就这样在蛤蟆府等待着蛤蟆的消息,被动且无奈。

这个时候,无拘无束、乐得开怀的蛤蟆正在离家好几英里外快活地沿着大马路走着。最初他走的是迂回偏僻的小路,越过许多田野,更改好几次路线,以防后面有人追捕。但现在,他感觉已经没有再被捉回去

79

> 柳林风声

的危险了,阳光又在对他朗朗地微笑,整个人自然地唱着一首颂歌,附和他在内心唱给自己听的自夸曲。踌躇满志、得意非凡的蛤蟆简直要沿着马路跳起舞来啦!

"真是件杰作!"他笑呵呵地自我评论,"脑力对付蛮力,脑力大获全胜——上天注定的。【写作借鉴:语言描写,写出了蛤蟆的自我感觉良好,其骄傲自负被淋漓尽致地表现了出来。】可怜的老鼠!天哪!不到獾回来,他还不会明白呢!老鼠,一个可敬的朋友,有许多优点,可惜没啥智慧,又不曾受过教育。改天我可得照应照应他,看看能不能让他成点器。"

蛤蟆装满了一肚子诸如此类的自负想法,脑袋里胡思乱想地一路昂首阔步来到镇上。【名师点睛:蛤蟆还沉浸在逃出家的喜悦之中,"昂首阔步"更能突出他自大的特点。】看到"红狮"的布招牌在对街的大路中央迎风招摇,他这才想起今天还没吃早餐。再加上走了这么长的一段路,肚子早就饿扁了。他走进客栈,从立刻能够上桌的菜色中点了最好的,坐在咖啡厅里享用这一餐。

饭菜刚吃到一半,一阵熟得不能再熟的声音从街上渐渐靠近,令他猝然一跃而起,再浑身战栗地坐下。那"噗噗"之声越来越近啦!他听出车子绕进客栈的停车场停下,非得紧紧抓住桌腿才能掩饰他那无法自主的激动。不一会儿,轿车上的一群人拥进了咖啡厅。蛤蟆全神贯注地竖着耳朵,听了好一阵子,终于再也忍不住了。他悄悄地溜了出来,到柜台结完账,一出大门马上悄悄快步绕到客栈的车场。"我只是看看它,"他心中暗想,"不会出什么差错的!"

轿车停在场地的中央,完全没人照料,管车的助手和其他食客都在吃午餐。蛤蟆缓缓绕着它走,边细看,边评论。

"我怀疑,"蛤蟆立即自言自语,"我怀疑这种车子是否容易发动?"

紧接着,蛤蟆发现自己已经鬼使神差地握住方向盘,正在转动它。那熟悉的声音一响起,往日的热情马上捉住蛤蟆并且主宰了他,彻底支配了他的身体和灵魂。他发现自己像在做梦一样,莫名其妙地坐上驾驶座,拉下排挡杆,把车绕着院子开出了拱道。【名师点睛:蛤蟆对车子的痴狂让他控制不住自己,他竟然开走了别人的车子,这将会给他带来恶果!】

然后,仿佛在梦中似的,所有是非对错的观念,所有对于不妙下场的恐惧,似乎全都暂停了。他加快车速,汽车冲过整条街,在大马路上风驰电掣地穿越开阔的田野。这时的他只意识到自己又是蛤蟆了,处于至佳至上境界的蛤蟆、凶神蛤蟆,交通的统治者,荒凉小径之王。在他面前谁都得乖乖地让路,否则就会被撞得一命呜呼,永远不见天日。他边飞驰边哼歌,车子也发出响亮的呜呜声响相呼应。他飞也似的冲过一里又一里,只顾满足本能,贪图一时之快,既不知道也不理会将会落入什么下场……【名师点睛:省略号省略了蛤蟆被抓捕的过程,显然,蛤蟆开走他人的车子是违法的,属于盗窃,等待他的将是法律的严惩,这是一个悲惨的下场。】

"依我看,"首席法官愉快地评断,"这件案子的案情已经十分明朗了。唯一的难题是,该怎样判决这个怙恶不悛的无赖、冷酷无情的流氓,才算够严厉。我来瞧瞧:依据最明显的证据,显示他有以下罪行。第一,偷窃一部名贵汽车;第二,危及公共安全的驾驶;第三,对乡间警察无礼莽撞。书记官先生,请告诉我们,对于这些罪行,我们各自能施以什么最严厉的刑罚。当然,用不着再假设嫌犯无罪,因为已罪证确凿了。"

书记官用他的钢笔搔搔鼻子。"有些人认为,"他表示,"最严重的罪行是偷车,事实也是如此。但刑罚最重要的无疑是侮辱警察这一项,而这也是应该的。我们假设偷窃判刑十二个月,这是薄惩;飙车监禁三年,这是相当宽厚的;至于蛮横无理判决十五年——根据证人陈述,就算只听信其中十分之一,也是极为严重的侮辱行为。这些数字,如果正确地加起来,总共是十九年。"

"好极啦!"主席说,"那我们就这样判!"

"因此经过慎重考虑,最好判他个二十年。"书记官总结。

"非常棒的建议,"法官嘉许道,"犯人!打起精神来!起来肃立站

▶ 柳林风声

好！这一次判你坐二十年的牢！记住，要是下次你再因任何控诉出现在我们面前，我们绝对从重量刑！哪怕是你偷了一粒米，也会受到严惩！"

于是警察们一齐朝倒霉的蛤蟆扑来，给他铐上手铐脚链，拖着一路尖叫、哀求、抗议的他离开法庭，穿过市场。接着从如钉床般的升降闸门下走过响着空洞声音的吊桥，头顶上是一座阴森古堡隆起的拱廊，古老的尖塔巍巍耸立。然后通过一间警卫室，里头挤满了士兵。路过站岗的士兵，他们颇有深意地咳嗽，以这种惹人生厌的方式嘲笑蛤蟆。因为他们正在站岗，所以只敢以这样的方式表现对罪犯的轻蔑和憎恶。而后踏上老旧的回旋梯，行经全身钢盔铁甲的武装士兵身前，士兵们威胁的目光从面罩下射出。穿过院子时，凶恶的獒犬一只只绷紧皮带、奋力前跃，张牙舞爪地想要攻击他。经过旧式的狱吏身旁，他们的战戟倚墙而立，自己却对着一张馅饼、一壶黑麦酒打盹儿。走啊走的，他们来到了位于最里面的那座监狱中心，最阴森的地牢门口，终于在这个地方停下脚步。一名年迈的狱卒正坐在那儿，用手指拨弄着一大串钥匙。

"天哪！"警官摘下头盔，指指额头，"快起来，接下我们手中这个万恶的蛤蟆——一名无恶不作、诡计多端的罪犯。使出你所有的看家本领看牢、关好他。听清楚了，灰胡子，万一出了什么大麻烦，你的脑袋可就得替他赔上——两颗脑袋都不保！"

狱卒沉着脸点点头，把一只皱巴巴的手搭在可怜兮兮的蛤蟆肩头。生锈的钥匙在锁孔里咔嚓一响，巨大的牢门在他们身后砰的一声关上了。于是蛤蟆就成了整个快乐的英格兰国土上最坚固的一座城堡里、守备最森严的一座监狱里头最深邃的一间地牢内、一个永无翻身之日的囚犯。【名师点睛：今日的一切都是蛤蟆咎由自取，"多行不义必自毙"说的就是他呀！】

Z 知识考点

1.填空题。

獾严厉地管教蛤蟆,是因为蛤蟆任意挥霍父亲留给他的_____,还横冲直撞地_____、_____,和_____吵架,使得他们动物在这一带的_____越来越坏。所以他想尽力让蛤蟆变成一个_____的动物。从中可以看出獾_____的特点。

2.选择题。

蛤蟆答应痛改前非又反悔的原因是 ( )

A.獾使用武力迫使蛤蟆承诺痛改前非,实际上他内心并不这么想。

B.獾的话很有感染力和说服力,让蛤蟆一时无法应对答应了,但出了那个小房间,他有了自己的想法。

C.在小房间,蛤蟆迫于獾的威严,只能假意答应痛改前非,但出来后老鼠和鼹鼠鼓励他勇敢表达自己的想法。

D.蛤蟆假意答应,好让朋友们安心离开,但没想到他们要留下来监视他,他很生气就反悔了。

3.问答题。

蛤蟆的结局怎样?你觉得他咎由自取还是值得原谅?

_____
_____

Y 阅读与思考

1.蛤蟆用什么理由骗走了老鼠?

2.蛤蟆因为什么被抓进监狱了?

▶ 柳林风声

第七章　黎明前的笛声

M 名师导读

　　好友水獭的儿子小胖失踪了，虽然小胖经常跑出去玩耍不见踪影，但这次不一样。于是，老鼠和鼹鼠决定一同去寻找，他们借着月光，划着小船沿着河道到处搜寻……他们会找到小胖吗？其中又会有什么奇遇呢？

　　一只柳间鹪鹩躲在河岸上最阴暗的边缘，正唧唧啾啾地唱着动听的小曲。尽管时间已过晚上十点，逝去的白昼依然留下余晖，恋恋地流连在天边。而炎炎午后的窒闷热气，则在仲夏夜清凉的手指的碰触下一波波瓦解、退去。鼹鼠张开四肢躺在河岸上，经过从黎明到日落——烈日当空、万里无云，多么难挨的一天，他还兀自张着嘴猛喘气，等着好友回来。【名师点睛：从鼹鼠躺的姿势和"张着嘴猛喘气"可以看出天气很热。】今天他一直和几个同伴逗留在河上，让老鼠无牵无挂地去赴和水獭很久之前订的约会。等他回到家中，只看见屋子里黑漆漆的空无一人，不见老鼠的影子，无疑他还跟老朋友在一起。天还是太热，待在屋子里面很难受，因此他便躺在几片凉爽的羊蹄叶下，回想一天里经历的种种事情，都是多么美好啊！鼹鼠想着想着，竟然呵呵呵地笑了起来。

　　不一会儿，他听见老鼠轻盈的脚步踏着枯草走过来。"噢，多难得的清凉啊！"老鼠说着坐了下来，若有所思地凝视着河流，心事重重，默不作声。【写作借鉴："凝视""默不作声"写出了此时老鼠与鼹鼠不同，他的内心并不愉快，显然是遇到了难事，给读者留下了悬念。】

"你自然是留在那边吃晚餐了吧？"鼹鼠立即探问。

"不留不行。"老鼠说，"晚餐之前，他们说什么也不肯让我告辞。你知道的，他们一向有多亲切，而且直到我离开，他们一直像以前一样尽量让我觉得开心。可是我却始终觉得很不对劲，尽管他们拼命地掩饰，我还是清楚地感受到他们非常不快乐。鼹鼠，我担心他们有麻烦。【名师点睛：好心的老鼠总是这么细心，他的感觉很准确。他很在乎朋友，一直担心着水獭的事情。】小胖又失踪了，尽管他父亲嘴上从不多谈，可是谁都看得出他是多么牵挂那孩子。"

"什么，那个孩子呀？"鼹鼠不以为意地说，"喂，就算他又再次失踪，何必那么担心呢？他老是没多久就会再出现。他太有冒险精神了，可是从来也没当真出过什么事儿。这附近每个人都认识他，也都喜欢他，就像喜欢水獭一样，所以你放一百二十个心，保证会有哪只动物碰见他，并且平平安安地把他带回来的。喂，我们自己就曾经在离家好几里路之外发现过开开心心、泰然自若的他呢！"【名师点睛：鼹鼠不同意老鼠的看法，他认为小胖很快就会回来的。】

"没错！可这次情况严重多了。"老鼠脸色凝重地说，"他到现在已经失踪好几天，水獭远远近近到处寻遍了，连一点点最细微的痕迹也没找着。另外，他们也问过方圆好几里内每一只动物，谁也不晓得他的信息。水獭嘴巴上不承认，心底却焦虑得很。【名师点睛：水獭不想麻烦朋友们，自己却没有找到孩子，陷入了两难的境地。】我从他那儿得知，小胖的泳技还不太纯熟，而且看得出来他想到河堰去。每年这个时候水坝那边都还有很多水冲下来，也一直都是孩子们非常着迷的地方。再说那边还有——嗯，陷阱之类的——你知道。水獭担心小胖在河堰遇到危险了。水獭是从来不会为他任何一个孩子大惊小怪的，可现在他心急如焚。【写作借鉴："从来不会"与"心急如焚"形成了鲜明的对比，说明了这次事态的严重性。】在我离开时，他陪着我出门，说是要透透气什么的，还说要舒展筋骨。可我看得出来其实不是这么一回事，所以就一点一

> 柳林风声

滴向他探问实情，终于全部给问出来了。他打算整夜守在浅滩那边，你知道吧，就是大桥建好前那个浅滩。"

"我太清楚了，"鼹鼠说，"但水獭为什么在那个地点守望呢？"

"噢，好像因为那是水獭第一次教小胖游泳的地方。"【名师点睛：浅滩对于水獭的孩子小胖有着特殊的意义，所以水獭选择在这里等候他那失踪的孩子。】老鼠接着往下说，"就在河岸附近那个碎石岬浅滩，那是他过去教小胖钓鱼的地方，小胖也在那儿钓到第一尾鱼，并引以为傲。那孩子深爱那个地方，因此水獭认为要是他从任何地方流浪回来——要是他此时此刻在任何地方，可怜的小家伙，很可能都会往他深爱的浅滩走；或者若是他途经该处想起许多往事，说不定就会停下来玩一玩。所以水獭每晚都过去守望——图个希望，你知道，只为图个希望！"

他俩沉吟半晌，心里想的都是同一回事——那只孤独心酸的水獭，整个漫漫长夜蹲在浅滩边守着——只为图个希望。【名师点睛：小胖的失踪使他俩很担心，同时，更为寻找孩子的水獭感到难过。】

"算啦，算啦，"不久，老鼠开口说，"我想咱们也该进屋去了。"可是他们却没有一点想要挪动身体的意思。

"老鼠，"鼹鼠说，"我没办法什么都不做就这样进屋睡觉，虽说我们似乎也帮不上什么忙。我们把船撑出来，然后往上划。再过一个钟头月亮就会出来了，到时我们可以尽全力到处搜索——无论如何，总比什么也不做就上床睡觉好。"【写作借鉴：语言描写，鼹鼠提议要去寻找小胖，说明鼹鼠非常善良，关心小胖的安危。】

"我也是这么想的。"老鼠说，"不管怎么说，这不是个该上床睡觉的夜晚。再说，距离破晓也并非那么遥远，到时候我们可以沿路向早起的人打听些他的消息。"

他们把船荡出来，老鼠手操双桨，小心翼翼地划动。溪流中心有条窄窄的水道，依稀映照天空。但其他不管什么地方，落在水面的河堤、灌木、大树的影子看起来都和河岸本身很相似，鼹鼠只好依据自己的判断来掌舵。【名师点睛：夜间行船难度很大，也很有危险，更能体现出老鼠与鼹鼠对朋友的真心及他们的善良勇敢。】纵然夜色是那般幽暗荒凉，天地间仍然充满了许多微小的声音。歌声、叽喳的细语声、摩擦声，说明周遭仍有不少勤奋的小居民在通宵从事他们的交易和工作，直到阳光终于照到他们身上，他们才去休息。静下来听听，周围的动静不比白天少呢，各种声音交杂在一起，构成了一曲午夜交响曲。流水本身的声响也比白天更加突显，"潺潺""淙淙"的水声更加近得出乎意料。时不时还会突然听到一声清晰的嗓音，把他们吓一跳。

地平线在天空的映衬下显得明晰真切。在某个一点银色磷光越升越高的区域里，它越发显得乌黑一片。终于，一轮明月尊贵地自大地的边缘缓缓升起，渐渐地完全脱离地平线而去，不再受牵绊。这时他们才再度看到地表——广袤的草坪、宁静的花园、从此岸到彼岸的河流，全部轻柔地揭去黑面纱，洗去所有的神秘和恐怖，恢复白天的绚丽与璀璨，令人更加惊叹。他俩时常出没的老地方换了一身打扮和他们打招呼，仿佛它曾偷偷溜走，换上全新的衣服再悄悄回来，带着微笑，含羞带怯地等着，看看自己换了新装，人家是否还会认得它。【写作借鉴：运用拟人的修辞手法，将河岸人格化，河岸就像是会更换服装的爱美的人，生动形象地表现出夜间河岸不同于白日的美丽和俊秀。】

老鼠与鼹鼠没有时间来慢慢欣赏这美景，他们出来是有要紧事情的。两位好友把小船系在一株柳树边，踏上这片无声的银色国度，耐心地搜遍所有树篱、空心大树、地道和它们的小涵洞，以及水沟和干涸的水道。然后重新上船划到对岸，按照同样的方式往溪流上游寻去。【名师点睛：此处写月光下两人在认真地寻找小胖。】

这时变化慢慢呈现了出来，地平线变得更清晰，田园和树木看得更分明，只是风貌不同了。神秘的外衣开始从它们身上脱落。一只小鸟突然引吭高歌，然后持续地唱个不停。一阵微风吹起，摇得芦苇、香蒲沙沙作响。老鼠倚在船尾，暂时交由鼹鼠划船。突然，老鼠挺身坐正，情绪激

▶ 柳林风声

动地竖起耳朵凝神细听。鼹鼠一面轻轻摇动船桨,让船缓缓向前移动,一面仔细审视着两岸。看到老鼠的那副表情,他不由得好奇地盯着他。

"消失了!"老鼠叹口气,靠回他的座位上,"多么美妙、奇特而新颖!由于它结束得如此快,我几乎希望自己根本没听见。因为它撩起我心中一股令人痛苦的渴望,仿佛除了再度听到它,永永远远听着它,其他事情都毫无意义了。不!它又出现啦!"他嚷着,再一次全神贯注。着迷的他,像中了邪一样,好久好久不出半点声音。【名师点睛:是什么让老鼠如此着迷?此处设置悬念,引发我们思考。】

"现在它又渐渐消逝,我就要失去它了。"他说,"噢,鼹鼠!多么美妙啊!轻快的潺潺流水配合着遥远的笛声,仿佛是欢悦、纤细、清亮、快乐的呼唤!我做梦都没想到会有这么美好的音乐。尽管音乐轻柔,其中的呼唤却更强烈!划啊,鼹鼠,快快划!因为那音乐与呼唤必定是为我们而响起的。"【名师点睛:"划啊,鼹鼠,快快划!"贴切地写出了老鼠语气的急迫。老鼠对鼹鼠的催促反映出此时老鼠内心对这笛声的狂热向往。】

满肚狐疑的鼹鼠照着老鼠的话做了。他说:"可我什么也没有听见,只听到风在芦苇、柳条和灯芯草间嬉戏而已。"

不管鼹鼠有没有听到,老鼠一句话也没回答。此时的他正心怡神驰、浑身战栗、莫名地狂喜,所有的知觉全为那虏获他无助心灵的新奇、神圣之物所执迷。他此时就像一个毫无力气却又幸福的婴孩,躺在强而有力的臂膀里,他的灵魂被那非凡的东西握在手中,任其摇撼、晃动。【名师点睛:这声音对于老鼠来说竟然有这么大的魔力,老鼠沉浸在这一音乐的享受中无法自拔。】

鼹鼠默默地继续划动小船,很快便来到河道分岔的地方,一股长长的回水向一旁分流出去,早已放掉船舵的老鼠指挥鼹鼠把小船划往回流。天光一波一波地往上升,月亮快要结束它一晚上的工作了,太阳再过一会儿就要从地平线上冒出来了。现在,他们可以看出河流旁边点缀的鲜花的颜色了。两岸的鲜花开得十分灿烂,如同一张张笑脸在向老鼠打着招呼。

"更清晰了,更靠近了。"老鼠欣喜地表示,"现在你一定听到了!啊——总算——我看你是听到了!"

鼹鼠屏住呼吸,停止摇桨,任快活的笛声像波浪般朝他冲击,将他卷住,完完全全支配了他。他看见伙伴的脸颊上沾着泪珠,低垂着头,心领神会。【名师点睛:形象地写出了老鼠因听到笛声而激动到流泪的样子。】他们在那地方滞留了好一会儿,岸边的紫色珍珠草轻拂着他们。这时,声声清晰的迫切召唤,伴着令人悠然神往的旋律强行向鼹鼠宣告他的旨意,于是他又机械式地弯腰摇起船桨。天色越来越明朗,却没有一只小鸟像平日黎明将近时那样歌唱!除了那飘飘的仙乐,万物皆寂静。

他们溯溪而上,那天早晨,两畔的茂草仿佛青翠鲜绿得无与伦比。他们从未发现玫瑰这般鲜艳,柳枝如此茂密,珍珠花开得这么芬芳满地。他们下意识地感觉到,不管他们此行的目标是什么,它正等着渐渐靠近的他们去探索。

宽阔的半圆形水泡,碧绿的河水,闪闪发亮的侧翼,大水坝将回流由这岸到那岸完全封起,转动的漩涡和漂浮的泡沫扰乱整片平静的水面,它那轰隆的水声隔绝了其他声响。溪流的正中心,一座小岛静静地躺在水坝的怀抱里,岛的四周密密围绕着绿柳、银桦和赤杨。小岛默默含羞,但却意味深长。它将一切可以藏匿的东西都遮蔽在面纱之后,等待着某个时刻的到来。时候一到,受到召唤和挑选的人便随之而来。【名师点睛:美丽而又神秘的小岛上究竟有什么呢?让我们跟随老鼠和鼹鼠一起去探索吧!】

两只小动物带着某种庄严的期盼,毫不犹豫地通过汹涌的水流,把小船停泊在花开似锦的岛屿边缘。他们静静地上岸,拨开一路生长到岛上的花海、香草、矮树丛。最后他们来到一片绿得叫人惊叹的草坪上,周围都是大自然自己的果树——山楂、野樱桃,还有野梅树。多姿多彩的植物将这里装点得分外美丽。

▶ 柳林风声

"这就是我梦中的歌曲之乡,吹奏音乐呼唤我的地方,"老鼠仿佛失了魂,轻轻地说道,"如果我们能在这个世上找到它的话,那么必定是这神圣之地!"【名师点睛:从老鼠的话中可以看出老鼠非常喜欢这个岛屿,它令老鼠如梦如幻。】

这时,鼹鼠忽然觉得一股巨大的敬畏向自己袭来。这股敬畏令他的肌肉柔弱无力,使他的双脚立于地上不能动弹。事实上,他觉得安详快乐得出奇,不用看他也知道那只意味着一件事——有位尊贵崇高的精灵距离他们很近。【名师点睛:鼹鼠也被眼前的美景所吸引,而这尊贵崇高的精灵又是谁呢?引发读者兴趣。】他艰难地扭头寻找他的朋友,看见老鼠站在自己身旁剧烈地颤抖。周围栖着飞禽的茂密树枝间依然一片寂静,而光线已经越来越亮。

说不定,老鼠将永远不敢抬起视线。然而,他哆哆嗦嗦地听从了那呼唤,抬起卑微的头来。就在此刻,大自然女神满面焕发着不可思议的红光,仿佛是屏着气期待着这件大事——就在这一刻,鼹鼠直视那位朋友的眼睛。他看见一对弯弯的角,在渐渐明亮的曙光中熠熠生辉。看见逗趣地俯视着的那双亲切的眼睛和那双眼睛之间高挺的鹰钩鼻,长着胡须的嘴巴,两边嘴角微微挂着笑意;看见横摆在宽阔的胸前那只手臂上块块隆起的肌肉,而柔软的长手依旧握着刚刚离开张开的双唇之间的那支牧笛;看见那毛茸茸的腿高贵而自然地倚靠在草皮上,【写作借鉴:对吹笛者的神态、外貌以及动作进行了细致地描写,为读者呈现了一位神秘的吹笛者的形象,鹰钩鼻子,毛茸茸的腿,这究竟是什么样的生物呢?】而就在他的双蹄间,依偎着那惬意安详地酣睡着的圆滚滚、胖嘟嘟、短短小小、孩子气的水獭宝宝。就在那屏气凝神、心情紧张的一瞬间,他在晨光之中清楚地看到这一切,他惊奇地意识到自己还活着。

"老鼠,"鼹鼠好不容易颤抖着,发出一丝声音,"你害怕吗?"【名师点睛:鼹鼠看到这奇异的景象后震惊地颤抖着。】

"害怕?"老鼠眼中闪着无可言喻的爱,喃喃说道,"害怕?怕他?噢,绝不,绝不,然而——噢,鼹鼠,我是害怕!"【名师点睛:破折号表示语意的转折,老鼠对鼹鼠说的害怕并非真的害怕,而是一种发自内心的敬畏。】

两只动物当下匍匐在地,俯首膜拜。

突然,太阳的大金轮壮丽地出现在面对他们的地平线上方,最初的几道光线射过齐平的水草地,直接照到两只动物的眼睛,照得他俩眼花缭乱。等到他们能够再次看清东西时,幻影已消失,四周充满了鸟儿们向黎明欢呼的歌颂。

一阵细细的轻风自水面起舞,摇晃白杨,抖动带露的玫瑰,轻轻吹拂着他俩的脸庞,在它柔柔的抚摩下,他们立即忘却方才的一切。因为这是那慈爱的神人临别之际,细心赐予这两位协助他现身的动物的最好的礼物、遗忘的礼物,以防可怕的回忆留在心中持续滋长,为他们的喜悦和欢笑蒙上阴影。终日萦绕的回忆将会破坏这些小动物的后半生。

鼹鼠揉揉眼睛,盯着正困惑地四下张望的老鼠。鼹鼠竟然一下子忘记了老鼠刚刚说过的话。"抱歉,老鼠,你说什么?"他问。【名师点睛:神人的礼物模糊了鼹鼠的记忆,这也正是神人想要的结果。】

"我想我只是说到,"老鼠缓缓地说道,"应该就在这种地方,一定就是这里能找到他。喂,瞧!他在那里,那个小家伙!"他高兴地大叫一声,朝熟睡中的小胖跑去。【名师点睛:写出他们俩找到小胖时的惊喜心情。】

但鼹鼠却动也不动地伫立着,就像突然在美梦中被叫醒了,努力想要回忆梦境,却只留下一抹朦胧的美妙意识!因此,鼹鼠在与他的短暂回忆告别后,终于黯然地摇摇头,追在老鼠的身后。

小胖在一声快活的尖叫声中清醒,一见两位过去常常陪伴他嬉戏的父亲的好友,高兴得全身扭来扭去。然而,转瞬间他又变得一脸茫然,开始带着哀求的呜咽绕着圈子寻觅。【名师点睛:神秘美妙的笛声不光令老鼠深深着迷,连小胖这样的水獭宝宝都对其念念不忘。】就像一个原本躺在保姆怀抱中快乐沉睡,醒来时却发现自己孤零零地被搁在一个陌生地方的孩子,寻遍每一个房间,跑过每一个角落,失意绝望逐渐在心中悄悄

柳林风声

扩张。小胖也像那样，固执地在整座小岛上面再三地搜寻。终于，绝望的时刻到了，他放弃努力，坐在地上伤心地放声大哭起来。

鼹鼠快步跑上前来安慰小胖，但老鼠却是徘徊踌躇，疑惑地对着深印在草皮上的某些蹄痕注视良久。

"有——大——动物——到过这里。"他思索着，一字一字喃喃低语，站在那儿冥想，心思莫名地骚动。【名师点睛：聪明的老鼠总是善于从蛛丝马迹中发现值得探究的东西，然后用自己的智慧加以思索，这种精神太可贵了。】

"过来呀，老鼠！"鼹鼠呼唤道，"想想可怜的水獭还在浅滩那边等着呢！"小胖在可以坐上老鼠那艘小船游览的承诺下，很快就收住了泪水。两只动物把小胖带到水畔，安安稳稳地把小胖放在船上他俩之间的位置，顺流划到回流。这时太阳已经完全升起来了，热烘烘地照在他们身上。【名师点睛：太阳升起来说明他们足足找了小胖一夜。】鸟儿们无拘无束地开怀高歌，两岸的鲜花迎面点头微笑，然而不知怎的——两只动物心里想——这些花朵没有那般的美丽，总依稀记得在某处——他们不知究竟在哪儿——才刚看过的那般鲜艳夺目。

船只划回河的主流，他们掉转船头沿着小溪向上划，朝着他俩知道的好友正在孤独守候的方向前进。小船行近那片熟悉的浅滩，鼹鼠把船划到岸边，与老鼠合力将小胖抱下来放在小径上，指示他该往哪个方向走，然后亲切地拍拍他的背告别，再把船荡回溪心。他俩目送着那小家伙欢心神气地沿着小径走，直到看见他的鼻尖突然朝天仰，像是认出了什么一般，嘴里尖声呜咽，全身扭来扭去，大摇大摆的走路姿势在加快脚步时变成跌跌撞撞的拙态。仰视河流上游，望见默默蹲在浅滩上耐心守候的水獭猛然一跃而起，动作紧张而僵硬，还可以听到他冲过柳树林子奔上小径时欢欣惊讶的大吼。【名师点睛：此处描写了水獭父子相见的场面，"猛然一跃"写出了水獭见到儿子时的激动心情，伟大的父爱顷刻间流露了出来。】鼹鼠随即掉转船头，听任上涨的溪水将他们顺流载往何处。现在,他们的搜寻终于画上快乐的句号。

"老鼠,我累极了。"小船漂流中,鼹鼠懒懒地靠在他的船桨上,说,"或许你会说,'我们熬了一整个晚上,但那没什么。在这样的季节里,我们一周之内总有三四个晚上是通宵不寐的'。不,我仍觉得我仿佛经历过某件十分刺激而又可怕的事,但却又似乎什么都没发生过。"

"或者是件十分惊奇、壮丽、美妙的事情。"老鼠喃喃地说着,合上双眼往后靠,"鼹鼠,我的感觉和你一模一样。虽然不是肉体上的疲倦,但就是累得要命。幸好我们有小溪,可以把我们送回家里去。再次感受到阳光渗透到骨子里,畅快极了吧?"

"就像音乐——遥远的音乐。"鼹鼠昏昏欲睡地点点头。【名师点睛:岛上的音乐声令鼹鼠和老鼠长久地怀念着。】

"我也这么想。"老鼠像在做梦般恹恹无力地呢喃,"是那种旋律轻快、奔放的音乐,然而其中也带有歌词——它转化为词句,又从词句再化为音乐。我曾断断续续地听到只言片语,后来却又恢复成舞乐,接着除了芦苇轻柔细碎的耳语,就再也听不到别的了。"

"你听得比我清楚得多,"鼹鼠黯然说道,"我听不到歌词。"鼹鼠一边回忆着那动人的旋律一边为自己没有听到歌词而感到委屈和悲伤。

"我来试着复诵给你听,"老鼠依然合着眼,【名师点睛:好心的老鼠选择自己将歌词再次唱诵出来安慰鼹鼠,这样的友谊是多么珍贵呀。】柔声地说,"现在它又转变成歌词了——微弱但是很清晰——'为了不使敬畏长留心头——不使你们的嬉戏变为焦虑——在需要帮助的时候,你们将看见我的力量——然后你们将遗忘!'现在芦苇取代了它——'忘记,忘记,它们轻声叹息',词句消逝在沙沙之声以及低语里。后来歌声就又回来了——

"'为免四肢红肿和割破——我触动已然设下的陷阱——当我松开罗网你们将瞥见我——但你们必定将遗忘!'划近后,鼹鼠,靠近芦苇边的声音越来越微弱了。

93

▶ 柳林风声

"'林地湿气间的小小流浪儿——我在其间发现迷途者,我在其间包扎好伤口——再命他们全忘记!'靠近,鼹鼠,再靠近!不,没用了。歌声已消逝,转为芦苇的交谈。"

"但这些歌词是什么意思呢?"鼹鼠纳闷地问。

"这我就不知道了。"老鼠回答道,"它们一传到我耳里我便转述给你听。啊!又回来了。这次完整又清晰!这次,不会错了,单纯——热情——完美——"【名师点睛:老鼠并不是真的再一次听到了那歌声,而是那歌词清晰地再现于老鼠的脑海里。】

"喂,那么,快说给我听啊!"鼹鼠在烈日下打着盹儿,耐心等候几分钟后催促着。

然而老鼠并没有回答。他抬头望去,明白这沉默究竟是怎么一回事。疲惫的老鼠脸上漾满了快乐的笑容,同时依然留有几分倾听的余韵,深深地睡熟了。鼹鼠也眯起了眼睛,任由小溪轻柔地将他们的小船推回家,自己陷入了那无穷无尽的追问中。

Z 知识考点

1. 填空题。

老鼠和鼹鼠为了搜寻水獭的儿子小胖,走进了一片无声的_____国度。他们在那儿搜遍了_____、_____、_____和它们的_____,以及_____和_____等地方。

2. 判断题。

老鼠和鼹鼠划船去小岛的时候,听到的天籁般的音乐是潺潺的河水声。( )

3. 问答题。

儿子失踪后,水獭为什么选择在靠近河岸的一处浅滩守望、等待呢?

_____

_____

Y 阅读与思考

1. 水獭的儿子又失踪了,这一次水獭为什么非常焦急?
2. 水獭的儿子是谁找到的?

柳林风声

第八章 蛤蟆历险记

M 名师导读

以前挥金如土、骄傲自大的蛤蟆,被关进监狱之后终于产生了一丝悔过之心。他在监狱里不吃不喝,终日以泪洗面,境况十分凄惨。心地善良的狱卒女儿决定帮助他逃出去,然而这一道道关卡、守卫森严的士兵,蛤蟆能成功逃出去吗?

当蛤蟆发现自己被幽禁在一座阴湿恶臭的地牢里,知道这座中世纪古堡所有的阴森黑暗全然阻断他与外面充满阳光的世界、自己那干净整洁的蛤蟆府和质地高级的大马路后,他躺在地上,流着伤心的泪水,自暴自弃地陷入绝望中。

"一切都完啦!"他说,"至少蛤蟆的生涯完啦!像我这样一个被以充分理由监禁的人,怎么可能指望会有重获自由的一天。因为我是如此大胆地偷了一部那么漂亮的车子。因为我对一群脸红得像猪肝的胖警察施予那么惊人而又富有想象力的侮辱!我恐怕再也出不去了,我将在这肮脏的监狱里老去,这将是多么悲惨的事情啊,我以前是那么的无知狂妄,我简直是太难过了!"说到这里他哽咽了。【写作借鉴:"哽咽"说明蛤蟆经过一段监狱生活后暂时悔悟了。】

"我是只蠢动物!"他接着说,"如今我必须幽禁在这座地牢里,直到那些过去以认识我为傲的人都忘了我的一天——噢,睿智的獾!噢,聪慧机灵的老鼠和明白事理的鼹鼠!你们拥有多么完美的判断力,多么丰富的人际知识啊!噢,孤单凄凉的蛤蟆!"

他就这样日夜哀叹,悔恨地度过了好几个星期,不肯吃饭或者三餐之间的点心。纵然那严峻老迈的狱卒知道蛤蟆口袋里面塞满了钞票,三天两头地对他明确指出可以安排很多舒适豪华的东西从外面送进来——只要肯出高价。【名师点睛:连年迈的狱卒都惦记着蛤蟆兜里的钱,变着法子想将这些钱弄到手,可见监狱的管理是多么黑暗和腐败。】

这名狱卒有个心地善良的女儿,时常帮她父亲分担一些职务上面轻便的工作。她非常喜爱动物,自己还养了一只金丝雀、几只杂色的老鼠和一只整天转个不停的松鼠。这位好心的姑娘怜悯蛤蟆悲惨的处境,便对她父亲说:"爸爸,我真不忍心见到那只可怜的小东西这么不快乐,变得这么消瘦!这样下去他会死的。你知道我非常喜爱小动物,请你把他交给我负责。我会让他从我手中吃东西、坐起来,做各种事情。"【名师点睛:写出了姑娘的善良,她看到蛤蟆悲惨的处境后,决定拯救蛤蟆。】

她的父亲当然是求之不得,他对蛤蟆的愠怒、傲慢、粗俗、卑鄙早就烦透啦!于是当天她便在慈悲之心的驱使下,来到蛤蟆牢房外敲门。

"喂,打起精神来吧,蛤蟆。"她一进去便连哄带劝地对他说,"来,坐起来把眼泪擦干,还有,试着吃几口东西。瞧,我给你带来了一些刚出炉的午餐,这是我自己做的呢!"

色味俱佳的土豆烧卷心菜,它冒着热气,香味弥漫在整间狭窄的牢房里。【名师点睛:狱卒的女儿不仅善良,还有一手好厨艺!】香喷喷的味道钻进伤心地仰卧在地板上的蛤蟆鼻子里,一时间让他想到,或许生活并不像他想象中的那样绝望。蛤蟆的肚子早就饿得咕咕叫了,此时这香喷喷的饭菜对他极具吸引力,但他仍哀哀号泣,踢着双腿,不肯接受安慰。【名师点睛:蛤蟆并没有轻易妥协,此时他还是固执地坚持绝食。这也应和了蛤蟆自以为是的性格。】因此,这聪明的女孩便暂时退下。不过,浓浓的菜香仍然遗留在牢房中。蛤蟆抽泣着,一面吸鼻子,一面思量,开始慢慢想到一些鼓舞心情的新念头:想到英雄豪气、诗艺精神,还有许多尚待完成的事业;想到阳光之下,辽阔的草场上面随风翻飞的草

> 柳林风声

浪,以及点缀其间的嚼食的牲口;想到自家的果园、菜圃、药草花床,遭蜜蜂包围的热情的金鱼草;还想到蛤蟆府中摆放在餐桌之上的那些餐盘清脆悦耳的碰撞声,以及每个人将自己座椅拉近桌子时,椅腿摩擦地板的声音。狭小的牢房现出淡淡的光明色彩,他开始想起自己的朋友们,想到他们一定能够使点什么力;想到律师,想着自己竟然蠢到没有聘用几个律师;最后,他想到所有只要自己多动动脑筋就能做到的事,于是,他的哀伤悲痛几乎彻底痊愈了。【名师点睛:狱卒的女儿做的饭菜对蛤蟆竟然有如此神奇的治愈能力,这从根本上是女孩的善良抚慰了蛤蟆的内心,使他重新振作起来。】

几个小时后,那个女孩回来了,手上端着一杯冒着热气的香茶,还带来了极热的奶油吐司。那奶油吐司的香味简直像在对蛤蟆说话。它对他提起温暖的厨房,冬天黄昏舒适的客厅壁炉旁,散步归来的人们将穿着拖鞋的脚搁在壁炉的炭栏上;提起心满意足的猫咪打呼噜的声音,以及受困的金丝雀们的啼啭。蛤蟆终于坐挺了身子,擦干眼泪,啜饮香茶,大口大口地咬着吐司,很快便开始谈起他自己,谈起他所居住的房子,谈起他的作为,还有自己的身份和朋友。【名师点睛:蛤蟆的表现说明他已经走出心中的阴影,变得和以前一样。蛤蟆放下了对女孩的抵触情绪,开始接受她的安慰。】

狱卒的女儿看出这个话题对他的帮助和茶一样大,于是鼓励他继续往下说。

"告诉我那些关于蛤蟆府的事吧,"她说,"听起来好像很美丽呢!"

"蛤蟆府,"蛤蟆骄傲地说道,"是座独一无二,最适合名流士绅居住的府邸。它建造于十四世纪,但所有现代化的设施应有尽有。距离邮局、高尔夫球场都只有五分钟的路程,适合于——"

"老天,要命的动物,"女孩笑哈哈地说道,"我又不想搬到那里去,告诉我一些和它相关的实际东西吧。【写作借鉴:"笑哈哈"可以看出狱卒的女儿非常开朗。这句话也反映了狱卒的女儿非常聪慧,她巧妙地引导着蛤蟆说一些她感兴趣的内容。】不过,先等我再替你拿些茶和吐司过来。"

女孩轻快地走开,不一会儿便又端着另一盘食物回来了。蛤蟆狼吞虎咽地埋头大吃吐司,已经完全恢复平日的心境,开始对她高谈船库、鱼池,以及围着老墙的果园兼菜圃;谈论猪圈、马厩、鸽房和鸡舍;谈论牛奶棚、洗衣房、瓷器柜与熨斗;谈到府中的宴会厅,还有当其他动物围坐桌边,蛤蟆使出浑身解数唱歌、说故事、展现各项才艺时,大家在那里所得到的欢乐。这时女孩又想了解一下他的动物朋友们,对于他告诉她的有关他们的一切,还有他们如何生活,如何消磨时间都听得津津有味。当然啦,女孩并没有说出自己对于动物的心态是喜欢宠物的那种喜欢,因为她知道,那将会使他大为恼火。【名师点睛:女孩没有明言自己的情感,这为下文蛤蟆错误地理解女孩的善意做了铺垫。】当女孩说晚安时,蛤蟆早已恢复往日那种乐天自信、骄矜自恃的德行了。他唱了一两首以往常在宴会中唱的小曲,然后缩在干草铺上,做着无数好梦,痛痛快快地歇息了一夜。在梦里,蛤蟆又重新过上了自己想要的舒服自在的生活。

从此以后,他们常在一起闲聊许多有趣的话题,度过一个个乏味的日子。狱卒的女儿渐渐为蛤蟆感到难过,心想只为一桩芝麻绿豆般的罪行就把他关在牢房里,真是个莫大的耻辱,而虚荣自负的蛤蟆自然认为女孩对他的兴趣是出于与日俱增的柔情。因为她是那么一位漂亮的小女孩,而且显然非常爱慕他。【名师点睛:呼应了前文的铺垫,蛤蟆将女孩的情感理解错了,这也难怪,他一贯就是这样骄傲自满。】

一天早上,女孩显得心事重重,答起话来心不在焉的。在蛤蟆心目中,更在意她对于自己的如珠妙语和隽永言论不够专注。

"蛤蟆,"没有多久,女孩说,"请你注意听,我有位阿姨是洗衣妇。"

"好啦,好啦,"蛤蟆亲切温柔地表示,"不要再去想她了。我自己也有好几个阿姨都应该去当洗衣妇才对。"蛤蟆甚至认为女孩是为她的这位阿姨没有一份好工作而感到羞耻,所以才没有认真听自己的倾诉。

"拜托安静一下,蛤蟆。"女孩说,"你的话太多了,那就是你最大的毛

▶ 柳林风声

病。我正在想事情，你却吵得我头痛死啦！正如我刚才说的，我有位阿姨是个洗衣妇，这座城堡里每一座监狱的衣服全归她洗——你知道，我们尽量让自家人包揽下所有这类可以赚钱的事。她每周一早上来把该洗的东西收出去，周五晚上送回来。今天是周四。喏，这让我想到一个主意：你很有钱——至少你一直是这么告诉我的——而她非常贫穷，我想若是能好好地贿赂她，这样你们可以达成某种协议，让她把自己的服装、软帽等给你穿戴，你就可以扮成一个洗衣妇逃出去。你们在许多方面极为相似——尤其是身材。"【写作借鉴：语言描写，狱卒善良的女儿正在想办法救蛤蟆出去。】

"才不像。"蛤蟆气愤地说，"我的身材优美极了——就我们蛤蟆而言。"

"我阿姨也是，"女孩回答，"就她们洗衣妇而言。不过随你自己高兴吧。你这讨厌、骄傲、忘恩负义的动物！我是这么一心想要帮助你，你却如此不知好歹！"

"好了，真的非常感激你。"蛤蟆赶紧表示，"听我说！你绝不能要蛤蟆府上的蛤蟆先生扮成一个洗衣妇到处走！"

"那么，你尽管留在这里当你的癞蛤蟆好了。"女孩气呼呼地回答，"我看你大概还想乘着四人大轿出去呢！"【名师点睛：女孩为蛤蟆的愚蠢和自负感到十分生气。】

蛤蟆看出女孩是真的生气了，他自知女孩的主意是对自己好的，他当然不会真的拒绝。率直的蛤蟆向来总是勇于认错。"你是一位聪明善良的好姑娘，"他说，"而我确实是只既傲慢又愚蠢的癞蛤蟆。请你大发慈悲把我介绍给那位可敬的阿姨，我深信我和她一定能够谈得拢某些让双方都很满意的条件的。"

隔天傍晚，女孩领着她的阿姨进了蛤蟆的牢房，身边还带着一包用大毛巾裹着的蛤蟆一周的换洗衣物。老妇人事先早已为这次会面做好准备，见到蛤蟆经过慎重考虑放在桌上的金币后，她拿出了一袭棉布长装、一件围裙、一条披肩，以及一顶褐色圆软帽交给他。这位老妇人唯一的要求是：必须塞住她的嘴巴，把她搁起来丢在墙角。她解释道，尽管样子看起来可疑，但她希望凭着这套并不十分具有说服力的把戏，加上自己天花乱坠、添油加醋的本领，能够保住自己的饭碗。

　　蛤蟆对于这个建议很开心。这可以使他被形容成一个可怕至极的人物，英名未损，风风光光地离开监狱。【名师点睛：无论什么时候蛤蟆都改不了他虚伪、自负的本性。】他几乎要出手帮助狱卒的女儿，把她的阿姨弄成一副在无力控制的情况下，遭人制伏捆绑的样子。

　　"现在该你了，蛤蟆。"女孩说，"脱掉你的大衣和背心，你本身已经长得够胖啦！"

　　女孩动手将棉布印花长装罩到蛤蟆身上，把披肩照洗衣妇的方式整理出褶裥，然后把圆软帽的两条带子拉到他下巴底下打个结。【名师点睛：女孩熟练地整理衣服的动作表明她的贤惠和勤劳。】

　　"你跟她简直像同一个模子里印出来的。"女孩咯咯地笑着说，"只是我相信你这一生中，看起来从没有过她一半高雅的样子。再会啦，蛤蟆，祝你好运。顺着你来时的路直走出去！万一有人对你说什么——男人嘛，很可能会的——你自然可以回敬一两句玩笑话。不过千万记住，你的身份是孤苦伶仃地活在人世间、顾惜名声的寡妇。"

　　蛤蟆虽忐忑不安，但仍鼓足勇气跨出坚定的第一步，小心翼翼地展开这段看似最危险的旅程。然而，他却惊喜地发现一切竟然都是那么顺利，只是想到有助于他受到欢迎的性别其实都是别人的，又不免感到有点抬不起头来。那洗衣妇裹在棉布长袍里头的矮矮肥肥的身材，仿佛就是通行证，即使当他因为不确定该转哪个弯时，也因为下个门口的守卫急着要去用茶点而招呼他快快通过，让他轻易地摆脱了困境。遇到针对他而说的玩笑和俏皮话，蛤蟆自然是飞快地做出有力的回应，而这些玩笑话实际上也构成他最主要的危险。因为蛤蟆是只十分看重自己威严的动物，而玩笑和俏皮话绝大多数都是（他认为）庸俗轻薄的，缺乏幽默感。尽管如此，他仍然竭力控制自己的脾气，使用符合洗衣妇和她应有

柳林风声

性格的话反唇相讥。【名师点睛：蛤蟆在这种情况下还是能分得清主次，将自己的高傲暂时隐藏起来。】

在回绝来自最后一间警卫室的苦苦相邀，躲掉最后一名守卫带着假装出来的热情、展开双臂哀求的临别拥抱后，他总算听到大门的边门在背后砰的一声关上，感觉外面世界的清新空气吻上他焦虑的额头，他知道自己自由了！

大胆的冒险行动成功了。蛤蟆乐陶陶的，加紧脚步迎着城镇的光明走去，一点也不知道下一步该做什么，【名师点睛：蛤蟆仓促的越狱行动没有周密的计划，这似乎注定了他的出逃并不如他所期待的那样顺利。】唯一确定的就是他得赶紧离开这附近。因为那个老洗衣妇在这里太受欢迎，又有太多人认得她，再不快走就会被识破。一旦被识破，自己将会被重新抓回那肮脏的监狱里。

当蛤蟆边思索边走时，他的注意力突然被一小段路外的红绿灯所吸引，引擎"噗噗"地喷着气，转辙的货车车厢发出轰隆的声响。"哈！"他暗想，"真幸运！此时此刻，就数火车站是最符合我的需要！更棒的是我用不着通过整个小镇才能够到达，也不用借由巧妙应对来掩饰这个丢脸的身份。那虽然非常有效，却无助于一个人的自尊心。"

于是蛤蟆朝车站走去，查明时间表，找出一班大略朝他家方向行驶、预定半个钟头内开动的列车。"太幸运了！"蛤蟆说着，精神立即昂扬起来，走到售票处去买票。【名师点睛：蛤蟆内心充满了亢奋，一切似乎都太顺了！但真的会如此顺利吗？】

他说出距离蛤蟆府所在的那个村庄最近的站名，然后习惯性地将手指插到背心口袋的位置，但是那袭棉布长袍，这会儿挡在中间，像是陌生的怪物按住了他的手，不但害他使出的力气全化为乌有，还不住地嘲笑着他。而后面大排长龙的其他旅客，全都不耐烦地等着，做出各种多少有点价值的建议，发出种种大致算得上中肯有力的批评。最后，蛤蟆终于冲破障碍，到达目的地，摸着那个永远是背心口袋所在的位置，发现——不仅没有半毛钱，连装钱的口袋也没啦！甚至连缝着口袋的背心也不见啦！【名师点睛：刚才的得意与现在的窘状形成巨大的反差，蛤蟆又一次陷入困境。作者巧妙的构思使文章一波三折。】

他惊慌失措地回想起自己把大衣和背心全留在牢房里了，那里头有他的皮夹、金钱、钥匙、手表、铅笔盒——所有让生活过得有意义的东西。蛤蟆的心情瞬间跌入了谷底。

在窘境中，他拼命想要成功应付整件事。于是，摆出过去那种土财主与高官权贵的派头——大声地说道："喂，听着！我忘了带钱包啦，先把那张票给我，明天我会把钱寄过来。我在这一带很有名气的。"

售票员盯着蛤蟆和黑褐色的软帽端详了一阵，然后放声大笑。"我想要是你三天两头跑来耍这一套把戏，确实会在这一带大大出名。够啦，请离开这个窗口。老太太，你妨碍到后面的乘客啦！"

一名站在后面好几分钟的老先生一把将他推开，更糟的是竟还称他为"老太太"，这是今天最叫他生气的事了。

蛤蟆像只斗败的公鸡，茫然地来到火车停靠的月台，泪水顺着鼻梁两边流下来。【写作借鉴：运用比喻的修辞手法，把蛤蟆比作一只斗败的公鸡，生动形象地写出了蛤蟆的狼狈。】他心想：眼看就要平安脱险甚至到家了，却因为缺少该死的区区几先令，再加上遇见几个性情多疑、吹毛求疵的公职人员而告吹，真是倒霉透顶！很快的，狱方就会发现他逃脱，出动人马来追捕。他会被抓住，受到辱骂，镣铐加身，重新被拖回监狱过白水面包加稻草的岁月。再说，噢，那小姑娘将会如何奚落他呀！怎么办？怎么办？就在深思熟虑间，他发现自己已走到火车头旁，维护车头的司机是个粗犷的男子，正一手拿着油罐，一手拿着团棉球在替它擦拭，轻轻抚遍整部机器。【名师点睛：经历了一阵绝望，这位司机会给蛤蟆带来转机吗？】

"哈啰，老嬷嬷！"司机招呼道，"有什么困难吗？你看起来好像闷闷不乐哟！"

103

柳林风声

"噢,先生!"蛤蟆又哭了,"我是个不幸的可怜洗衣妇,把身上的钱给弄丢了,连张车票都买不起。可是我今晚必须回家,噢,天哪!我该怎么办?"

"那的确是要人命,"司机沉思着说,"掉了钱——回不了家——我敢说,一定还有几个孩子在等着你,对吧?"

"而且是一大群呢!"蛤蟆哽咽着回答,"他们一定会挨饿!会玩火柴,还会打翻油灯啊!这些什么都不懂的娃儿,会吵得天翻地覆。噢,天哪!天哪!"【名师点睛:蛤蟆真是一个天生的演员!他曾利用自己高超的演技骗过了聪慧的老鼠,现在又故技重演。此处的语言描写,让人读来不禁捧腹大笑。】

"喂,我来告诉你要怎么做。"好心的司机说,"你说,你是干洗衣妇那一行的。很好,那就对了。你看得出来,我是个司机,这真是个脏得要死的工作。老是穿脏一大堆衬衫,搞得我太太洗它们洗得烦死了。要是你肯在回家之后替我洗几件衣服,再给送过来,我就让你在火车头里搭个便车。虽然这样做并不符合我们火车上的规矩,但是因为管得不严格,我还是可以帮到你的。"

悲哀的蛤蟆霎时欣喜若狂,迫不及待地爬上了车头。【写作借鉴:"欣喜若狂"贴切地写出了蛤蟆得知自己可以乘车后的喜悦心情。】当然啰,他这辈子从未洗过一件衣服,就算有心要洗也不会,况且他根本没打算动手去洗。蛤蟆也不会忘记司机的恩情,但他心想:"等我平安回到蛤蟆府,就寄一笔足够请人洗一大堆衣服的钱给司机,意思也是一样的,说不定还更好呢!"

管车员挥动行车旗帜,司机也按响汽笛回应,火车就这样驶离了车站。随着车速加快,蛤蟆看到两旁田地、树林、树篱、牛羊都像飞一般掠过,想着每过一分钟他都距离蛤蟆府、朋友、口袋之中叮当作响的钱币越来越近。有柔软的床可睡,美味的食物可吃,还有无数的羡慕、赞美在等着他叙述自己的冒险经历和惊人的计谋,于是他开始跳上跳下、大呼小叫、唱着支离破碎的歌曲,听得驾驶员大感错愕。【名师点睛:暂时坐上车的蛤蟆如此兴高采烈,"跳上跳下""大呼小叫"写出了蛤蟆近乎癫狂的情态,可命运却让他马上就又一次陷入绝望。】

　　火车已经驶出好远好远,蛤蟆都开始考虑回到家要吃些什么晚餐了,忽然他注意到司机神情古怪地侧贴着引擎,吃力地侧耳细听。接着他爬到煤炭堆上,越过车顶眺望,然后回头告诉蛤蟆:"好奇怪啊!我们这班车是今晚这条路线上的末班车,可是我敢对天发誓,明明听到后面还有一辆车跟来!"

　　蛤蟆马上停止他疯疯癫癫的举动,变得满脸懊恼,神色颓丧。脊骨下半段隐隐泛起疼痛,连带蔓延到大腿,让他很想坐下来,努力试着别去想那些种种可能的后果。【名师点睛:从蛤蟆的神态可以看出形势的严峻。此处描写细腻,使读者也不由得为蛤蟆接下来的遭遇捏一把汗。】

　　这时月色已经朗朗地照耀着大地,火车司机稳稳地站在煤堆上,可以望见车后极远的地方。

　　他马上叫了起来:"现在看得很清楚啦!是个车头,以极快的速度行驶在我们这条铁轨上,看起来好像在追缉我们!"

　　可怜兮兮的蛤蟆趴在炭屑上,抱着黯淡的希望,绞尽脑汁地想办法。

　　"他们正以飞快的速度朝我们追来!"司机嚷着,"而且引擎那边还挂着一大票世上最古怪的人!挥舞着战戟,像是古代的狱吏;还有头戴钢盔的警察,摇动警棍;还有些耍着手枪、挥动手杖、头戴高帽、衣着寒酸的人,即使相隔这么一大段距离,也可以毫无疑问地认出是群便衣警探,各个都在挥杖舞棍,都在高喊同一句话:'停车,停车!'他们是在让我们停车吗?"

　　这时,蛤蟆跪在煤堆上,双掌紧紧握着,哀哀恳求着:"救我,救救我好心的司机先生,我会坦白招出一切!我不是表面上看起来的那个平平凡凡的洗衣妇!我是只蛤蟆——一只名声又大又受欢迎的蛤蟆,是个地主。【名师点睛:此时的蛤蟆真让人同情!这位司机会帮他吗?】我刚靠着

柳林风声

自己高人一等的胆量和智慧,从一座恶心的地牢里逃出来!若是再让那列车上的人把我抓回去,我就得再度过着与手铐脚镣、开水面包为伍的悲惨日子了!"

火车司机低头狠狠地瞪着他,说:"现在,把一切实情说给我听,你是为什么坐牢的?"

"没什么大不了的原因嘛!"可怜的蛤蟆顿时面红耳赤,"我只不过在某部车的车主用餐时借走了它,那段时间他们根本不需要它。我真没打算偷车,只是人们——尤其是那些执法者——对于这些思虑欠周到的勇敢行为却是看得那么严厉。他们并不相信我的话,将我判处了二十年的监禁。"

司机神情十分严肃,说:"恐怕你真是一只恶蛤蟆,按理说为了维护公理我该把你交出去。不过显然你万分颓丧和苦恼,因此我不会弃你于不顾。【名师点睛:看来蛤蟆的说辞成功引起了司机的同情,他决定要帮助蛤蟆。】一来,我本身并不赞同汽车;二来,我不喜欢在开火车的时候受人指挥。再说看到一只动物泪水涟涟的,总会叫我觉得心软。所以,打起精神来吧,我会尽全力帮助你,我们还可以打败他们!"

他俩堆起更多煤炭,卖命地铲煤!火炉轰隆轰隆,火星四散激飞,引擎蹦跳摇晃,然而追逐者还是慢慢逼近了。【写作借鉴:细节描写突出了火车速度极快,也反映了当时情况紧迫,渲染了紧张的气氛。】火车司机叹了口气,抓着一大团棉球擦擦额头,说:"怕是不管用了,蛤蟆。你瞧,他们车子轻,跑得快,引擎也比较好。我们只有一条路可走了!那也是你唯一的希望,你要小心翼翼地照我的交代做。在我们前头不远处有条长长的隧道,出了隧道另一头马上经过一片浓密的树林。听着,当我们通过隧道时,我会尽可能加足马力全速行驶,但另外那些人因为怕出车祸,自然会稍稍放慢速度。等我们一过隧道,我会熄掉蒸汽,尽量刹车,你必须趁着可以安全跳车的一刻,赶紧往下跳,前往树林里躲好。然后我会再全速向前行驶,要是他们爱追我就尽管追好啦,要追多久、追多远都随他们高兴。好,注意啦,先准备好,等我一叫你跳你就跳!"

他们堆起更多煤炭,火车像箭一般驶入隧道,引擎轰隆轰隆地推进,【名师点睛:更多的煤炭可以为火车提供更强的动力,让火车加速行驶。】终于,他们从隧道的另一头冲入新鲜的空气与祥和的月光中,看见两边沿线都是有利于逃脱的黑压压的树林。司机关掉蒸汽机,踩下刹车,蛤蟆走下车门口的台阶,就在车速慢得接近步行速度时,司机大叫一声:"好,跳!"

蛤蟆往下一跳,滚到一小段路基外,毫发无伤地站起来,爬进林子里藏匿好。【名师点睛:紧张的心终于可以放下了,蛤蟆终于安全逃脱了!】

他远远地望着自己所搭乘的那班列车再度快速行驶,消失在远方。紧接着那部追缉车头鸣着汽笛,呼啸着自隧道口冲出,车上大半乘客都在挥舞形形色色的武器,声声吼叫:"停车!停车!"等他们一冲过去之后,蛤蟆立即开怀大笑——自从他入狱以来第一次。

不一会儿蛤蟆便停止笑声,想到自己置身在一片陌生的林子里,身边既没钱也没机会吃到晚餐,并且远离自己的朋友和家园!而在火车的轰隆声响远离后,四周死寂的气氛更是叫人心底发毛。他不敢离开树木的遮蔽,只好尽量远离铁道往林子里头走。

在经过那么多礼拜的禁锢生涯后,他觉得树林既陌生又怀有敌意,甚至认为它有意捉弄他。【名师点睛:蛤蟆复杂的心理被描写出来,看来被监禁的经历让蛤蟆的内心产生了很多的变化。】夜莺发出单调呆板的声音,渐渐朝他围拢。一只猫头鹰无声无息地猝然袭来,用他的翅膀扫过蛤蟆的肩,吓得蛤蟆以为那是一只手,慌忙跳起来,然后他便像蛾一般振翅飞去,嘴里发出低沉的"呵呵呵"的笑声,蛤蟆听在耳里,觉得聒噪极了。蛤蟆曾碰到一只狐狸,对方停下脚步,带着讥讽的味道上上下下打量他,喊道:"哈啰,洗衣妇!这个礼拜少了一只袜子还有一个枕头套!记住别再发生这种事了!"然后唱着歌,走开了。蛤蟆环顾四周想找颗石子掷狐狸,结果却连一颗也找不到,他气得七窍生烟。【名师点睛:内心烦躁的蛤

▶ 柳林风声

蟆听到狐狸的嘲笑更是怒火中烧,"七窍生烟"使蛤蟆愤怒的样子跃然纸上。】
终于,又饥又寒又疲惫的他找到一段中空的树杈做庇护所,尽其所能地利用枯枝败叶替自己铺张舒舒服服的床,然后沉沉地一觉睡到大天亮。

Z 知识考点

1. 填空题。

狱卒的女儿对小动物的心态是_____那种,所以她可怜蛤蟆,为他准备香喷喷的饭菜、_____和_____,并倾听他谈论的一切。可蛤蟆却认为狱卒的女儿非常_____他,对他的兴趣是出于她的_____。可见他还是那个_____的蛤蟆。

2. 选择题。

狱卒的女儿为什么要帮助蛤蟆逃出监狱?（ ）

A. 她觉得蛤蟆很可怜,因为一个微不足道的过失被关进来,很不应该。

B. 狱卒很厌烦蛤蟆,出于保护动物的心态,她决定帮助蛤蟆逃出去。

C. 蛤蟆不停地请求她,让她帮助自己逃出去。

D. 蛤蟆允诺只要帮助自己逃出去,就把身上的钱给她。

3. 问答题。

狱卒的女儿让蛤蟆扮成洗衣妇的样子出去,他的反应怎样?为什么会有这样的反应?

_____

_____

Y 阅读与思考

1. 蛤蟆从狱中出逃一切顺利吗?他经历了哪些惊险瞬间?

2. 请你预测一下,蛤蟆能顺利回到蛤蟆府吗?

第九章　浪迹天涯的旅行者

M 名师导读

> 一年四季，春耕秋收，不少动物也开始准备去南方过冬，这是亘古不变的自然规律，也是大自然的美妙之处。老鼠开始不理解，还劝他们留下来，可当他遇到来自君士坦丁堡的海鼠后，不知不觉被海鼠讲述的冒险生活和美轮美奂的大海吸引，也开始向往外面的世界。他会跟随海鼠去海上冒险吗？谁会来阻止他呢？

老鼠焦躁不安，却又不知究竟原因何在。所有夏日的盛况都还依然如昔，尽管耕地的青绿已让位给金黄，遍地的山梨已转红，林地里到处染上了烈焰般的赤褐，光明、温暖与色彩却仍一丝未褪，也看不见寒冷的前兆。【写作借鉴：景物描写，写出了夏末秋初的景象，色彩缤纷，气象万千。与下文飞禽大批地南飞迁徙造成的凄凉景象形成了鲜明的对比，此时的美丽景象是大自然步入深秋前最后的绽放了。】只是果园、树篱里头仅剩尚未疲倦的表演者们偶尔为之的夕暮之歌，知更鸟再度开始一展风骚，四周也隐约地浮现出一种变化以及离别感。杜鹃鸟沉寂已久固然是自然现象，但为数不少的飞禽朋友也渐渐失去了踪迹。老鼠始终是所有飞禽迁徙的观察者，目睹他们一一向南方飞去。即使到了夜里躺在床上时，他也能分辨出那些焦急的羽翼听命于不容抗拒的召唤，掠过黑暗的"噗噗"振动声。

大自然这个大旅社就像别的旅社一样，也有它的季节性。【写作借鉴：运用比喻的修辞手法，将大自然比作旅社，揭示了自然规律，使文章内容

109

▶ 柳林风声

简明易懂。随着一队又一队的旅客结完账离去，一组组套房被关闭，那些打算留下来住到明年旅社重新开张的房客，眼看着这一阵阵的迁移和道别，心情难免会受到些影响。他们时常想："为何会有这样渴求变化的希望？为何不像我们一样静静留在这儿？然而他们一颔首、一微笑，走啦！我们思念他们，却也感到愤慨。"老鼠是属于那种自立自足型的动物，在这片土地上扎了根。任谁走了，他总会留下来。然而他仍旧会忍不住留意周围的信息，并且也会莫名受到它的影响。比如听着这些飞禽围在一起叽叽喳喳地计划他们将要完成的迁徙路线和旅途的注意事项时，老鼠的心情就变得闷闷不乐，感觉非常孤单。

在这一波波迁徙持续不断的时候，实在很难真正安得下心来。老鼠漫步走向村郊，穿过一两片已经焦黄干枯、尘沙飞扬的牧场，逛进一大片黄澄澄、如浪摇摆的麦田。他常爱在这里散步，穿过坚挺的麦秆形成的密林，一路拂过头顶的是它们自己金黄的天空——一片永远在闪耀、在柔柔诉说的天空；或者随着掠过的风强烈摇荡，然后一甩头、一俏笑，恢复原状。在这里，老鼠有许多朋友，大家自成一个完整的社会，过着忙碌充实的生活，但总有一点余暇可以陪访客嚼嚼舌根，交换些消息。然而今天，尽管大家都非常客气，田鼠和住在谷仓间的巢鼠们却好像忙得抽不开身来。他们多数在勤奋地挖掘地道！还有一些则围在一起负责审查各组小房间的制图。有些巢鼠和田鼠在拖出布满尘埃的树干和衣篮，其他的则已经忙着动手打包起各自的东西！此时，四处堆积着小麦、燕麦、大麦和坚果，搁在那里等待被搬运。

"老鼠老兄来啦！"一见到他，他们高叫，"过来帮帮忙吧，老鼠，别光闲站着！"

"你们这是在干什么？"老鼠严厉地说，"你们明知道现在还不到为过冬打算的时候，还早得很呢！"

"噢，是啊，我们知道。"一只田鼠满面羞愧地解释道，"但未雨绸缪总是好的，我们真的必须趁那些可怕的机器咔嗒咔嗒运转起来以前，赶紧把所有的家具、行李、存粮全运走。【名师点睛："可怕的机器"指的是人类的收割、犁地的机器，它会将土地刨开，田鼠现在的家很可能会受到严重的破坏，因此田鼠要尽早地从这片耕地上搬走。】而且最好的房子如果被人订了，那么无论什么样的房子都只能忍受了。况且在物品搬入新地方前，还得花好一番工夫打点才行呢。当然啦，是早了些，不过这只是先开个头罢了！或许等这些事情一件件做下来就会发现时间也并不早了。"

"噢，烦人的开头。"老鼠说，"今天是个好天气，去划划船，或者散散步，还是到树林子里去野餐什么的吧！"

"噢，谢了，我想——今天不行。"田鼠连忙回绝，"也许改天吧——等我们有空时——去做些有趣的事情啦，不要一整天埋头在这麦田里，行不行？"

老鼠轻蔑地冷哼一声，转身就要走，却被一个盒子给绊了一跤，骂了几句有失身份的话。

"要是人们肯更小心一点，"一只田鼠局促地表示，"同时看清自己要走的地方，就不会伤着自己——并且失态啦！小心那个大杂物袋，老鼠，你最好找个地方坐下来。再过一两个小时我们大概就有空来陪你了。"

"我看得出来，在这个圣诞节以前，你们不会有你所谓的'空'啦。"老鼠满腹牢骚地回答，然后径自往麦田外走。【写作借鉴："满腹牢骚"可以看出老鼠对于田鼠的回答十分不满，心情极为抑郁。】

他又带点儿落寞地回到他的河流，老鼠一边走一边想：我永远不会离开河边而收拾行李去别的地方度过冬天，无论周围的朋友怎样，自己要坚定自己的信念。在傍着河堤而立的垂柳之间，他窥见一只燕子正栖息在那里。不一会儿，另一只燕子也加入进来，紧接着又有一只燕子飞了过来，这三只鸟儿有些烦躁不安，低声热烈地交谈着。

"怎么，这就要走？"老鼠大步地朝他们走去，"何必这么急？太可笑了。"

"噢，我们还没打算出发，如果你指的是这个的话。"第一只燕子回答

111

▶ 柳林风声

道,"我们只是在拟订计划和安排事情,商量商量今年我们走哪条路线,在哪儿住下……这可是其中一半的乐趣啊!"

"乐趣?"老鼠说,"就是这点让我想不透。如果说你们非得离开这个愉快的地方,离开将会思念你们的朋友,离开刚刚搬进不久的舒适家园。噢,当时候来到,我毫不怀疑你们会勇敢离去,面对所有的困难、改变和不习惯,并且假装你们并不是很忧愁。但是不到真正必要的时候就想着谈论这件事,甚至筹划这件事——"【名师点睛:运用破折号表达出老鼠语气中的疑问成分,老鼠是在向燕子询问他们如此早地布置迁徙的原因。】

"不,你自然不明白。"第二只燕子开口说道,"首先,我们感受到内心有股甜蜜蜜的不安在骚动。接着,回忆像归巢的鸽子般一波接着一波回来。夜里,它们振翅飞过我们的梦中;白天,它们陪伴我们一起飞旋盘绕。噢,我们急于相互探问、交换意见,一阵阵味道、声音和许多遗忘的地名都会回到记忆中, 召唤着我们。我们聚在这里交流自己的感触,才发现这神奇的召唤是大家共有的体验。"

"难道你们今年留在这里过不行吗?"老鼠满怀渴望地建议,"我们会尽全力让你们觉得舒服自在。你们不晓得,在你们远离此地期间,我们在这里过得多么快活啊!"【名师点睛:"满怀渴望"写出了老鼠对燕子迁徙的不舍,但燕子冬去春来是不可抗拒的规律,谁也无可奈何。】

"有一年我曾试着'留下',"第三只燕子说道,"那时我已深深爱上这地方,因此当时候到来时我便踌躇不前,任其他同伴南飞而没有加入。刚开始几周的确过得很惬意,但后来,噢,夜晚长得叫人厌烦,白天又冷得令人发抖!整个田野里一条虫也没有!我的勇气瓦解了。在一个寒冷的暴风雪夜晚,我乘着强烈的东风展翼顺利飞向内陆。当我飞经崇山峻岭之间的隘口时,雪势大得骇人,我必须费尽千辛万苦才能克服风雪前进。但我永远忘不了当我朝那碧蓝如洗、静卧于下方的湖水俯冲时,热热的阳光再次照在背上的感觉是多么幸福,而口中吃到的第一只肥虫的滋味又是多么鲜美！往事恰似一场噩梦！不，我已经受过教训了，再也不会想到反叛。"【名师点睛：第三只燕子用自己的亲身经历表明自然规律是不可抗拒的，燕子们在秋季是必须南下迁徙的。】

"啊，是呀，来自南方的呼唤！"另外两只如梦似幻般地啁啾，"它的歌唱，它的色彩，它那喜悦洋溢的空气！噢，你们是否记得……"他们不知不觉遗忘了老鼠，陷入了热情的思念中。老鼠听得入了迷，一颗心在体内燃烧。他心里明白，他那始终凝然静止的心弦，如今终于也在颤动。【名师点睛：一直坚信永远不会离开大河的老鼠竟然在燕子的话语中动摇了自己的初心，那他接下来又会有怎样的行动呢？】单单只是这些南方鸟儿絮絮叨叨的笑语和那些已然陈旧褪色的报道，都能唤起这股狂热新奇的意念。那么，倘若让真正的南方阳光热情地轻拍一下，确切的芳香轻飘一阵，将会如何？他闭上双眼，大胆地恣意遐想一会儿，等再度睁开眼睛时，眼前的河流似乎变得冰冷无情，翠绿的田园也变得灰暗无光。这时，他那耿耿的忠心仿佛要为自己的变节而高声自责。但这并没有打消老鼠对于南方的好奇。

"那么，你们究竟又为什么要回来？"他忌妒地问燕子们，"这个单调贫乏的小小乡村有什么好吸引你们的？"

"你不觉得，"第一只燕子回答，"季节一到，另外一种呼唤也会再次召唤我们吗？我们又会在南方感受到来自这里的呼唤，那一种来自茂盛的青草、湿润的果园、昆虫出没的温暖池塘，来自正在嚼食牧草的牲口，以及所有聚集在完美屋檐、周围农舍的呼唤。"【名师点睛：春天一来，家乡的一切都在呼唤在外的游子，那种令人沉醉的美景促使燕子归来。】

"莫非你以为，"第二只燕子问，"你是渴盼再一次听到杜鹃啼唱的唯一动物吗？"

"时节一到，"第三只燕子表示，"我们就会再度害起思乡病，苦苦思念在某条英国小河河面静静摇摆的荷花。但如今，那一切仿佛都憔悴惨淡，遥不可及。此时此刻，我们的血液是和着另一支音乐起舞的。"

▶ 柳林风声

燕子们再度自顾自地叽叽喳喳交谈起来。这一次，那令人迷醉的言语里，叙述的是汹涌澎湃的大海、黄褐的沙地、蜥蜴出没的墙壁。【名师点睛：燕子们在热烈地谈论着路途中的见闻，这些新奇的事物此时对于老鼠来说充满着吸引力。】

老鼠见燕子们又陷入了热闹的交谈中，自己被冷落了，他开始感到十分郁闷。老鼠再度漫步离去，爬上由河的北岸缓缓上升的斜坡，趴在那儿望向一座大沙丘的边缘，这座沙丘阻挡了他向南边更远处眺望的视线。除了这片地域以外，就再也没有他想要看或想要认识的事物。今天，他的内心翻腾着刚刚产生的需求来眺望南方，那沙丘边缘长长的低矮轮廓上方的晴朗天空，仿佛因怀抱某个约定而悸动。今天，看不见的事物重于一切，而未知则是生活之中唯一的真相。丘陵的这一侧，此刻是一片真正的空白，而另一侧，却是历历呈现于他心灵之中的热闹拥挤、五彩缤纷的全景。【名师点睛：燕子们对南方的描述令老鼠心驰神往，念念不忘。】

老鼠站起来，再度走下斜坡往河边而去，又突然间改变了心意，朝着积有厚厚灰尘的小路旁走去。他躺下来，将身体半掩藏在路旁那排枝叶纠缠的清爽矮树篱下。在这里，他可以冥思那以碎石铺设的大马路，以及它所通往的大千世界；也冥思那所有可能踩过它的徒步旅人，和他们前往寻找或者不期而遇的财富和奇遇！

耳中听见脚步声，紧接着一个身影跃入眼帘，他看出来是一只老鼠——一只走得有点疲惫、风尘仆仆的老鼠。那旅人走近他身边之前，对他行了一个略带异国风味的礼，带着愉快的笑容偏离自己的路线，走过来坐在他身边凉爽的草地里。他看起来很累，老鼠多少理解对方的心绪，不问什么，先让他好好休息。

那名旅人身形瘦削，相貌聪颖，双肩微弓，两只前爪又瘦又长，眼角布满鱼尾纹，细致优美的耳朵上戴着一对小小的金耳环。他上身穿的是一件褪色的蓝色毛线衫，长裤原本也是以蓝色为底，东补西缀，到处是污痕,身边携带的小小物品全都绑在一条蓝色棉布手巾里。【写作借鉴:外貌描写,如此详细地介绍这位旅人,使他的形象跃然纸上,让大家不由得疑虑,这位旅人是何方神圣?】

那陌生人休息一阵过后,轻叹一声,嗅嗅空气,打量一下身旁的环境。

"那是苜蓿,那是轻风中的丝丝暖意,"他说道,"而我们听到在背后啃青草、张嘴呼气的则是牛群。附近的某处有河流过,因为我听到一只鹬鸪的叫声,并且从你的身材看出你是一只不惯于海上航行的淡水水手。万物都像在熟睡中,却又无时无刻不在持续活动。朋友,你过的是惬意的生活!只要你有够强健的体魄去过,无疑是世上最棒的生活!"

"是啊,是这生活,唯一值得过的生活。"老鼠梦呓般地回答,却缺少平时那份全心全意的确信。【写作借鉴:对老鼠的语言描写和神态描写恰到好处,老鼠此时的回答与他对燕子说话时的那种坚决形成了鲜明的对比,可以看出老鼠对自己那平淡的生活不再那样坚定了。】

"我的意思不完全是那样,"陌生人审慎地表示,"不过毫无疑问是最棒的。我曾试过,所以我知道。也正因为我尝试过——为期六个月——现在的我才知道那是最棒的。我,脚又酸,肚子又饿,辛苦跋涉远离它,一程一程向南走,追寻那个古老的呼唤,回归古老的生活。那个属于我的、不肯放我走的生活。"【写作借鉴:语言描写,陌生人向老鼠介绍自己路途虽然累但是他很快乐。】

老鼠沉思默想,问道:"唔,你是打哪儿来的?"他根本不敢问对方要往哪里去,看来他对那个答案太熟悉了。

"一座美好的小农庄,它坐落在遥远的北方。"陌生人简短地回答道,"别管这个了。虽然在那个村庄,我想要的全都有了——生活之中只要我想要的通通都得到了,甚至还更多;而现在我到达这里啦——照样还是很高兴来到这里!在路上跋涉那么远的里程后,便离我心中向往的地方又近了许多!"

115

▶ 柳林风声

陌生人那闪亮的双眼紧盯着地平线,耳朵像在倾听什么内陆地区所欠缺的声音。那声音听上去好像牧场与农家庭院的轻快音乐响起的声音。

"你不是我们当中之一,"老鼠说,"也不是农夫,甚至,依我判断,也不是这个国家的居民。"【名师点睛:老鼠的语言再一次显示了他善于观察,心思细腻。】

"不错,"那陌生人回答,"我是一只海上航行的老鼠,最初从君士坦丁堡[今伊斯坦布尔,欧洲著名的港口城市,商业中心]的港口起航,不过大体上说,我在那儿也算个异乡客。你听说过君士坦丁堡吧,朋友?一个美好的城市,同时也是一座辉煌的古老城市。你可能也听说过挪威国王西格尔德,还有他是如何率领六十艘船只航行到那儿,他和他的手下是如何骑马穿过一条条张挂紫金宝帐以向他们表示崇高敬意的街道,以及君士坦丁堡皇帝和皇后又是如何亲临他的航船与他同欢共饮。当西格尔德返回家乡时,许多他所带来的北欧人被留下来担任皇帝的御林军。而我的祖先,一个出生在挪威的老鼠,也和那些西格尔德送给皇帝的船只一并留下了。【名师点睛:海鼠家族原来有着这么久远的迁徙历史,这只海鼠身上有着他从祖先那里继承的冒险精神。】也难怪,我们历代都是航海者。对我而言,我所出生的城市和从那儿到伦敦间的每一座码头都是我的家。我认识它们,它们也都认识我。随便让我在其中哪一座码头或海滩下船,我便是重返故乡了。"

"我想你一定时常航行,"老鼠来了兴趣,"接连数月不见陆地的生涯,粮食短缺,饮水也得定量分配,整片心思都和一望无际的海洋相连,种种诸如此类的是吗?"

"绝非如此。"海鼠坦白表示,"你所形容的这种生活一点也不适合我。我是从事沿海交易的,难得有见不着陆地的时候。就和所有的海员类似,吸引我的是岸上的欢乐时光。噢,那些南方的海港——那属于它们的气味,夜间的停泊灯,还有令人迷醉的景色!"【写作借鉴:"迷醉"体现出海鼠赋予海港一种梦幻般的色彩,令人神往。】

"哦，也许你选择了更好的方式吧。"老鼠嘴里说着，心里却相当怀疑，"那么，假使你愿意的话，请告诉我一些你沿海航行的点点滴滴，还有一只勇敢的动物可能期望带着什么样的收获回家，以便往后在炉边以英勇的回忆温暖自己的余生。至于我的生活，坦白对你说，今天它让我感觉有点狭隘、受局限！"老鼠终于不再对自己的生活抱有自信了，他开始嫌弃这种日复一日无聊的生活状态。

"我最近那趟航行，"海鼠说道，"是出于对在内地务农抱着极乐观的期望，结果终于在这个国家登陆。这趟航行是我多彩多姿生活的缩影。说真的，足以作为其中任何一趟的范例。像往常一样，它开始于家庭困扰。家务的警报球一高悬，我立即登上一艘预定前往君士坦丁堡的商船。在开往希腊群岛及地中海东部和爱琴海沿岸各国岛屿的这一路上，每片古典优美的海洋的每朵浪花，都带给你至死难忘的震颤。那里有灿烂耀眼的白天以及柔和的夜晚！你可以随时进出码头，炎热的白天里在某间清凉的寺庙或荒废的水池睡上一觉；日落以后，在繁星如斗的丝绒般的天空下飨宴高歌！【名师点睛：海船上的生活被海鼠描绘得惬意且美好，无论是白天还是黑夜，都对老鼠这种没有海上航行经历的动物产生了极大的诱惑。】接下来我们沿亚德里亚海岸而上，这片海水的每个岸边都浸浴在琥珀、玫瑰与蓝绿宝石色泽的气息中。我们停泊在陆地环抱的宽阔海湾码头上，漫游一座座伟大的古城。终于有一天早上，当太阳壮丽地从我们背后升起，我们顺着一条黄金水道驶进威尼斯！啊，威尼斯真不愧是一座十全十美的城市。【名师点睛：威尼斯，意大利海港城市，是著名的"水城"，城市间河道密布，城市沿海而建，景色优美。】在那儿，一只老鼠可以随兴地到处漫游，享受欢乐！这时空气之中洋溢着音乐声，天空中挂满了繁星，灯光闪闪烁烁地映照在随波摇摆的一艘艘贡多拉[威尼斯运河上供游览的平底轻舟]上，让它们显得熠熠发光。这些贡多拉一艘紧挨着一艘停泊，密集得让人可以踏着它们从运河的这头走到那头！再说到食物，你可喜欢贝类？算了，算了，现在我们别多谈这个话题。"

117

▶ 柳林风声

<u>海鼠沉默了一会儿,而听得入了迷的老鼠同样沉默着,漂游在一条条梦幻的运河上,听着一首虚无缥缈的歌曲,在凭空想象出来的那些波涛拍岸的灰墙间清脆高亢地萦绕。</u>【名师点睛:老鼠美好的想象,说明老鼠完全沉醉于海鼠的描述中,反映出海鼠海上生活的丰富有趣。】

"终于,我们又航向南方,"海鼠接着说,"沿意大利海岸而行,直到大家终于抵达巴勒摩。我在那儿下了船,上岸过了好长好长的一段快乐时光。我从来不固定在一艘船上待太久,那会让人变得心胸狭窄、固执己见。再说,西西里又是我最快乐的追寻地之一。我认识那里的每一个人,他们的习性也投我所好。我在岛上开心地度过好几周,和当地的朋友们同住。等我又渐渐感到烦躁起来,我便搭上一艘开往萨丁尼亚和科西嘉的商船,再次感受到清新的微风,再次让浪花打在脸上,真叫我兴奋!"

"可是待在——底舱,我想你们是这么叫的——不会很热又很闷吗?"

<u>海鼠瞅着他,淡淡地使了个眼色,简单明了地表示:"我是个老手,船长座舱对我来说合宜得很。"</u>【名师点睛:海鼠善于交际,他避重就轻,巧妙地绕开了对海上生活艰苦一面的叙述,只说它好的一面。】

"不管怎么说,那总是种辛苦的生活。"老鼠嘀嘀咕咕地陷入沉思。

"对大伙儿而言的确是。"海鼠声音低沉,眼角又使了个若有似无的眼色。

"从科西嘉岛,我又搭上一艘载着酒驶往欧洲大陆去的船。"他接着往下说,"傍晚我们到达阿拉西奥,泊靠在那儿,把我们的酒桶拖上来推到船外,然后用绳索一桶接一桶绑牢。接着全体船员开始放下小舟,划向岸上,边划边唱歌,后头拖着一串像整整一英里长的海豚队般载浮载沉的桶。沙滩上,他们早已安排马匹等在那里,蹄声嗒嗒地拉着酒桶,争先冲上那个小镇倾斜的街道。等到把最后一个酒桶装上马车后,我们便去用些点心,休息休息,和朋友们痛快饮酒,熬到大半夜,隔天早上我跑入大橄榄树林里安静地歇息一阵子。直到这时为止,我的生活总是与岛屿密不可分,接触过的港口、船只不计其数。而上岛休息后,我就在农人之间悠悠闲闲地过了一段日子。我有时躺在地上看他们耕作,有时高高卧在丘陵上,遥对蔚蓝的地中海。【名师点睛:写海鼠上岸后悠闲自在的生活,"有时……有时……"写出了海鼠的生活非常惬意。】就这样,终于边步行边乘船,从从容容地来到马赛,再度和往日的同船伙伴相会,造访即将航行远洋的大船,并再度共同饮宴。说到贝类!噢,有时候我做梦都会梦到马赛的贝类,然后哭着醒过来!"

"这倒提醒了我,"老鼠客气地说,"你刚刚凑巧提到肚子饿,我早该开口的。我的洞穴就在附近,不管有些什么,非常欢迎你一道吃午餐。"【写作借鉴:语言描写,再一次向我们展示了一只内心善良、待人热情的老鼠。】

"噢,你真是非常好心,"海鼠说,"我坐下来时肚子的确饿了,而且自从一不小心提到贝类后,胃更是饿得一阵阵痛得厉害。但你不能把它拿到这里来吗?非常感谢。因为除非迫不得已,我不太喜欢钻到水门以下。待会儿趁我们用餐时,我还可以告诉你更多有关我的航行和我所过的愉快生活,而且依我看来,它也深深吸引了你。然而一旦进入户内,我百分之九十九会马上睡着的。"【名师点睛:从海鼠的话可以看出他天生就不是一只甘于平淡生活的动物。】

"这的确是个棒极了的建议。"老鼠说着,匆匆忙忙地跑回家,取出午餐篮,收拾了一些简便的饮料、菜肴。为顾及那异乡人的口味,他特地挑选了一条长长的法国面包,一根蒜味香肠,几块贮存在地窖里的乳酪。【写作借鉴:细节描写,一只心思细腻、为他人着想的老鼠跃然纸上。】还有一个长颈瓶,用稻草包裹着,里面装着在遥远的南方山坡收藏的秘制葡萄酒,然后提着它们飞奔而来。此时,海鼠正坐在草地上四处张望,寻找老鼠的身影,远远望到老鼠的身影朝着草地奔来,海鼠激动地喳喳叫。老鼠一屁股坐在了海鼠身边,将餐篮放在了他们面前。当两人一同打开餐篮,取出里头所装的东西摆设在路旁的青草地上,海鼠对老鼠的品位与判断力大加赞赏,让老鼠开心得满脸绯红。

▶ 柳林风声

　　海鼠在稍微充饥之后，马上继续叙述他最近这段航行史，引领他那单纯的听者一处接一处游遍西班牙各码头，带他登陆里斯本、波尔图、波尔多，向他介绍廉威尔郡和德文郡等讨人喜欢的港口，然后溯行海峡到最后的码头区。在这儿，饱经风霜雪雨、常遭风暴驱赶的他，继阵阵强风之后登陆，捕捉到下一个春天最初的奇妙暗示与预兆。这些预兆激起他满腔的热望，急急地向内陆展开长途跋涉，渴望远离任何一片令人厌烦的海洋的拍击，在某座宁静的农场好好体验生活。

　　老鼠听得入迷，激动得微微颤抖，追随那大冒险家一程又一程，航过一处又一处狂风暴雨的海湾，钻过一座又一座拥挤的锚地，乘着奔腾的潮流冲过海港的围栏，溯行每一急转弯处便暗藏着些忙碌小城镇的蜿蜒河流。最后，来到单调乏味的内陆农场，老鼠惋惜地叹息一声，对于这个，他毫无兴趣。【名师点睛：老鼠的心思已经完全转移到那远洋航行上去了，他不再迷恋自己原有的枯燥的生活。】

　　这时他们的午餐已经吃完，海鼠恢复了精神和体力，讲起话来声音更响亮，眼中有一抹像是被遥远的海召唤吸引而发出的光芒，重新为自己杯中斟满红得晶莹剔透的典藏佳酿，凑向老鼠，迫使他的视线在自己讲话时牢牢盯住自己，全盘掌握他的身与心。【写作借鉴："凑向""牢牢盯住"这部分动作描写细致地刻画出了海鼠在对老鼠讲话时的情态，写出了海鼠具有高超的谈话水平和与人交际的能力。这与他长期在外和陌生人打交道有关。】这双眼睛具有波涛汹涌的北方大海不断变化的有条状泡沫的灰绿颜色；而玻璃杯中所闪耀的那份火热红艳却是南方之心，正为拥有勇气与它的搏动息息相通的人而跳。那孪生的光线——那变幻莫测的灰与坚定不移的红——主宰了老鼠，叫他着了魔。除此之外，那片宁静世界里的所有光线都遥遥退却，不复可见。而言谈，这奇妙的言谈滔滔不绝——又或者那真的全是言语？还是曾经或转为歌唱——水手拔起船锚时高唱的号子，帆索在强烈的东北风中发出的嗡嗡鸣响，渔夫在落日黄昏时刻拖网的歌谣，从贡多拉或小帆船上响起的吉他与曼陀林和弦？它是否转变为风的呼号，初时哀怨，精神饱满后即变成愤怒的尖叫，拔高时是摧肝裂胆的呼啸，沉落后化作满帆抖抖悠悠的歌调？还伴随着海鸥急切的控诉、澎湃的浪涛柔和的轰鸣、抗议的沙石和海滩的声声哭泣。声音逝去，又恢复到侃侃的言谈，他怀着怦怦跳动的心，随话音到数十个海港去游历，去奔走、逃亡、重整旗鼓、交朋友，从事英勇豪迈的事迹；或者他在海岛上寻宝，在波平如镜的环形珊瑚礁湖畔垂钓，在暖暖的白沙上打盹儿一整天。【写作借鉴：一连串的语言、神态以及景物抒情，展现了作者过人的写作文笔。这段描写语言生动优美，在体现海鼠演讲艺术的同时，更像是作者在进行一种理想的表达，这是一种无拘无束的梦想，作者将它融入海鼠的话中，用海鼠这一形象表达出自己对远方未知事物的想象，引人入胜。读者也被这些优美的语言打动，被带入一种极其美好的场景中难以自拔。】老鼠听海鼠说深海打鱼的故事，用一里长的渔网捞获庞大的银色鱼群；听他说突如其来的危难，没有月亮的夜晚、浪涛拍岸的喧闹，或者蓦然穿破浓雾在头顶冒出巨轮的船头；听他说快乐的返乡，环抱的海峡和大放光明的码头灯；听他说泊船处依稀可见的人群，快乐的欢呼，还有缆绳下水的水花泼溅；听他说起吃力地走上陡峭的小街，迎向遮着红窗帘的窗口那抚慰的灯光走去。

最后，在老鼠的白日梦之中，仿佛感觉到那冒险家已经站了起来，但嘴里仍在说话，也仍用他那历尽沧桑、海灰的双眼牢牢吸引住他。【名师点睛：老鼠已经彻底陷入海鼠所说的情境里了。】

"现在，"海鼠柔和地说道，"我得再上路了。继续朝向西南，风尘仆仆地走无数个日子，直到我终于抵达那依傍在海港陡峭的一侧，自己深深熟悉的灰沉沉的海边小镇。在那里，经由幽暗的门口俯视，可以望见一段段的石阶。石阶壁上悬垂着一大丛一大丛粉红色缬草，直达一片湛蓝的海水。系在古老海墙的铁环和柱子上的小舟，颜色漆得和我幼时爬上爬下的船只一般鲜艳！鲢鱼乘着涨潮跳跃，一群群闪闪发亮的鲭鱼嬉戏着游过码头和海湾。窗口边，大船夜以继日地驶向系缆处，或者一路

柳林风声

起程开向外海。在那儿,所有航海族的船只迟早都会开来,而我所挑选的船只,也会在固定的时刻起锚。我将从从容容地停留在该处等候,直到最后正符合我所需的一艘船停在那儿等着我。【名师点睛:海鼠对他的海上旅行十分有信心,他的好行程与他这样精心地挑选密不可分。】船身被拉到中流,船上载着大量货物,船首的斜桅指向海港口,我将搭乘小舟或沿着粗缆悄悄溜上船。有天早上我会在水手的歌声以及踏步声、绞盘转动的咔嗒嗒声响和船锚铁链轻快的哗啦啦声音中醒来。等船只选择好航道,我们就会张起船首的三角帆和前桅帆。港边的白色屋宇缓缓滑退,我们的航程随即展开!当船只徐徐驶向海峡,我们将挂起船帆。然后,一旦出了海峡,辽阔的碧绿大海就将澎湃地拍打着船身,伴着乘风破浪的船只一路驶向南方!

"而你,你也会来的,小兄弟,因为日子一天一天逝去,永不复返,而南方却依旧守候着你。与其任由光阴一去不回头,不如留心那呼唤,冒险去吧!【名师点睛:在描述了海港的美景后,海鼠鼓动老鼠一起去旅行。】只要任背后的门砰的一声关上,无忧无虑地向前跨一步,你就将告别旧生涯,迈入新生活!等到有一天,很久很久之后的某一天,酒杯已干,戏已收场,你若愿意便缓步徐行回家来,带着满满的美好回忆,坐在你静谧的河边。你可以轻易地在路上超过我,因为你正年轻,而我已年迈。我会缓步徘徊,回首张望,最后我必定会看见你带着急切而又愉快的心情赶上来,满脸净是对南方的向往。"

声音渐渐消逝而终告停止,就如一只虫子细微的鸣声很快便递减为寂静。老鼠瘫软无力地呆呆目送着海鼠,最后只见白白的路面上剩下一个遥远的小黑点。【写作借鉴:白路面和小黑点的颜色对比,也突出老鼠内心的动摇和对未来生活的抉择,承上启下。】

老鼠机械地站起来,小心翼翼地收拾午餐篮,机械地走回家,拿了些小小的必需品和他珍爱的特殊宝贝放进一个背包。他行动迟缓,像个梦游者似的在房间里走来走去,始终张着嘴巴在倾听。他把背包甩过肩膀,仔细挑根结实的棍棒作为远行之用,不慌不忙、毫不迟疑地跨过门槛,向着那诱人的南方乐土出发。【名师点睛:老鼠已经被海鼠的描述打动,义无反顾地收拾好行囊准备去旅行。】鼹鼠正好在这节骨眼上出现在门口。

"喂,你准备上哪儿去啊,老鼠?"鼹鼠一把扯住他的手臂,惊讶地问道。

"去南方,和他们其余的人一起。"老鼠看也不看他一眼,如梦呓般拖着平淡的语调喃喃地说道,"先到海边然后上船,前往正在呼唤我的海岸!"

老鼠依旧不慌不忙,但锁定目标、意志坚决地向前走!这会儿鼹鼠却惊呆了!赶紧挡在老鼠面前盯住他的两眼看,看见他眼中燃烧着光芒,两只眼珠动也不动,不断转换着迷茫而千变万化的灰——那不是他好友的眼神,而是别的动物的。没错,那只动物就是海鼠!此时的老鼠已经陷入了海鼠的蛊惑中,他迷失了自我。

鼹鼠死命地揪住老鼠,拖入屋内,丢在地上,按住他。【写作借鉴:一系列的动作描写,写出了鼹鼠果断地阻止了老鼠出海旅行,体现了他们之间的友谊以及鼹鼠作为朋友的责任感。】

老鼠拼命地挣扎了一阵子,忽然间仿佛所有力气都离他而去,全身虚脱静静地躺在那儿,闭着眼睛,浑身战栗。鼹鼠立即扶他起来,让他坐到椅子上。老鼠瘫在椅子上,缩成一团,一阵剧烈的颤抖使他全身晃了晃,很快就转变为一阵歇斯底里的无声抽泣。鼹鼠关紧屋门,把背包扔进一个抽屉里锁好,然后坐到桌上,陪在好友身旁,静候这阵莫名其妙的发作过去。渐渐地,老鼠陷入不安的浅睡,睡梦不时被惊悸所打断,嘴里喃喃地发出一些莫名其妙的呓语,最后终于进入沉沉的梦乡。

心急如焚的鼹鼠暂时离开了一会儿,一头钻进家务堆里头,不过他可不敢离开老鼠太远,在做家务的时候,他一直看着家门和四周的窗户。等鼹鼠回到客厅时,天色已渐渐转暗,发现老鼠坐在原处,已经完全醒来,只是无精打采、神情沮丧。鼹鼠匆匆瞄一下他的双眼,谢天谢地,已

123

柳林风声

经又恢复成以往那清清亮亮的深棕色了。【名师点睛：鼹鼠对老鼠细致的关心表现在了这眼神的交流中，鼹鼠对老鼠眼神的观察写出了鼹鼠的聪明和谨慎。】然后鼹鼠坐下来试着鼓励他打起精神，问他究竟碰上了什么事。

可怜的老鼠竭尽全力，一点一滴地想把事情解释清楚。但是，他又怎能用冷静的话语表达出那么多暗示性的内容？出没无常的大海之音原是唱给自己听的，又怎么能够为了别人而回忆得起？怎么能够经由转述，重现海鼠那无数追怀的魅惑？即使是对于自己，在魔咒已除、魅力已然消失的现在，他也很难解释清楚那才不过几个小时以前，感觉上像非做不可的、天下唯一的事情。因此，他无法针对今天一天所经历的事向鼹鼠传达一点清楚的意念自然也就不足为奇了。

对老鼠来说，有一点却是十分明白的，那阵狂热，或者该说是发作已经过去了！尽管它的效应令他震撼沮丧，但毕竟他已恢复清醒。只是这时的他对于日常生活之中的诸多事情，以及季节变换必然带来的变化和活动，一时间都显得兴味索然。【名师点睛：像着了魔一样渴望旅行的老鼠已经恢复正常，但这梦境带来的影响还是会持续一段时间。】

这时，鼹鼠一副漫不经心的样子，轻描淡写地将话题转移到别的方向——【名师点睛：鼹鼠善于开导朋友，这是鼹鼠的一大优点。】收割之中的农作物，堆积如山的马车和卖命拉车的马匹，越垒越高的干草堆，还有高高地升到东一束、西一捆作物的光秃田地上空的月亮。

鼹鼠提到附近正在变红的苹果、变为褐色的坚果，提到果酱、蜜饯和补酒的酿造。终于，自然而然地将话题延伸到仲冬，谈起仲冬时节洋溢的欢乐与温暖舒适的家居生活，说着说着不由得兴奋起来。鼹鼠的叙说非常精彩，就像一首长诗一样美好，一样地治愈同伴的心灵。

渐渐地，老鼠开始坐挺身子，加入谈话，他那呆滞的眼神亮了起来，也不再是一副那么无精打采的样子。【名师点睛：鼹鼠的话给失魂落魄的老鼠带来了很大的安慰，老鼠眼神重现光彩表明他开始在鼹鼠的开导中摆脱那梦境的影响。】

机敏的鼹鼠悄悄退开,回来时手中拿着一支笔和几张半截的稿纸,摆在好友附近的桌上。

"你已经好久没有写诗了,"他说道,"今晚你可以试试看,而不是——嗯,沉思冥想一大堆。我在想,一旦你写下点儿什么——只要是押韵的——心情就会好多喽!"【名师点睛:鼹鼠很懂老鼠,实行让老鼠写诗的疗法,希望收到成效。】

老鼠懒洋洋地把稿纸推到一旁,而心思细密的鼹鼠却借故离开房间,等过一段时间后再悄悄探头窥视,只见老鼠正全神贯注地时而振笔疾书,时而吮着笔端,对于外面的世界充耳不闻。不错,他吮笔端的时候是比振笔疾书的时间多!这或许是老鼠在自我反思,在回味那个梦境吧。鼹鼠非常开心,因为他知道这一招终于开始发挥作用了。

Z 知识考点

1. 填空题。

海鼠最近的那趟航行,首先是从_____港口起航,开往_____和地中海东部、_____沿岸,接着沿_____海岸而上,驶入_____。后来向南行驶,沿着_____海岸,抵达_____,在上岸度过了一段快乐时光后,海鼠又搭上了开往_____和科西嘉的商船,并在傍晚时分到达_____。此外,海鼠还游遍了_____各码头,登陆了里斯本、波尔图和波尔多,最后到达港湾一带,踏上了久违的陆地。

2. 判断题。

第三只燕子的话表明动物们南迁的根本原因是食物。( )

3. 问答题。

眼看伙伴们要离开河边,飞往南方,老鼠的心情是怎样的?

柳林风声

阅读与思考

1.你觉得老鼠为什么会对南方和航海产生向往?

2.海上的冒险生活真的像海鼠说的那么美好吗?

第十章　蛤蟆历险记续篇

> **M 名师导读**
>
> 　　越狱逃亡、重获自由的蛤蟆，心里愉悦极了，感觉自己拥抱着一个全新的世界，想干什么就干什么！然而，身上没有一分钱的蛤蟆又会经历哪些事情呢？他是否会反思自己冲动、自高自大、爱慕虚荣的个性，真正成长起来呢？

　　树洞的大门开向东方，太阳光早早地就钻进了树洞里，因此蛤蟆一大早就被唤醒了。部分是因为不断洒在他身上的阳光，部分是因为他的脚指头极度的冰冷。这让他梦见自己正处于一个寒冬的夜晚，睡在家中那有着都铎式窗户的房间里，所有的被单、被褥等都已醒来，抗议再也受不了寒冷，纷纷奔下楼到厨房的火炉边取暖，而他也光着脚板一步又一步地跟在后头穷追不舍，又是争吵、又是哀求地要他们讲讲理。<u>倘若不是他已有好几周时间都睡在石板地的干草堆上，几乎忘了全身裹着厚厚毛毯的那股舒适感，说不定早已醒来大半天了。</u>【名师点睛：蛤蟆已经适应睡干草堆，从侧面写出了蛤蟆的逃亡异常艰辛。】

　　蛤蟆翻身坐起来，先揉揉眼睛，再搓搓大发牢骚的脚指头，一时间搞不清自己身在何处。他东张西望地找寻一堵熟悉的石墙，或者小小的铁栅窗。这时，心头蓦然一震，想起了一切——他的越狱，他的逃亡，他的遭受追捕；想起最重要也是最棒的一件事——他自由啦！

　　自由！单是这个名词和这个念头就值五十条毯子。<u>想起外面的欢乐世界，蛤蟆由头顶温暖到脚底，他抖抖身子，用手指把沾在头发上的枯</u>

127

▶ 柳林风声

枝败叶梳掉。随即大步迈向舒畅的朝阳,身上虽然寒冷却颇有自信,腹中虽然饥饿却满怀希望,所有昨日紧张的恐惧在经过一夜休息和眼前热情大方的阳光洗礼后,全都一扫而空。【名师点睛:自由世界在召唤着蛤蟆,此刻自由的力量战胜了一切的不如意,蛤蟆越狱后的精彩生活就要开始了。】

在那初夏的早晨,整片天地都是他一个人的。当蛤蟆穿行其间,那露珠点点的林地幽深而寂静,紧接而来的青翠田园随他爱拿它们怎么办就怎么办!等他走到马路上,整条马路孤孤单单,就像一条走失的流浪狗,焦急地寻找有谁来做伴。然而蛤蟆寻找的却是一个可以开口说话的东西,好告诉他该往哪里去。当你心情愉快,头脑清醒,又没人到处搜查准备把你拖回牢房,不管天南地北、任凭马路通往哪里就往哪里的走法确实很惬意。可蛤蟆的心里却是真的忧虑得很!在这一分一秒对他都无比重要的节骨眼上,他只差没因马路那无用的沉默而踢它一脚。【写作借鉴:"沉默"写出了周围环境的寂静,正是寂静导致蛤蟆异常忧虑,因为他迷路了,而且此时蛤蟆还在被追捕,他没有任何心思去欣赏这美景。】

不一会儿,一条运河状的害羞小兄弟加入沉默不语的马路行列中,亲密地与它手挽着手从从容容并肩漫步,只是这条运河同样不言不语,对陌生人摆出一副三缄其口的态度。"烦死人啦!"蛤蟆自言自语道,"不过,无论如何,有件事情很清楚。它必定来自某处,也将会去向某处。【名师点睛:反映了蛤蟆的善于思考、聪明伶俐。】你不能就这样作罢,蛤蟆,好兄弟!"于是,他又继续耐心地沿着河畔走去。

就在运河的某个转弯处,一匹孤苦伶仃的马匹疾驶而来,垂着头,仿佛在焦急地寻思什么。系在他项圈上的挽缰后拖着一条长绳,绷得紧紧的,只在每一跨步间垂下,长绳的后段滴着晶莹剔透的水珠。蛤蟆任那马匹撒腿奔去,站在一旁等着,看能交上什么运道。

一只平底船滑过平静的水面,掀起一阵轻快的漩涡,色彩鲜艳的船舷和纤路比肩齐高,船上只有一名戴着亚麻布遮阳帽的粗壮妇人,一只结实的手臂搁在舵柄的旁边。

"多美好的早晨啊,太太!"船划到与蛤蟆隔岸相对的位置,妇人对蛤蟆招呼着。

"绝对是的,太太!"蛤蟆沿着纤路,与那妇人维持平行地走着,客客气气地回答,"我敢说对于除了像我这样愁得不知如何是好的人来说,这绝对是个美好的早晨。喏,我有个嫁了人的女儿急匆匆地派了人要我马上去看她,所以我只顾担心来着!太太,假使你也是位母亲的话,一定就会明白。况且我还丢下了正事——你想必晓得,我做的是替人洗洗熨熨衣服这行——又把小孩留在家里让他们自己照顾自己,而天底下再也找不出比他们更顽皮、更会闯祸的小鬼头了。偏偏我又丢了钱,迷了路,至于我那嫁人的女儿究竟出了什么事,噢,我想都不愿去想,太太!"【写作借鉴:语言描写,蛤蟆真是一个天生的演说家,他说起谎来永远是那么从容,是那么让人怜悯。】

"你那嫁人的女儿住在哪儿啊,太太?"船妇问。

"她住在离河不远的地方,"蛤蟆回答道,"靠近一座叫蛤蟆府的宅子,就在这一带附近!也许你听过这地方。"

"蛤蟆府?噢,我正要朝那方向去。再过几里路,这条运河就会在蛤蟆府上游一点点的地方汇入河流,再接下来的路就好走喽。你上船来和我一道儿去吧,我顺路载你一程。"

她把船划近岸边,蛤蟆又是恭敬、又是感激地再三称谢,这才动作灵活地上了船,沾沾自喜地坐下。"又是蛤蟆的运气!"他想着,"我总是能交上好运!"【名师点睛:蛤蟆靠自己精湛的谎言暂时成功地搭乘上了便船,不过蛤蟆的回家路会是这样顺利吗?我们一起来一探究竟吧。】

"这么说来你是干洗衣这一行的啰,太太?"船妇客气地问道,"容我冒昧地说,你一定做得出色极了!"

"全郡里最好的。"蛤蟆不假思索地说,"所有的上流人家都来找我——就算付钱给他们,他们也不往别处去!他们太了解我啦。喏,我

▶ 柳林风声

精通这工作,而且一切亲自打理。洗衣、熨衣、上浆,打点绅士们晚会穿的上好衬衫——全都两眼盯着!"

"但你一定不至于自己一人包办这所有工作吧,太太?"船妇肃然起敬。

"噢,我雇用女孩们,"蛤蟆轻松地表示,"二十来个女孩,整天在工作。你晓得是什么样的女孩,太太!懒惰的小姑娘们,我是这么称呼的!"【写作借鉴:"轻松"一词一方面表现蛤蟆随机应变的能力很强,另一方面可以看出蛤蟆有很强的表演天赋。】

"我也是。"船妇热烈附和,"不过我敢说你一定能把那帮懒惰的姑娘调教好!你非常喜欢洗东西吗?"

"我喜欢,"蛤蟆说,"我简直爱极了!当我把双手泡在洗衣桶里,那种快乐什么也没得比。不过,话说回来,这对我来说太容易啦!我向你保证,是绝对的乐趣!"

"遇见你是多么幸运啊!"船妇若有所思地表示,"对我们俩来说都是个好运气!"【名师点睛:蛤蟆已经骗取了船妇的信任,但是船妇还有别的打算,她的话是什么意思呢?】

"喂,你的意思是——"蛤蟆紧张了。

"嗯,来,看看我,"船妇回答,"和你一样,我也喜欢洗衣服。说到这个,不管我喜不喜欢,自然还是得像这样边驾着船到处去,边做完所有的分内之事。而我的丈夫呢?又是这么个爱逃避自己工作的人,把整艘船全丢给我,让我腾不出一点儿时间来做自己的事情。照理说不管是掌舵还是照料马匹,现在他人该在这儿才对!幸好那匹马够聪明,懂得自己该怎么做。结果呢?他反倒是带着一条狗跑出去了,去看看到哪里能抓只兔子当午餐,说是会在下一个水闸赶上我。唔,或许会吧——我可不信任他。只要他一带那条狗出去,天底下就没人比他更差劲了。不过,话说回来,这下子我要怎么洗衣服呢?"

"噢,别管洗衣服的事啦!"蛤蟆不喜欢这话题,"试着把你的心思集中在那只兔子上。我相信,保证是只肥肥胖胖的兔子。有洋葱吧?"

130

"除了待洗的衣物,我什么都不想。"船妇说,"倒是你,眼前有这么开心的事情等着你,真奇怪你怎么还能谈到兔子上去。你可以在船舱的某个角落找到我的一堆衣物。要是你肯趁我们的船前进时从里头挑一两件最需要的那种——在像你这样一位女士面前,我不敢斗胆详加描述,不过你只要瞧上一眼就必定能分辨得出——放进洗衣桶里。如此一来,正如你所说的,对你将是一大乐事,对我呢,也是一大帮助。你可以随手找到一个木桶,一块肥皂,炉子上有只茶壶,再拿个吊桶从运河里汲水上来。到时候你就会乐在其中,不会再闲坐在船上,伸长了脖子看风景,伸得脖子都快断了。"

"喂,你把船交给我驾驶吧!"这会儿蛤蟆真的吓得魂都飞了,"这样你就可以按照自己的方式清洗你们的衣物了。说不定我处理的方式不合你的意。我本身比较习惯洗绅士们的东西。那是我的专长。"

"让你驾驶?"船妇哈哈大笑,"想要驾好一艘船先得费点工夫练习。再说,这是个沉闷的工作,而我希望你快乐。<u>不,你还是做你热爱的洗衣工作,我则坚守自己了解的驾驶岗位。请千万别让我剥夺使你高兴的乐趣。</u>"【名师点睛:船妇坚持认为洗衣服会使蛤蟆快乐,这非常具有戏剧性,蛤蟆要为自己说的谎言承担责任。】

蛤蟆真的走投无路了。他寻求脱身之道,结果发现离岸太远,不可能纵身一跃而逃走,只好悻悻然听天由命啦!

"倘若当真走到这步田地,"他绝望地想着,"我想大概每个傻瓜都能洗吧!"蛤蟆暂时说服自己去洗衣服。

他从船舱里拿了木桶、肥皂,还有其他必需品,随便挑选了几件衣服,尽力回想在洗衣店窗口无意瞥见的情况,然后使劲地洗起来。

<u>长长的半小时过去了,蛤蟆越来越暴躁。</u>【名师点睛:蛤蟆心里充满了愤怒,却不敢发泄出来。】无论他用尽各种方法,也无法取悦那些衣服或者收到什么效果。他试着好言相劝,试着用力拍打,试着拿棍棒去戳去剥,而它们却带着固有的罪恶躺在桶里,不改其乐地对他笑脸相向。

▶ 柳林风声

其间他曾一度紧张兮兮地回头看看那船妇,不过她好像一直正视着前方,专心驾驶着她的船。他腰酸背痛,而且惊慌地注意到自己的两只爪子正开始变得皱巴巴。噢,蛤蟆一向很以自己的爪子为傲呢。他暗地里低声抱怨,嘀咕一些绝对不该出自任何洗衣妇或蛤蟆口中的话。同时,掉落第十五次肥皂。

一阵爆笑惹得他直起腰杆,左顾右盼。那名船妇正仰着头笑个不停,眼泪沿着两颊流下来。【名师点睛:蛤蟆的笨拙、生疏的动作引起了船妇的爆笑,以至于笑出眼泪来。读到这我们也不难发现这名船妇是一个刁钻的人,从蛤蟆上船开始她就没有让蛤蟆消停过。这样的一名船妇如果彻底拆穿了蛤蟆的谎言,蛤蟆的回家路将会又一次遇到困难。】

"我一直在注意你,"她喘着气说,"你想必就是个吹牛大王。好一个洗衣妇哇!我敢打赌,你这一辈子至多只洗过像抹布之类的东西吧。"

蛤蟆拼命压抑了好一阵子的脾气,这会儿已经火大到了顶点,再也克制不住自己。

他大吼:"你好大的胆子,敢这样对比你有身份的人说话!什么洗衣妇!我叫你知道我是一只蛤蟆,一只名声响亮、人人尊敬、高贵杰出的蛤蟆!目前我或许受到一点嫌疑,不过我可不受一个船妇的嘲笑!"【写作借鉴:语言描写,蛤蟆被船妇的笑声激怒了,愤怒的言语暴露了他狂妄自大的本性。】

船妇凑上前来,目光凌厉地端详着那张遮在圆帽下的面孔。"啊,你果然是!"她大叫大嚷,"噢,天哪!一只恐怖、龌龊、令人毛骨悚然的蛤蟆!竟跑到我干净漂亮的船上来!这才是我绝不允许发生的事。"

她立即放开舵柄,两只斑驳的大手臂猛然抓向蛤蟆的一只前肢,另一只手紧紧抓着蛤蟆的一只后腿。【名师点睛:果然,船妇被蛤蟆恶心到了,她那蛮横的性格爆发出来,"斑驳的大手臂""猛然"等词语都能反映出此时船妇的怒火。】接下来一阵天旋地转,船似乎轻快地掠过天空,风在蛤蟆耳朵里呼啸,他发现自己正凌空飞去,边飞身体还边打着旋儿。

等蛤蟆终于"扑通"一声落到水里,河水冷得叫他受不了,只是那股凛冽却还不足以浇熄他的傲气,抖落半分他的暴怒。他气急败坏地呛着水珠冒出水面,抹掉沾在眼前的浮萍,首先映入眼底的就是那船妇站在渐行渐远的船尾,回头望着他哈哈大笑。他又咳又呛,高声诅咒一定要报复她。

他奋力游向岸边,但棉布长袍大大阻碍了他的努力。等到他好不容易碰到陆地,又发现在没有助力的情况下很难爬上陡峭的堤岸。他先得休息一两分钟好恢复正常的呼吸,然后把湿淋淋的裙子高高拉到手臂上方挽好,开始健步如飞地追逐那艘船。

当蛤蟆追到与船平行时,船妇还在哈哈大笑。<u>"把你自己放到轧布机轧平吧,洗衣妇,"她高喊,"然后烫好你的脸再打打皱褶,你就称得上是一只相当漂亮的蛤蟆啦!"</u>【名师点睛:再一次写出了船妇对蛤蟆的嘲笑。】

蛤蟆没有停下脚步反驳。虽然他是有几句话想一吐为快,不过心里想的单单只有一个复仇的念头,而不是口头上面空泛、不值几文的胜利。他看见自己要的东西就在前方,于是快速奔驰追上那匹拖船的马,解开拖缆抛掉,轻盈地跳上马背,猛踹马腹催促马儿撒开大步奔驰。他背离纤路朝着开阔的田野跑,掉转马头冲下一条乡间小路。<u>中间他一路扭头回顾,看见没了牵引的船搁浅在运河的对岸,船妇疯狂地捶胸顿足,大叫:"停下,停下,停下!"</u>【名师点睛:蛤蟆靠着自己的机智实现了对船妇的报复。】

"这一套我早就听过啦!"蛤蟆放声大笑,继续踢着风驰电掣中的马匹,要他更加卖力。

拖船的马匹没有办法从事任何持续太久的努力,马儿的疾驰很快就减缓为慢跑,慢跑又渐渐降为悠闲的步行,不过蛤蟆心知无论如何总是在移动中,而船却是动弹不得,对此他已经万分满意了。他心满意足地在阳光下悠然地骑着马匹徐徐前进,充分利用每条僻径和供人骑马的小路,试着遗忘自从上次饱餐一顿到现在已有多久时间,直到将运河遥遥

柳林风声

抛在身后。

蛤蟆和他的马匹已经奔波了好几里,正当他感觉在烈日下晒得昏昏欲睡时,马匹忽然停下脚步,垂下头开始吃青草,而蛤蟆也蓦然清醒,正好及时凭一番工夫使自己免于摔下马背。他环顾四周,发现自己身在一块辽阔的公有地上,极目所见,处处都点缀着一小片一小片的金雀花和覆盆子花田。在他附近停着一部脏兮兮的吉卜赛拖车,拖车旁边有个男人坐在倒盖的水桶上,正忙着抽烟、凝视广大的天地。近旁是一堆燃烧柴枝的火堆,火堆上方吊着一个铁锅,这只铁锅一下子吸引住了蛤蟆,锅中冒出咕嘟咕嘟的沸腾声,以及隐隐约约的烟气。另外还有些味道——温暖、丰富、各式各样的味道——它们互相缠绕、纠结、拧扭,最后形成一股令人食指大动的味道。蛤蟆现在深深了解自己以前从未真正饿过了。【名师点睛:作者化无形为有形,勾起了人们的食欲。】今天稍早的那种感觉充其量不过是一小阵晕眩而已。他仔仔细细打量那吉卜赛人一番,微微纳闷是要和对方打上一架,或是用甜言蜜语哄骗他比较容易。【名师点睛:饥饿迫使蛤蟆又一次在动歪脑筋。】于是他坐在马背上一口一口吸着那香味,同时盯着那个吉卜赛人看,而那个吉卜赛人也坐在那里一口接一口地抽着烟,并瞅着他看。

没多久,吉卜赛人率先向蛤蟆发出了邀请。吉卜赛人取下烟斗,以一种漫不经心的口吻问:"想卖掉你那匹马吗?"

蛤蟆当真吓了好大一跳。他并不知道一般吉卜赛人都非常热衷于马匹买卖,从来不肯错失一次机会。他事先想都不曾想过要拿马匹换现金,不过吉卜赛人的提议似乎为他迫切想要的两样东西铺上坦途——现金以及扎扎实实的一餐食物。

"什么?"他说,"让我卖掉我这匹年轻漂亮的马?噢,不,以后每个礼拜谁来载送清洗的衣物到我的顾客们家里去?再说,我太喜欢他了,而他也深深地爱着我。"【名师点睛:蛤蟆要靠自己的智慧为自己争取需要的这两样东西,他得让自己尽可能地获得更多的回报,他可不会这么轻易

134

地就答应这个人。】

"不妨试着去爱驴子吧!"吉卜赛人建议说,"有些人会的。"吉卜赛人显然还不死心,他看中了蛤蟆骑的那匹马。

"你似乎不明白,"蛤蟆又说,"我这匹好马要比你那些东西全部加起来都强。真的,他算得上一匹纯种马,当然,不是你看到的这一部分——是另一部分。而且在他正风光的时候,曾经得过赫克尼奖——那是在你认识他以前的事情。不过,要是你对马匹真有那么一点内行的话,绝对可以一眼分辨得出来。不过,还是请教请教,像我这样一匹又漂亮又年轻的马匹,你大概会出多少钱买呢?"

吉卜赛人细细察看那匹马,然后同样小心地上上下下打量蛤蟆,再盯着马匹,撂下一句:"一条腿一先令。"【名师点睛:吉卜赛人是懂马的行家,他不会因为蛤蟆的吹嘘就上当,显然他还在盘算。】说完转身又抽起烟斗,一心一意凝视起广大世界的容貌。

"一条腿一先令?那我这匹马也太便宜了!"蛤蟆嚷道,"要是你愿意,我必须花点时间算算,看看结果是怎样。"蛤蟆对吉卜赛人给出的价格并不满意。

蛤蟆爬下马背,放马吃草,坐到吉卜赛人身旁掰着手指头算了算,终于开口道:"一条腿一先令?噢,那么总共是整整四先令,一文也不多。噢,不。我不能想象只收四先令就卖掉我这匹又年轻又漂亮的马。"

"好吧,"吉卜赛人说,"我来告诉你我的办法。我愿意加到五先令,这已经比那牲口的身价高出三先令六便士了。这是我的最后决定。"

蛤蟆坐在那儿深思熟虑良久。因为他现在肚子饿极了,又身无分文,离家还有好一段路——他不知道究竟有多远要走,而敌人又很可能还在搜寻他。对于一个处在这种境况的人而言,五先令看起来应该是一笔非常大的数目了。反过来说,对一匹马而言这似乎不算高价。不过,话又说回来,这匹马得来不费他一分一文,所以不管卖多少价钱,他都是净赚。【写作借鉴:"反过来""不过"等词语将蛤蟆的矛盾心理形象地写了

135

柳林风声

出来,蛤蟆此时正在快速地打算着自己心中理想的而又在吉卜赛人接受范围之内的最佳回报。最后,他断然表示:"听着,吉卜赛人!我来告诉你我的想法,而且这是我的最后决定。你得付我六先令六便士,现金。除此之外,你得供应我一顿早餐,从你那飘着香喷喷的诱人味道的铁锅里舀取,随我吃多少给多少。相对的,我会把我这匹精力充沛的小马交给你,连带他身上所有漂亮的挽具、系缰一概免费附赠。要是你觉得条件对你不够优厚,那也不妨直说,我骑了马就走!我认识这附近有个人,他想要我这匹马已经想了好几年啦!"【名师点睛:蛤蟆再一次编造了精致的谎言。】

吉卜赛人喋喋不休地抱怨了半天,声称若再多做几趟这种买卖他准会破产。不过最后他还是从长裤口袋深处扯出一个脏兮兮的帆布袋子,数了六先令六便士交到蛤蟆爪中。接着他钻进拖车里头不见人影,不一会儿,便拿着一个大铁盘、一副刀叉和一把汤匙出来。他抓开盖子,一阵丰盛热焖肉的浓烟嘶嘶地自盘中蹿起。不错,这的确是全天下最美味的焖肉。蛤蟆把盘子放在大腿上,差点没哭出来,他拼命往嘴里塞、塞、塞,还不断要求再来一盘、再来一盘。吉卜赛人倒也不吝啬,心想他保准是一辈子都没吃过这么好的早餐。【名师点睛:三个"塞"字生动地写出了蛤蟆的饥饿程度。】

蛤蟆直吃到觉得肚子再也撑不下为止,这才站起来向吉卜赛人道别,同时装模作样地向马匹说再会,而对河域相当熟悉的吉卜赛人也向他详细地指明了路径,于是他便神采奕奕地重新踏上旅程。

太阳高照,他那湿淋淋的服装已经全干透了,口袋里再次装着金钱,距离家园、朋友和安全都已不远,更棒的是他刚刚饱食了一顿又热又营养的大餐,感觉自己高大、强壮、无忧无虑、志得意满。

蛤蟆愉快地大步前进,心里想着自己的几度冒险和脱险,以及每到"山重水复疑无路"之际,却又总能"柳暗花明又一村",于是胸中的骄傲和自负又开始膨胀起来。【名师点睛:此处概括出了蛤蟆一波三折的历险过程,不得不承认蛤蟆的头脑还是比较精明的。但是随着蛤蟆这骄傲的情绪开始膨胀,又会给他带来怎样的后果呢?】"呵呵!"他边走边昂着头自言自语,"我是多么聪明的一只蛤蟆啊!世上绝对没有一只动物比得上我啦!我的敌人把我禁锢在牢里,四周全是守卫,日夜都有狱卒紧盯着,但我凭着卓绝的能力和无比的勇气,把他们全都抛诸脑后。他们开着火车头、带着警察、配着手枪来缉拿我!我全不把他们当一回事,我哈哈大笑,转眼就消失得无影无踪。我很倒霉,被一个心肠恶毒的肥婆扔进运河里。结果呢?我游泳上岸,抓走了她的马,得意驰骋,卖了马匹,换到满满一口袋金钱和一顿棒透了的早餐!呵呵!我是蛤蟆,英俊潇洒人缘好、功成名就的蛤蟆!"他是如此自我膨胀,于是边走边作了一首自夸自赞的歌曲,尽管除了他根本没人能听到,但他还是扯开最大的嗓门一路高歌。【名师点睛:骄傲的蛤蟆已经控制不住自己的性子,彻底地狂妄起来。】这首歌,说不定是所有动物创作的歌曲中,空前绝后、最自大的一首歌了——

世上诚有许多大英雄,一如史书之上所证明。但从未有过一人的声誉堪与蛤蟆相抗衡!

牛津学府聪明人通晓所有应知的事情,但其中无人见识之广博可以赶上睿智的蛤蟆先生的一半!

动物们坐在方舟里哭,他们的泪水掉在洪水里奔腾。是谁开口说"前方就是陆地啦"?是振奋人心的蛤蟆先生!

大队军人皆致敬,正当沿着马路大步行。是陛下,或者基陈纳将军?不,是蛤蟆先生!

皇后还有她的侍女们坐在窗口旁边做女红。她大叫:"瞧!那位英俊男士是何人?"

她们答道:"蛤蟆先生。"

▶ 柳林风声

另外还有许许多多类似的词句，只是实在自吹自擂得吓死人，让人不好意思写下来。我们也只能挑出其中那些还能书写出来的记下来，这些还算其中比较委婉的段落呢！

蛤蟆边走边唱，越来越自以为了不得。只是才不过短短的工夫，他的骄傲就遭到一个无情的打击。【名师点睛：令读者舒缓的情绪再次紧张起来，蛤蟆又将经历一场考验了。】

在乡间小路上走了好几里后，他来到大马路上。放眼望去，在白色的长路上，蛤蟆看见一个小斑点渐渐朝他接近。不久变成一块大斑点，再转变成一个圆团，最后化为某样十分熟悉的东西。紧接着，两声熟得不能再熟的警告声钻进他的耳朵。

"这个好极啦！"兴奋的蛤蟆说，"这才是真正的生活啦，又一次面对我怀念已久的大世界啦！我要向他们打招呼，我的大亨兄弟们，告诉他们一则迄今为止最成功的故事，而他们自然也会顺道载我一程，到时我会再多告诉他们一些。说不定，运气好的话，我甚至能够开着车子直达蛤蟆府！到时候，獾对我就要刮目相看啦！"

蛤蟆满怀自信地举步走到马路中，招呼那辆汽车。车子悠悠闲闲地开过来，在靠近小路旁边时放慢了车速。突然间，他面如死灰，心往下沉，膝盖抖颤难以站立，一股说不出的苦闷令他弯下了腰，整个人都崩溃了。倒霉的动物，难怪他会崩溃呢！因为那辆渐渐逼近的汽车，正是那天他从红狮旅社的停车场偷出并由此带来所有麻烦的那辆！而坐在车里的那群人，也正是他在咖啡厅里吃午餐时看见的那几个！【名师点睛：冤家路窄，蛤蟆的狂妄害得他再次面临被识破、被拘捕的处境。这也是蛤蟆自作自受。】

衣衫褴褛的蛤蟆可怜兮兮地一屁股坐在马路上，心灰意冷地喃喃自语："完啦！这下全都完蛋啦！又要面对警察、枷锁啦！又要坐牢啦！又得啃干面包配白开水啦！我为什么想要在田野里到处大摇大摆，唱自吹自擂的歌，还大白天的在大马路上招呼他人，而不安安分分等到天黑，再悄悄地从罕有人迹的乡间道路溜回家！噢，多么不幸的蛤蟆！噢，多么歹命的蛤蟆啊！"此时的蛤蟆万分后悔，可是已经晚了，他必将面临那几个人。

可怕的汽车缓缓地愈靠愈近，终于在蛤蟆面前短短几步路外停住了。车上下来两位绅士，走到这凄凄惨惨倒在马路上发抖的东西旁，其中一人说："噢，老天！好惨啊！是个可怜的洗衣妇——晕倒在马路上呢！也许是受不了这炎热，真可怜！可能是今天连一口食物都还没吃。把她抬到车上，载到最近的村庄去吧，那里一定有她的朋友吧。"

两人动作温和地把蛤蟆抬上车，用几个软垫撑着他坐稳，继续往前行驶。

蛤蟆一听到他们用那么好心、怜悯的态度谈话，就知道自己没被认出来，他的勇气开始恢复，先小心翼翼地睁开一只眼睛，再睁开第二只。

【名师点睛：蛤蟆居然没被认出来，他登峰造极的演技再一次上演，他又想玩什么花样？】

"瞧！"一位绅士说，"她已经好多了。清新的空气对她有帮助。你觉得怎么样，太太？"

"多谢你的好心，先生。"蛤蟆声音虚弱地说，"我觉得好多啦！"

"那就好，"绅士说，"现在安安静静坐着别动，还有，最重要的，千万别勉强支撑着开口说话。"

"我不会的。"蛤蟆表示，"我只是在想，要是我能坐在司机旁边的位置，就能够吸到迎面而来的清新空气，应该会很快完全好起来。"【名师点睛：蛤蟆头脑清醒，思维敏捷，看来他已经有了新的计划。】

"多聪明的妇人啊！"绅士说。于是他们又小心地扶着蛤蟆坐到司机旁边的位置上，然后再度上路。

这会儿蛤蟆差不多完全恢复正常了。他挺直身子东张西望，试图打倒那不断纠缠他、完完全全占据他的渴望。

坐在司机边上的蛤蟆心中那对汽车的向往开始膨胀了，蛤蟆越来越控制不住这种感觉，这种令人疯狂的感觉。"是上天注定！"他暗自想

139

> 柳林风声

着,"何必奋斗?何必挣扎?"然后扭头对身旁的司机说:"拜托,先生,但愿你能好心让我开一下这车子。我一直仔细观察你的动作,看起来好容易又好有趣啊!我真希望能告诉朋友们说我曾经开过一辆汽车。"【名师点睛:蛤蟆真是得寸进尺!他完全忘记了刚才差点被认出的恐惧心理,也忘记了在牢狱中的苦难,更忘记了自己逃亡之路的艰辛。】

司机一听,笑不可遏,惹得绅士探问是怎么回事。听完原因,绅士做出令蛤蟆开心的回答:"真勇敢啊,太太!我喜欢你的精神。就让她试试看吧!小心看着她,她不会闯什么祸的。"蛤蟆迫不及待地爬上司机挪出的位置,假装谦虚地聆听司机的指导,只是一开始时开得很慢很小心,因为他已决心要谨言慎行。

后座的绅士们鼓掌喝彩,蛤蟆听到他们说:"她开得多棒啊!想想看,一个洗衣妇初次开车就能开得这么好!"这话扰乱了他的心神,他开始失去了理智。

司机试图插手,他却拐他一肘,打得他跌下座位,并且将车开到高速。迎面扑来的气流,嗡嗡作响的引擎声,还有身体底下车子轻微的弹跳,迷醉了他脆弱的神经。"洗衣妇,真是的!"他猛地大吼,"哈哈!我是蛤蟆,抢夺汽车,破坏狱政,总是能够逃脱的蛤蟆!坐稳啦,你们将会见识到什么才叫真正的开车,因为你们是在名闻遐迩、技术高超、不知害怕为何物的蛤蟆手头上。"

车上掀起一片惊骇的叫声,大家纷纷朝他扑来。"抓住他!"他们大叫,"抓住该死的蛤蟆!这偷窃我们汽车的卑鄙动物——绑住他、铐住他,把他拖到最近的警察局!打倒不顾死活的、危险的蛤蟆!"

蛤蟆将方向盘转了半个圈,让车子笔直撞破成排立在路边的矮树篱。一个猛力的弹跳,一阵激烈的撞击,汽车的四轮翻起一摊饮马池中厚厚的烂泥。

蛤蟆在强劲的上冲力挟带下凌空飞跃,划出如燕子飞行般优雅的曲线。他喜欢这动作,心头正开始纳闷它是否会持续到自己生出双翼,变成一只蛤蟆鸟时，就怦然一声，背部着地，摔落在一片草场柔软的茂草上。他翻身坐起，仅能望见那汽车在水池里快要被完全淹没！

几名绅士和司机受到长大衣的拖累，正在水中无助地挥舞四肢，拼命挣扎。

蛤蟆赶紧站起身来，铆足全力奔过田野，爬过树篱，跳过沟渠，冲过田地，直到累得上气不接下气，这才放慢速度，转为闲适的散步。等他稍微喘过气来，能够平静地思考，便开始咯咯地窃笑，再由窃笑转变成大笑，笑到不得不捧腹坐在一排树篱下。

"呵呵！"他自鸣得意地叫起来，"又是蛤蟆！一如平常，表现最优异！是谁叫他们载他一程？是谁拿清新空气当借口，设法坐到前座去？是谁说服他们让他试着驾驶汽车？是谁把他们全都弄到饮马池里头？是谁毫发无伤地凌空飞翔，把那些心胸狭窄、满怀怨恨、胆小如鼠的旅行者全丢在他们活该去的烂泥里？噢，当然，是蛤蟆，聪明的蛤蟆，伟大的蛤蟆，好棒的蛤蟆！"【名师点睛：这种忘恩负义的语言真令人发指！对于好心救他、一一满足他要求的好心人们，他却如此回报他们！这样的蛤蟆必定会因为他的狂妄再一次陷入危机。】

于是他又冲口歌唱，提高了嗓音：

汽车行驶噗——噗——噗，当它沿着马路驰骋。是谁把它开进池塘里？足智多谋的蛤蟆先生！

"噢，我是多么机灵啊！多么机灵，多么机灵，多么多么机——"

遥远的背后一阵细微的嘈杂声，促使他扭头回顾。噢，可怕！噢，惨啦！噢，绝望！【名师点睛：两种极端的心情形成了鲜明的对比，生动形象地写出了蛤蟆情绪的跌宕起伏。】

大约隔着两片田地远的地方，一名脚穿皮革高筒鞋的私人司机、两名高大魁梧的警察身影清晰可见，他们正铆足劲儿朝着自己飞奔而来！

141

▶ 柳林风声

可怜的蛤蟆一跃而起，整颗心跳到喉咙口，连忙撒开腿就跑。"噢，天哪！"他边气喘如牛地奔逃，边轻呼，"我是多么笨啊！是多么狂妄自大、冲动莽撞的笨驴！又昂首阔步啦！又大吼大叫地唱歌啦！又静静地坐着瞎扯淡啦！"【名师点睛：蛤蟆总是这样，在遇险后才会后悔自己的狂妄。他需要彻底地反思自己傲慢的性格，这样才能使自己不会频频陷入这种悲惨的境地。】

蛤蟆回头一瞄，发现他们逐渐要追上他了。他一面不顾一切地拼命奔跑，一面频频回头望，看见他们仍持续不断地追上来。他尽了全力，偏偏自己是只肥胖的动物，仍旧一步一步让他们追近了。现在，他可以听出他们就在自己背后不远处。他只顾疯狂盲目地奋力奔跑，扭头望着那些此刻正威风凛凛的敌人，猝然间，脚下没踩着泥土，他伸手向空中乱抓，"哗啦"一声，一头栽进深流急湍里。水流挟着难以相抗的力量载着他往前冲，他发现自己已在盲目的恐慌中径直奔入河里。

蛤蟆竭力浮出水面，奋力抓住生长在堤岸下、水流边缘的灯芯草梗，可是流水的力道是那么强劲，很快又将他的爪子和草梗冲散开。"噢，天哪！要是我没有又去偷车就好了！要是我没有又唱狂妄自大的歌就好了！"【名师点睛：两个"又"字生动地写出了蛤蟆追悔莫及的心情，他总是在得意时狂妄自大，失意时悔恨，可那又有什么用呢？】紧接着，他便沉入水底，不久又喘着气、呛着水浮上来。不一会儿，他发现自己正逐渐接近岸边的一个大黑洞，洞口就在头顶上方。趁河水载着他冲过之际，蛤蟆连忙一爪攀住洞穴边缘，死死抓紧，再缓缓将身体撑出水面，直到两个手肘终于能够靠在洞口边。然后他气喘吁吁地停留在那儿休息几分钟，因为他实在筋疲力尽了！蛤蟆自言自语说着自己再也不敢乱吹牛了，再也不敢做些不着边际的事情了之类的话。

就在蛤蟆长吁短叹、气喘如牛、瞪着两只眼睛直往黑漆漆的洞里瞧时，一个小小亮亮的东西发出光辉，在洞穴的深处闪烁，朝着他这个方向移动。等那团光芒慢慢靠近后，光芒周围渐渐浮现出一张脸，是一张十分熟悉的脸!

小小的,棕色的,长着胡子。

庄重滚圆,有着一双小巧的耳朵和一身光滑的毛。

是老鼠!

Z 知识考点

1.填空题。

蛤蟆的第二次冒险可谓惊心动魄,一波三折。蛤蟆醒来继续逃亡时,遇到了划船的妇人,于是借口_____,博取同情成功上了船,不久,谎言被揭穿,蛤蟆被扔到了河里。蛤蟆恼羞成怒,抢走了妇人的马并以_____(多少钱)卖掉了。蛤蟆因此得意忘形起来,甚至将别人的汽车开进了_____。

2.选择题。

当蛤蟆准备招呼汽车停下来时,他为何"面如死灰,心往下沉,膝盖抖颤难以站立"? （　　）

A.他又热又渴,中暑了。

B.他对汽车的瘾又发作了。

C.这辆驶来的汽车正是他偷的那辆,车上的人也是他在咖啡厅吃午餐时看见的那几个。

D.警察追赶上来了。

3.问答题。

汽车上的两位绅士为什么让蛤蟆上车?还让他开车?

_____

_____

Y 阅读与思考

1.蛤蟆把马卖给了谁?

2.蛤蟆最后碰到了谁?

143

柳林风声

第十一章 蛤蟆泪如雨下

M 名师导读

历尽艰险的蛤蟆被老鼠救了,他本以为可以回到蛤蟆府,结果被告知自己的家已经被野树林的动物占领了。气急的蛤蟆几次要去打跑敌人,都失败而归,只好老老实实地待在老鼠家,等獾和鼹鼠回来,一起制订夺回蛤蟆府的计划。他们为夺回蛤蟆府做了哪些准备呢?

老鼠伸出一只干净的小棕爪,牢牢抓住蛤蟆的颈背使劲一提。蛤蟆缓慢但安稳地升到洞口边缘以上,最后终于平安无事地站立在洞里,湿淋淋的身上自然都是泥草。但此时,蛤蟆觉得以前那种体面舒服的日子离他不远了,他很快就会回归正常生活了。

"噢,老鼠——"他嚷着,"自从我上次和你见面到现在碰上好多事情啊,你连想都想不到!关在牢里——当然,跑出来喽!被丢进运河——游上岸啦!偷了匹马——卖了好大一笔钱!欺骗每个人——骗得他们每个人都如我所愿地去做!噢,我是一只机灵的蛤蟆,绝对错不了!你猜我最后一项辉煌成就是什么?先别说,等我来告诉你——"【名师点睛:蛤蟆在概述的每件事后面都要补充下自己的收获,表明自己是最大的赢家,体现了蛤蟆爱吹牛、自大的性格。】

"蛤蟆,"老鼠郑重而果断地说,"你马上上楼,脱了那一身洗衣妇的破旧棉布装,把你自己彻彻底底地洗干净,可能的话,尽量让自己看来像位绅士一样下楼。现在,别再吹牛争辩,上去!等一下我还有话要跟你说!"

最初蛤蟆真想留在那儿对他回嘴,他在监狱里已经听够了命令,这会儿,情况显然又要全部重演啦!而且还是出自老鼠!然而,他在帽架上方的镜子里看到自己的模样,黑褐色的圆软帽歪靠在一只眼睛上方,于是改变主意,急忙跑到楼上老鼠的化妆室去。【名师点睛:蛤蟆态度的转变源自他在镜子里看到了自己的样子,侧面表现了蛤蟆现在的样子狼狈不堪。】他从头到脚仔细沐浴梳洗一番,换好衣服,站在镜子面前照了大半天,心想那些曾一时误当他是洗衣妇的人根本全都是白痴。自己是一只高贵的蛤蟆,一位富有的、温文尔雅的绅士,怎么可能像是一名洗衣妇,那根本不符合自己的气质!

午餐席间,蛤蟆告诉老鼠自己所有的冒险事迹,重点主要落在自己的聪明才智,危急时候的从容镇定,以及紧要关头的机警狡猾,并且郑重强调自己经历了一段多彩多姿的愉快生涯。但他越是自吹自擂说个不停,老鼠越是变得严肃缄默。【名师点睛:老鼠的反应与蛤蟆形成了鲜明的对比,显然,老鼠并没有被蛤蟆的夸夸其谈迷惑,他是一只心思细腻、做事谨慎的动物,怎么会像蛤蟆一样不知分寸!】

好不容易蛤蟆总算谈自己谈到告一段落,接下来是一阵沉默,老鼠随即开口:"够了,蛤蟆,在你已经吃过这么多苦后,我实在不想让你难受。可是说正经的,你难道看不出你把自己搞成个多么不像样的傻瓜了吗?根据你自己的供认,你被上过手铐,关过牢房,挨过饿,遭过追捕,险些送掉性命,受过侮辱,挨过嘲笑,还被不光彩地抛进水里过——况且对方还是个妇人!这里头有什么愉快的成分?有什么乐趣?而这一切全都因为你非得去偷一辆汽车。【名师点睛:老鼠无情地揭露了蛤蟆的本质,与前文蛤蟆的自吹自擂形成了对比。】你知道自从你第一次看到汽车,整天除了为汽车闯祸外就没有别的。可是就算你一定要和它们搅和在一起——就像你平时那样,五分钟热度——又何必去偷?假设你是为了找刺激,撞个缺胳膊断腿随你!若非如此,而是你一心一意非要它不可,撒大把钞票搞得破产也行,但何必选择当个罪犯?你要到什么时候才会懂

柳林风声

事明理，想想自己的朋友们，努力让他们以自己为傲。比方说，你想想看，当我四处走动，听到动物们说我就是那个与罪犯为伍的家伙，会有什么快乐吗？"此时的老鼠神情严肃，话语中透着对蛤蟆的失望。

喏，蛤蟆是只好心透顶的动物，天生就有容易相处的个性，从来不介意被自己真正的朋友斥责。即使是在为某件事被批评得狗血淋头的时候，也总是能够看到问题的另一面。因此，尽管老鼠讲得这么郑重其事，他仍然不断默默地对自己说："可是，真的是很好玩嘛！好玩得要命！"喉咙里还发出各种压抑下来的奇怪声音，然而当老鼠的话全说完后，他却发出一声长长的叹息，乖乖顺顺地说："对极了，老鼠！没错，我完全明白，我一直是个自以为是的大笨蛋！但是现在我准备当只好蛤蟆，绝不再犯错了。我们来喝个咖啡，闲适地聊聊，然后我就一路悠闲地走回蛤蟆府，穿上自己的衣服，着手让一切恢复旧貌。【写作借鉴：通过动作描写和语言描写，表现了蛤蟆对老鼠的批评不以为意，照应了上文"即使是在为某件事被批评得狗血淋头的时候，也总是能够看到问题的另一面"。】我已经冒险够了。我将去过平静、安定、受人尊敬的生活，在我的宅院里四处闲逛并且改善它，偶尔做点小小美化环境的园艺工作。汽车什么的，从我驾车冲入水池里的那一刻起，我就不再迷恋它了。我将收敛自己的性子，绝不再像以前那样任性狂妄了。"

"悠闲地走回蛤蟆府？"老鼠激动地大叫，"你在说什么？难道你的意思是你还没有听说？"【名师点睛："激动"是老鼠吃惊的表现，他的话设置了悬念，为下文故事情节的发展奠定基础。】

"听说什么？"蛤蟆霎时脸色发青，"说啊，老鼠！快！别瞒着我！我没听说什么？"

"莫非你打算告诉我，"老鼠握着拳头重重捶击桌面，大吼，"你没听到任何有关白鼬和黄鼠狼的事？"

"什么？野树林族？"蛤蟆肢摇股颤，嚷着，"不，别说了！他们做了些什么？"

"你不知道,他们强占了蛤蟆府?"老鼠又说。

蛤蟆的手肘支在餐桌上,双爪托着腮,两边眼睛各涌出一颗豆大的泪珠,溢出眼眶,"啪嗒"一声掉在桌上。【写作借鉴:动作描写,表现了蛤蟆伤心和痛苦的样子。悲惨的蛤蟆刚刚得救又要面临无家可归的窘境。】

"说下去,老鼠,"他立即嘤嘤呜呜地说,"全都告诉我吧,最糟糕的已经过去了,我缓过劲来了,我可以承受。"

"在——你——卷进——那麻烦时,"老鼠一字一字地严肃地说,"我是说,当你因为有关——呃,一辆汽车——的误会,暂时——从社会上消失时——"

蛤蟆只是点点头。

"嗯,这里自然到处议论纷纷,"老鼠继续往下说,"不只是沿着河畔一带,甚至在野树林里也是。和往常一样,动物们各自偏向一方。河岸居民支持你,说你受到不公平的对待,还说如今国内根本没公理。但野树林里的动物却说了好多刻薄话,还说你是自作自受,现在该是这种事情停止的时候了!他们目中无人,到处说你这次完蛋啦!你永远,永远,永远不会再回来!"

蛤蟆再次点点头,保持沉默。【名师点睛:一连串痛苦的经历让蛤蟆学会了暂时地忍耐,蛤蟆在苦痛中成长着。】

"像他们那种小畜生就是这个样子。"老鼠接着说,"但鼹鼠和獾却不顾艰难,始终不渝地为你辩护,说无论如何,你一定会很快归来。他们不确定用何种方式,但一定会回来的!"

蛤蟆再度挺身坐正,微微牵动嘴角。【名师点睛:蛤蟆为鼹鼠和獾的努力感动,对鼹鼠和獾产生敬佩之情。】

"他们根据案例争辩,"老鼠又叙述道,"说有史以来,从未见过像你这种有财有势、厚颜无耻、外表看起来有模有样的人被判刑。因此他们设法将自己的东西搬进蛤蟆府,睡在那里,保持房屋通风,随时准备好一切等着你出现。当然,他们猜不到往后会发生什么事,但野树林的动物

147

▶ 柳林风声

仍抱有自己的疑虑。现在我要说这个故事中最痛苦、最悲哀的一段了。一个月黑风高的晚上——天色非常暗,狂风呼呼地吹,街上只剩猫和狗——一支黄鼠狼队全副武装,悄悄爬上通往前庭的马车道。在同一时间里,一支奋不顾身的雪貂队通过果园向前挺进,占领了后院和办公间。另一支善战的白鼬队则畅行无阻地占据了温室和弹子房,敞开向着草坪的落地窗。"

"鼹鼠和獾正坐在吸烟室里的壁炉前谈天说地,丝毫没起疑心,因为那凶狠好斗的恶棍是选在一个不适合任何动物外出的夜晚,跑出来拆掉好几扇门板,从四面八方团团围攻他们。他俩全力奋战,但因手无寸铁,又是意外遭到攻击,再说双手难敌四拳,两只动物又怎么可能抵抗数以百计的大军。他们手持棍棒凶狠地殴打那两个忠心耿耿的可怜动物,把他们赶到又湿又冷的户外,还对他俩施以无数的侮辱和唐突无礼的咒骂。"

狼心狗肺的蛤蟆听到这里竟然爆出一阵窃笑声,然后恢复镇定,力图表现出一副特别严肃的样子。【名师点睛:蛤蟆的行为表现了他的态度不端正,他还没有意识到事态的严重性。】

"从此以后,野树林族就住进蛤蟆府里了,"老鼠表示,"并且迷恋上那儿了!白天,他们有大半天赖在床上,随时可以吃早餐,整个地方搞得乱七八糟,简直不堪入目。吃你的食物,喝你的饮料,对你恶意嘲弄,净唱些含沙射影的歌,全是惹人厌恶的人身攻击的歌曲,没有半点幽默可言。而且他们告诉那些商人和所有的人说,他们要永远永远地住在那里。"说到这儿,老鼠不由得发出一声长叹,满脸无奈地瘫坐在椅子上。

"哦,他们要?"蛤蟆站起来抓住一支长棍,"我倒很乐意立刻料理此事——"

"没用的,蛤蟆!"老鼠望着他的背影高喊,"你最好回来坐下!这样跑去只会自找麻烦而已!"

可是蛤蟆已经走了,喊也喊不住。【名师点睛:蛤蟆没有听从老鼠的建议,他能成功吗?】他飞快地大步走到马路上,肩上扛着棍棒,怒气冲冲地边冒火边嘀咕,一直走到自家大门附近,忽然间从篱笆后面跳出一只提着枪的黄色雪貂。

"来者何人?"体形长长的雪貂厉声问道。

"废话!"蛤蟆气得暴跳如雷。

"你是什么意思,竟然敢这样对我说话?马上报上你的姓名,否则我就——"

雪貂住口不语,把枪架到肩膀上。蛤蟆机灵地卧倒在地。砰!一颗子弹自他头顶呼啸而过。震惊的蛤蟆慌忙爬起,健步如飞地沿着大马路逃之夭夭!他跑的时候还听那只雪貂在背后放声大笑,而其他可恶的微弱笑声也随之而响起。【名师点睛:蛤蟆话还没有讲完就被攻击,他仓皇逃跑的样子与去之前的样子形成对比。】他懊丧地回到老鼠家,接着把事情的经过告诉老鼠。

"我告诉你什么来着?"老鼠说,"没用的,他们有卫兵站岗,而且个个全副武装,你就先等一等吧!"

然而,蛤蟆还是不打算马上投降,于是取出船只,立即沿着河流往上划,来到蛤蟆府前的河滨花园。

到达可以看见老宅的地方,蛤蟆靠在桨上,仔细打量陆地。一切似乎非常宁静而荒芜。他可以看见整个蛤蟆府的正面在夕阳下熠熠生辉,看见鸽子三三两两栖身在屋顶笔直的边缘上,看见花开似锦的花园,看见通往船库的小溪和横过溪流的小木桥。一切都很安静,不见半个人影,显然是在等候他归来。他心想:"首先尝试进入船库。"他小心翼翼地用桨朝溪口划去,就在正要通过桥下方……轰!一颗大石头从上方掷下,砸穿小船的船底。河水涌进船中,小船下沉了,蛤蟆落在深水中挣扎。他仰头一看,两只白鼬倚在小桥栏杆旁,兴高采烈地探头望着他,大叫:"小蛤蟆,下次砸的就是你的头啦!"蛤蟆气愤地游上岸,而两只白鼬就站在桥上大笑不停,都差点笑岔了气。

▶ 柳林风声

蛤蟆身心俱疲地回来，再度向老鼠述说他失败的经历。

"哼，我告诉你什么来着？"老鼠暴躁万分地说，"好啦！你给我听着！瞧瞧你干了什么好事！白白毁了我那么喜爱的一艘船，这就是你干的好事！连我借给你的那套漂亮的衣服也弄得一团糟。说真的，蛤蟆，全世上的恼人动物里就数你最让人头痛——我怀疑你到底能不能留住任何一个朋友！"

蛤蟆立刻了解到自己的表现有多么愚蠢。他坦承自己的错误和刚愎自用，并为毁坏老鼠的小船和衣服道歉，同时使出一向能解除朋友对自己的批评、使他们回心转意支持自己的老招数，说："老鼠兄弟，我知道我一直是只冥顽不灵的蛤蟆——相信我，从今天起我一定会谦卑听话，没有你的忠告和全盘赞同绝对不轻举妄动！"

"如果真是这样的话，"好脾气的老鼠已经平息了怒气，"我建议，既然时间已经不早了，你就坐下来吃马上要上桌的晚餐，还有千万要有耐心。因为我确信在我们见到獾和鼹鼠，听到他们带回来的最新消息，并针对这难题开过会，听取他们的建议以前，我们什么也无法去做。"

"噢，对，当然，獾和鼹鼠。"蛤蟆应付说，"那两个亲爱的家伙，现在到底怎么样啦？"蛤蟆还算是有良心，他此时开始怀念起鼹鼠和獾，他的这两位老朋友。

"问得好！"老鼠带着责备的口吻说，"当你坐着昂贵的汽车到处跑，得意扬扬地骑在纯种马背上驰骋，大吃豪华奢侈的早餐时，那两只忠实可怜的动物就不分晴天雨天、刮风下雪地在外面的旷地上扎营。白天粗茶淡饭，晚上连躺都躺得很不舒服。他们监视你的房子，在那房子的边界巡逻，不断留意那些黄鼠狼和白鼬，筹划如何为你夺回产业。【名师点睛：鼹鼠和獾对待朋友如此真诚，他们竟然为了蛤蟆不惜和野树林里的坏家伙们斗争到底。】蛤蟆，你实在不配拥有这么忠心的真朋友！真的不配。总有一天，你会后悔没有趁拥有他俩时更加珍惜他们！"

"我知道，我是个忘恩负义的畜生。"蛤蟆流下难过的泪水，"咱们到外面去找他们吧,分担他们的辛苦,试着证明——等一下!我清清楚楚地听到杯碟在托盘上碰撞的声音!终于可以吃晚饭啦,万岁!快啊,老鼠!"

老鼠想起可怜的蛤蟆吃过好一段时日的牢饭,也就宽容地体谅他了,跟在他后头走到餐桌旁,为蛤蟆准备了满满一大桌饭菜,还在他狼吞虎咽地补偿自己过去这段日子所失去的口福时殷勤地鼓励他多吃点。

他们刚吃完晚饭,回到摇椅上闲坐,门口便响起重重的敲门声。【写作借鉴:设置了悬念,为下文情节发展做铺垫。】

蛤蟆紧张极了,但老鼠却神秘兮兮地对他点点头,立即走过去将门打开,獾先生随即走了进来。

獾的外表一看就是接连多夜不曾回家,吃尽不舒服和不便利之苦的样子。鞋子上盖满了泥巴,整个人看起来蓬头垢面!【写作借鉴:外貌描写,侧面表现了这些天獾一直在外为蛤蟆的事情而奔波的劳苦与艰辛。】不过话说回来,本来獾也不是个常打扮得潇洒时髦的人就是了。他神情凝重地走到蛤蟆面前,握握他的手,说:"欢迎回家,蛤蟆!天哪!我在说什么呀。回家,真是的!这真是趟可怜的返家之旅,不幸的蛤蟆!"然后他背向蛤蟆,拉出自己的椅子坐到餐桌旁,切下一大片冷掉的馅饼,吃起来。

蛤蟆为这严肃而带有不祥之兆的寒暄方式如坐针毡。但老鼠悄悄地附耳告诉他:"别担心,什么也甭放在心上!先别对他说任何话,当他肚子里唱空城计时,情绪总是特别低落沮丧。不到半个钟头,他就会完全变一个样了。"【名师点睛:写出了老鼠的细心和机智,老鼠此时还不忘安慰已经伤心欲绝的蛤蟆,他太了解他的朋友们的脾气了,獾现在应该是饿了。】

于是他俩安安静静地等着,不久又听到一阵较轻的敲门声。老鼠又朝蛤蟆微微颔首,然后走过去开了门,领着衣衫褴褛、脏兮兮、毛皮上还沾着些草茎的鼹鼠进来。

"哟呵!是蛤蟆!"鼹鼠喜上眉梢,大叫,"哎呀呀,你回来啦!"他开

柳林风声

始绕着他手舞足蹈,"我们从没想到会这么快就见到你——噢,你一定是设法逃出来的,你这聪明机智、天才的蛤蟆!"【写作借鉴:语言描写,率直的鼹鼠无意间夸奖了蛤蟆,这无疑是在怂恿蛤蟆自吹自擂,这将会使蛤蟆立马膨胀。】

老鼠慌忙用手肘向鼹鼠示意,可是来不及了,蛤蟆已经又在自我膨胀、大吹牛皮了。

"聪明?噢,不!"他说,"根据朋友们的说法,我并不是真的聪明。我只不过是闯出全英国戒备最森严的监狱,同时劫持一列火车逃亡,另外乔装打扮,到处骗骗别人,如此而已!噢,不!我是个大笨蛋,真的!我来告诉你我的一两次小冒险,鼹鼠,然后你就可以自行判断了!"

"喂,喂,"鼹鼠朝餐桌走去说,"我看还是我边吃边听你说,从早餐到现在,我连一口东西都没吃!噢,噢,老天!"说着他坐下来,大口地将冷牛肉和泡菜往自己的嘴里送。

蛤蟆坐在炉边地毯上,把爪子伸进长裤口袋里,掏出一大把银子。"你瞧!"他嚷着,向大家展示,"以短短几分钟的工作而言,不错吧?你猜我是怎么办到的,鼹鼠?贩马!就是靠这个!"

"说下去,蛤蟆。"鼹鼠兴致盎然地说。【名师点睛:不明真相的鼹鼠被蛤蟆精心编造的剧情吸引了,这也显示出蛤蟆高超的演说天赋。】

"蛤蟆,静一静,拜托!"老鼠说,"还有,鼹鼠,你明知道他是怎样的家伙,就别再怂恿他了。不过,既然蛤蟆终于回来了,请快告诉我们眼前的情况,还有应该怎么办最好。"

"情况大概是糟得不能再糟了。"鼹鼠焦躁地回答,"至于说到该怎么办,唉,真是只有天知道!【名师点睛:难道蛤蟆真的没有机会夺回自己的老宅了吗?作者设置悬念,吸引读者层层深入阅读,故事越来越惊心动魄。】獾和我不分白天黑夜地在那地方绕来绕去,结果都一样,到处都有守卫在巡哨,枪口对准我们,拿石头掷我们,随时都在警戒。而当他们看到我们时,天!他们笑得多可恨哪!那正是我最烦的东西!"

"局势十分艰难。"老鼠深思熟虑地说,"不过,现在在我看来,我知道蛤蟆真正该做的是什么了。我告诉你们,他应该——"

"不,他不应该!"鼹鼠塞着满口食物大喊,"绝对不行!你不明白,其实他应该做的是,他应该——"

"喂,无论如何,我不要!"蛤蟆激动地嚷着,"我才不听你们这些家伙的摆布!我们现在讨论的是我的房子,我非常清楚自己该怎么办,我这就告诉你们,我要——"【名师点睛:三个破折号表示他们的话都没说完就被别人打断,表现了他们争相发表自己言论的场面,也反映出了他们的急切心情,大家都想快些夺回蛤蟆的宅子。】

这时他们三个同时扯着嗓门在发表自己的高见,那声音简直震耳欲聋。忽然他们听到一个微弱沙哑的声音说:"马上安静下来,你们三个!"屋内顿时一片寂静。

说这话的是獾。他已经吃完了他的馅饼,把椅子转过来,正神情严肃地盯着他们。当他看见自己已获得大家的注意,他们三个显然在等着他发表自己的高见,他又转身去取餐桌上的乳酪。这个有着老实可靠的性格的动物广受崇敬,所以一直到他用餐完毕,拂掉腿上的面包屑为止,都没人再说一句话。蛤蟆固然频频按捺不住,却都被老鼠坚定地拦下了。【名师点睛:獾老实可靠,很有威望,因此就连吃饭时,他也会受到其他动物的尊敬。】

獾等完全填饱肚子后,便站起来走到壁炉前立定沉思。终于,他开口了。

"蛤蟆!"他严厉呵斥道,"你这专会闯祸的小坏蛋!难道你自己不觉得惭愧吗?你想想令尊,我的老友,今晚如果在这里,知道你的所作所为,他会说什么?"

这时蛤蟆坐在沙发上,整个脸埋在双腿里,懊悔地抽泣得浑身颤抖。

"好啦,好啦!"獾的口气慈爱多了,"没关系。别再哭啦!以前种种不再追究,我们试着来开创新的一页。【名师点睛:獾仁慈的性格表现在

153

▶ 柳林风声

他每一句温柔暖人的话语中。】不过鼹鼠说得一点也没错,那些白鼬处处戒备,守卫之严,世上无处可比。想要进攻那地方,根本是痴人说梦。他们太强大了,不是我们能抵抗的。"

"那就全完了。"蛤蟆抽抽搭搭,倒在坐垫堆里大哭,"我得去应征当兵,永远也见不着我亲爱的蛤蟆府啦!"

"喂,振作点,蛤蟆!"獾说,"取回一个地方的方法要比强取豪夺地霸占多得多啦!我还没把话说完呢!现在我要告诉你一个天大的秘密。"

蛤蟆缓缓地坐起身来,擦干眼泪。秘密对他始终具有莫大的吸引力,因为他从来无法保密,又喜欢享受在郑重发誓不说出去之后,却跑出去告诉别的动物的那种带着罪恶感的刺激。【名师点睛:我们怎么能够奢望一个爱自吹自擂的人会保守秘密呢?獾说的这个秘密,蛤蟆究竟能否守得住呢?】

"地下有条通道,"獾郑重地强调,"是由河岸挖过去的,应该就在这附近,直通到蛤蟆府的正中央。"

"噢,獾,你胡说!"蛤蟆不假思索地回答,"你一定是在附近酒店里听到人家凭空杜撰情节。蛤蟆府里里外外每一寸地方我都了若指掌,我保证,根本没那种事情!"【写作借鉴:语言描写,表现了蛤蟆的心直口快和武断。】

"小朋友,"獾庄重肃穆地说,"令尊,一只可敬的动物——比我认识的其他动物可敬得多——是我的至交,告诉了我好多他不想告诉你的话。他发现那条通道——当然,不是他所建造的。那条地道在他住进那儿的好几百年前就已经建好——他心想万一日后有什么危险或麻烦,说不定它可以派得上用场,于是重新整修并清理好,同时带我去看过。'这件事别让我儿子知道。'他说,'他是个好男孩,只可惜个性毛毛躁躁、反复无常,而且无法保守机密。万一他果真身陷困境,而秘密地道又能有助于他的话,就告诉他好了,但在那之前千万别透露。'"【名师点睛:写出了蛤蟆父亲的拳拳爱子之意,蛤蟆父亲熟悉自己的儿子,他为自己的儿子做

了长远打算。】

另外两只小动物紧紧地盯着蛤蟆,看他对獾的话会做何反应。最初蛤蟆本想大发脾气,不过才一下子工夫他又眉开眼笑,恢复平常那副热诚亲切的样子了。

"好吧,"他说,"也许我是有点儿大嘴巴。像我这么有人缘的人——朋友们时时围绕在身边——叫我怎么有办法守口如瓶。我曾听说过我该去开个沙龙,天晓得那是什么玩意儿!别放在心上,往下说,獾!这条通道要怎样帮我们的忙?"

"近来我探听出一两件事情。"獾表示,"我叫水獭乔装成一个扫烟囱的工人,扛着扫把走后门谋得一份工作。【名师点睛:介绍了消息来源,表现了獾的足智多谋。】明晚那里将举行一场宴会,有人过生日——我相信,是黄鼠狼头目——所有黄鼠狼都会齐聚在饭厅,不带半点疑心地吃吃喝喝、大吵大闹。没有枪支,没有刀剑棍棒,没有任何的武装!"

"但岗哨还是会照站不误。"老鼠认为。

"正是,"獾说,"那也是我的重点所在。黄鼠狼群将会百分之百信任他们优秀的步哨,而我们却是从那条地道进入,它一直通到紧邻饭厅的餐具室底下,便利极啦!"

"啊!餐具室里那块老是吱吱叫的板子!"蛤蟆惊呼道,"现在我终于明白啦!"【名师点睛:蛤蟆意识到了这条地道的存在,他的信心开始恢复。】

"我们要悄悄爬进餐具室——"鼹鼠嚷着。

"带着我们的枪、剑和棍棒——"老鼠高喊。

"并且冲上去攻打他们。"獾说。

"还要打垮他们,打垮,打垮,打垮他们!"蛤蟆欣喜若狂地绕着房间,跳过一张又一张椅子,满地飞奔。【名师点睛:即将夺回蛤蟆府,蛤蟆此时非常兴奋,但是真正的夺回行动必定又是一场惊心动魄的大斗争。】

獾看到朋友们都赞同自己的主意并且心情都开始乐观起来也就安

155

柳林风声

心了许多。"很好。那么,"獾恢复平日那种庄重冷淡的态度,"我们的计划就这样决定了,你们都别再争论。好啦,时间已经很晚了,大家通通马上去睡觉。明天早上,我们再来把一切必要的安排都弄好。"

蛤蟆自然乖乖地跟着他们下去睡了——他知道拒绝不会有好结果——尽管心里自以为兴奋得不想睡。不过,毕竟他今天已经度过一个好长好长又紧凑多事的白天,况且在阴风惨惨的地牢里,睡过那么久只铺着几根干草的石头地后,被褥、毛毯对他来说实在太亲切、太舒适了!他的头才刚靠在枕头上,马上就快活地呼呼大睡了。【名师点睛:蛤蟆此时终于能睡一个舒服的觉了,与之前颠沛流离的逃亡生活形成了对比。】自然而然,他做了好多梦:梦见正当他需要马路时,马路忽然弃他而去;运河追逐着他,并抓住了他;梦见一艘驳船驶进了他的宴会厅,上面载着他一周要洗的衣物;还有他一个人走在地道里向前推进,而地道却像打麻花一样猛然扭身摆脱他,挺身坐正,直立起来;然而最后他还是莫名其妙地平安凯旋蛤蟆府,身旁众多朋友围绕,真心向他称道他是只聪明的蛤蟆。

隔天早上,蛤蟆睡到日上三竿才起床,下楼时发现另外三只动物都已吃完早餐好一会儿啦!鼹鼠不知溜到哪里去了,并没有告诉别人他的行踪。獾坐在摇椅上看报,对于晚上将发生的事毫不在乎。相反,老鼠却在整个房间里跑来跑去,抱着各式各样的武器,逐一分成四小堆放在地板上,【名师点睛:三个朋友的反应形成了鲜明的对比,鼹鼠的不知去向为下文发展埋下伏笔,獾沉着冷静、胜券在握,老鼠谨小慎微,为反击战紧张地准备着。】边跑边轻声念叨:"这把剑给老鼠,这把剑给鼹鼠,这把剑给蛤蟆,这把剑给獾!这把手枪给老鼠,这把手枪给鼹鼠,这把手枪给蛤蟆,这把手枪给獾!"就这样,四小堆武器规律而有节奏地一再扩充。

"老鼠,我不是在责备你。"獾旋即从他报纸的边沿瞅着那忙碌的小动物说,"那样做很好。但只要我们一打倒那些白鼬,得到他们那些可恶的枪支,保证你什么剑、什么手枪也不想要了。我们四个身带棍棒,一进餐厅,嘿,不到五分钟马上把他们打得落花流水。这种事我一个人都可以办得成,只是我不想扫你们几个的兴。"

"还是有备无患的好。"老鼠经过三思,用袖子擦亮一把枪的枪管,再端详端详。【名师点睛:写出了老鼠遇事时的谨慎周全的优秀品质。】

吃完早餐的蛤蟆拿起一支结实的棍棒,虎虎生威地挥舞着,重击假想中的敌人。"我要学他们偷我的房子!"他嚷着,"我要学他们!我要学他们!"

"不要说'学他们',蛤蟆。"老鼠震惊万分,"措辞不当,应该是狠狠地教训他们!"

"你为什么老爱找蛤蟆的碴儿?"獾相当不满地说,"他词用得好不好有什么关系?我自己还不是那么说的,对我够好,对你而言就该够好!"

"很对不起,"老鼠谦卑地说,"只是我认为应该要'教训'他们,而不是'学'他们才对。"

"但我们并不想教训他们,"獾答道,"我们想要学他们——学他们,学他们!不只如此,我们更要做到。"

"噢,随你们怎么说吧。"老鼠自己都给搞糊涂了,退到一个角落里嘀嘀咕咕念个不停。"学他们,教训他们;教训他们,学他们!"直到獾厉声呵斥他住嘴才作罢。【写作借鉴:通过语言描写,表现了老鼠的可爱。】

不久鼹鼠跌跌撞撞地进来了,显然心中正得意非凡。"我玩得痛快极啦!"他立刻开口,"我着实戏弄了那些白鼬一顿!"【名师点睛:鼹鼠的话设置了悬念,吸引读者探究真相,同时揭晓了鼹鼠的去向。】

"但愿你——你非常小心吧,鼹鼠?"老鼠忧心忡忡地问。

"但愿。"鼹鼠自信满满地说,"我是在进厨房去看蛤蟆的早餐还热不热时想到那主意的。我发现他昨天穿回家的旧洗衣妇装挂在火炉前毛巾架上,于是穿上了它,戴上软圆帽,披好围巾,然后胆大包天地跑到蛤蟆府。哨兵自然仍是小心戒备,扛着枪,喝问:'来者何人?'我毕恭毕敬地说:'早安,各位先生!今天有什么要洗的吗?'"

▶ 柳林风声

"他们趾高气扬地打量着我,神气地冷哼数声,说:'滚开,洗衣妇!我们站岗的时间不洗任何东西。'这时我说:'那我改日再来询问哦,你们有什么需要只管和我说,我都会给你们办到的!还有其他时候,不是吗?'我说。呵呵!我很有意思吧,蛤蟆?"

"可怜,轻浮的动物!"【名师点睛:蛤蟆的武断傲慢,衬托了鼹鼠的沉稳和机智。】蛤蟆傲慢地说。事实上,他对鼹鼠的举动忌妒得要命。若不是早没想到又睡过了头的话,他恨不得亲自去做这件事。

"有的白鼬听得脸红脖子粗,"鼹鼠接着又说,"主管的巡官当下简短地对我说:'快跑,好妇人,快跑开!别让我的手下在值勤中松懈下来,和人谈天。''跑?'我说,'再过不了多久,要跑的人可就不是我啰!'"

"噢,鼹鼠,你怎么敢?"老鼠惊慌地追问。獾放下手中的报纸。【名师点睛:老鼠和獾都被鼹鼠的讲述吸引了,鼹鼠的做法超出了他们的预料,大家都很警觉。】

"我看到他们拉长耳朵,面面相觑,"鼹鼠继续叙述,"巡官吩咐他们:'别理她,她不知道自己在说什么。'"

"'哦!是吗?'我说,'好吧,就让我来告诉你们吧。我的女儿,她是在替獾先生洗衣服的,这样你们就晓得我在说什么啦,而且你们很快便会晓得!今天晚上,一百只骁勇善战的獾将会扛着他们的猎枪,取道牧圈进攻蛤蟆府。整整六船的老鼠将手持他们的棍棒和弯刀溯河而上,在花园成功登陆;而另一支由蛤蟆组成,号称死士或宁死不屈的蛤蟆军则将高喊复仇口号,势如破竹地冲入果园,除非你们趁还来得及快快撤退,否则必定被他们扫荡一空。'【名师点睛:这是鼹鼠声东击西的计策。】话一说完,我拔腿就跑,跑到他们看不见的地方后马上躲起来,偷偷顺着壕沟往回爬,然后透过树篱窥视他们。那些白鼬全都紧张兮兮、慌成一团,立刻四散奔逃,互相挤来绊去,摔得满地都是,个个都在发号施令,没有一个在听别人的指挥。巡官派遣白鼬一支接一支地到远处查看,然后又派别的成员去把他们找回来。我听到他们彼此议论纷纷,说:'那就是黄鼠狼的作风。他们自个儿舒舒服服地待在宴会厅,吃大餐,烤炉火,放声高歌,饮酒作乐,而咱们却得在冷飕飕的黑天暗地里巡逻站岗,最后还得落个被能征善战的獾剁成碎片的下场!'"

"噢,鼹鼠,你这笨蛋!"蛤蟆大叫,"把事情全搞砸了!"【名师点睛:浮躁的蛤蟆此刻还没有明白鼹鼠的良苦用心。】

"鼹鼠,"獾仍旧是持重的口吻,"我发觉你那小小的指掌间,有比某个脑满肠肥的动物更多的计谋,你棒极了!从现在起,我对你抱有很大的期望,聪明的鼹鼠!"【名师点睛:獾已然明白了鼹鼠的用意,鼹鼠得到了德高望重的獾的夸奖。】

蛤蟆忌妒得发狂,尤其是就算他把脑袋想破了,也想不出鼹鼠的所作所为凭哪一点让人这样捧上了天。不过,算他幸运,在他还来不及为獾的讽刺而表示不满或大发雷霆前,午餐铃已经响了。这是顿简单而扎实的午餐——火腿、蚕豆,外加一钵通心粉布丁。

等他们全吃饱后,獾坐到摇椅上,说:"好啦,晚上行动的前置作业我们已经准备齐全了,也许会到很晚才顺利办完整件事,所以我要趁现在还可以打盹儿的时候打个盹儿。"说着掏出一条手帕盖在脸上,才一会儿便打起鼾来。【名师点睛:能安心地入眠表明獾胸有成竹,非常有信心。】

焦急又勤快的老鼠赶紧重拾他的准备工作,开始在四小堆东西间跑得团团转,嘀嘀咕咕地念着:"这条皮带给老鼠,这条皮带给鼹鼠,这条皮带给蛤蟆,这条皮带给獾!"然后,一样一样地往上加,仿佛永远没完没了似的!于是鼹鼠挽起蛤蟆的手臂,把他带到外面的空地上,推到一把柳条椅上坐好,要他把他所有的历险事迹从头到尾说给自己听。蛤蟆自然是一百一千个愿意。鼹鼠是个好听众,而蛤蟆在没人对他的陈述加以诟骂或煞他风景的情况下,更是畅所欲言,讲得好起劲。事实上,他所说的内容大半是"要是我早想到而不是十分钟后才想到,事情就会那样发生"【名师点睛:蛤蟆的演讲热情同他演讲的内容形成了对比,表现了蛤蟆

159

▶ 柳林风声

虚荣、爱吹牛的品性。】那些一向都是最棒、最惹人心动的历险故事,何不就让它们取代真正发生过而偏偏却又太差劲的故事,真的成为我们的历险记呢?

Z 知识考点

1. 填空题。

在一个月黑风高的晚上,一个不适合任何动物外出的晚上,一支黄鼠狼队全副武装,爬上通往前庭的_____;一支雪貂队通过果园向前挺进,占领了_____和_____;一支白鼬队占据了_____和_____。就这样,这些动物占领了蛤蟆府。

2. 判断题。

獾和蛤蟆的父亲是好朋友。 ( )

3. 问答题。

隔天早上,蛤蟆醒来发现鼹鼠出门了。鼹鼠出门去干什么了?獾怎么看待他的做法?为什么?

_____
_____

Y 阅读与思考

1. 关于餐具室底下的密道,是谁告诉獾先生的?
2. 在这一章中你觉得突出了鼹鼠怎样的性格?

第十二章　荣归故里

> **M 名师导读**
>
> 在野树林的动物举办宴会的这天晚上，獾带领老鼠、鼹鼠和蛤蟆穿过秘道，成功夺回了蛤蟆府。而且，獾发挥领导、指挥才能，帮助蛤蟆重振了家园，并让蛤蟆对帮助过他的人表达了感谢。这天，獾提议在蛤蟆府举办一场宴会，蛤蟆有什么反应呢？他会变得成熟起来吗？

天色渐暗，老鼠既兴奋又神秘地把他们召唤进客厅，让他们站到自己那堆武器旁，着手替他们为即将到来的征战装束准备妥当。【名师点睛：帮蛤蟆夺回蛤蟆府的行动悄悄地展开啦，他们会顺利夺回蛤蟆府吗？其间又将经历怎样的坎坷呢？】他做得非常认真，花了很长一段时间。

首先，给每只动物腰间各系上一条皮带，每条皮带各插一把长剑，再在另一侧的腰间插把弯刀以保持平衡。接下来是一对手枪、一把警棍、几副手铐、几条绷带、绊创膏，以及一只扁水壶和一个三明治盒。獾放声大笑，说："好吧，老鼠！这既让你开心又于我无害，可我将只用这把棍子办完所有该办的事。"老鼠说："拜托，獾！你知道我只是不愿你事后怪我疏忽了任何东西。"【名师点睛：獾的从容自信和老鼠的谨慎小心形成了对比。】

一切就绪后，獾一手提着昏暗的提灯，一手握紧他的大棍棒，说："好啦，随我来！鼹鼠排第一个，因为我对他非常满意，老鼠次之，蛤蟆最后。注意听着，蛤蟆！不许你像平常那样唠唠叨叨，否则铁定把你赶回去！"獾按他心中的标准将队伍安排好，就带队出征了。

蛤蟆怕被排除在外，一颗心悬在半空中，因此一言不发地乖乖站在

▶ 柳林风声

指定位置。四只动物即刻出发。獾带领他们沿着河边走上一条小路,突然间,自己纵身一跃,没入一个仅高于河面少许的洞口。鼹鼠和老鼠一见也默默跟着一跃而入,但轮到蛤蟆时,虽然他使尽了吃奶的力气,却仍旧滑了下来,还在失声惊叫之中哗啦啦地跌入了河里。【名师点睛:表现了蛤蟆的笨拙和跌入河里的窘态。】两名好友将他拖了上来,匆匆擦干他的手和脸,拧干他的衣服,还安慰一番,并扶他站起来。但獾震怒异常,告诉他若是再闹笑话,必定扔下他先走不可。他们终于进了秘道,一场有计划的征战就此展开啦!

地道又黑又冷又潮湿,而且又矮又狭窄,可怜的蛤蟆半是害怕,半是因为浑身湿透,开始猛打起哆嗦来。他提灯立在遥远的前方,昏暗中,他又不可避免地落后了一小段路。这时他听到老鼠警告地喊着:"快呀,蛤蟆!"一股怕被朋友抛弃于黑暗中的恐惧揪住了他,他赶快往前一冲,便撞上了老鼠,老鼠撞上了鼹鼠,鼹鼠撞上了獾,一下子大家乱成一团。【名师点睛:此处描写了大家因为蛤蟆而乱作一团的情形。】獾以为遭人从背后攻击,而窄小的地道不容施展棍棒或弯刀,于是拔出手枪,朝蛤蟆的方向开了一枪。等他弄清楚真相之后,当真气坏了,说道:"这回真的该扔下蛤蟆了。"

但蛤蟆呜呜悲泣,另外两只动物又立誓愿为他的行为负责,最后獾终于平静下来,整个队伍继续前进,只不过这次由老鼠殿后,并且牢牢抓住蛤蟆的肩膀。于是他们一行人竖起耳朵,爪子搁在手枪上,一路摸索着向前移动。最后獾说:"我们应该在蛤蟆府附近了。"【写作借鉴:动作描写,表现了他们的高度警惕和小心翼翼。】

忽然间他们听到一种仿佛很遥远,却又显然就在头顶附近的凌乱细碎的声音,像是人们在大喊大叫,快乐地重重踩着地板、捶打桌面的声音。

蛤蟆的惊恐一下子又袭来了,不过獾却镇定自若地判断:"他们正在举行宴会,那些黄鼠狼们!"

地道开始和缓地往上斜升,他们再摸索向上走了一小段路,那声音又传了过来。这次听起来十分清晰，而且几乎就在头顶上。他们听到"加——油——加——油——加——油——加——油！"之声不绝于耳，还有小脚重重踩着地板、拳头重重捶打桌面时玻璃器皿叮当碰撞的声音。【写作借鉴：通过描写各种声音，营造了宴会热闹的气氛。】

"他们玩得多痛快啊！他们现在有多痛快，待会我们就多痛快地揍他们！"獾说，"上吧！"他们沿着秘道加紧脚步，直到前方再无去路，发现自己就在通入餐具室的活门底下。

宴会厅里传出的声音响亮惊人，他们的行动不太可能有被听到的危险。獾一声令下："快，孩子们，一起出力！"四只小动物齐齐用肩膀顶住活门，将它往上推，然后他们四个同时钻出秘道，置身于餐具室中，和宴客厅仅一门之隔，一无所知的敌人正在那里狂欢呢！【名师点睛：宴会的热闹声掩盖了四只小动物行动的声音，敌人的无知和他们所处的危险形成了鲜明的对比。】

在他们冒出秘道的一刹那，喧闹声真是震耳欲聋。终于，加油声、捶打声慢慢平息，他们听到某个声音在说："嗯，我不打算耽搁各位太久"——（大声喝彩）——"但在我重新落座以前"——（又是一阵欢呼）——"我想说一段有关我们那好心房东，蛤蟆先生的话！"——（哄堂大笑）——"善良的蛤蟆，规矩的蛤蟆，诚实的蛤蟆！"

"瞧我逮着他！"蛤蟆龇牙咧嘴地嘀咕。

"忍耐一下！"獾奋力制止他，"各位，准备好啦！"【名师点睛：蛤蟆的气愤和冲动反衬了獾的睿智和冷静。】

"让我来为各位唱支小曲，"那声音继续下去，"是我以蛤蟆为主题创作的。"（经久不衰的鼓掌喝彩之声）

黄鼠狼头目——正是他——开始尖声唱出——

蛤蟆出门找乐子

快快活活走在大街上——

163

▶ 柳林风声

獾逼近门后,扫视同伴们一眼,高呼:

"是时候啦!随我来!"

他猛然踢开大门。

整个宴会厅里一片惊叫、尖叫、厉叫声!

黄鼠狼吓得不是钻进桌子底下,就是疯狂地跳上窗口;那些雪貂发了疯似的往壁炉冲,结果全都绝望地挤在烟囱里——当四名英雄杀气腾腾地大步跨进厅里,顿时桌子翻,椅子倒,玻璃杯和瓷具全哗啦啦地摔到地上——伟大的獾,吹胡子瞪眼,手中的短棍舞得呼呼响。又黑又可怕的鼹鼠挥动他的长杖,高喊着他那恐怖的战争口号:"鼹鼠来啦!鼹鼠来啦!"老鼠的皮带上琳琅满目地插着各个年代的各式武器。自尊受创的蛤蟆,几近发狂地将身体鼓胀成平时的两倍大,跳到半空中,怒吼着,吓得他们毛骨悚然!"蛤蟆出门找乐子!"他大吼,"我要找他们的乐子!"随即直奔黄鼠狼头目。他们总共只有四名成员,但在吓破了胆的黄鼠狼群眼中,却像满屋子都是灰、黑、褐、黄的庞大动物虎虎生风地挥舞巨大的棍棒。他们在惊惶的尖叫声中溃散奔逃,有的跳窗子,有的爬烟囱,哪里棍棒打不到就往哪里冲。

战局没有多久便结束了。

四只动物绕着整座厅堂大步走,抡着棍棒朝每个冒出脑袋的动物重重打去,没几分钟,宴客厅里便扫荡一空啦!破碎的窗户外头,吓得魂不附体的黄鼠狼们尖叫着冲过草坪逃命,声音越来越微弱。【名师点睛:野树林里的坏蛋终于被赶跑了,獾一行人成功控制住了局面,这场夺回蛤蟆府的行动果真如计划一样顺利。】地板上趴着十来个坏蛋,鼹鼠正忙着为这些降兵败将铐上手铐。獾擦去脸上的汗水,扶着他的棍棒在大口地喘气,这次打斗獾是主力,虽说他体格大,攻击猛烈,但是敌人太多,他也累坏了。

"鼹鼠,"他说,"你是最棒的一个!到外头去料理你那些鼬哨兵吧,看看他们在做什么。我认为,多亏有你,今晚我们才省掉很多从他们那边来的麻烦!"獾毫不吝惜地给予了鼹鼠很棒的表扬。

鼹鼠立即穿窗而出，不见踪影。獾吩咐老鼠和蛤蟆将餐桌抬起扶正，从满地碎片残骸中收拾起刀叉杯盘，看看能否找出什么可以充当晚餐。【名师点睛：一场轰轰烈烈的夺府之战以胜利告终，大家可以放心地享用晚餐了。】"我想要点吃的，真的。蛤蟆，动作快点儿吧，两眼睁亮点儿！我们为你夺回了府邸，你却只招待我们一份三明治。"獾还是平日那副庄重冷淡的口气。

蛤蟆十分伤心。獾并不像对鼹鼠那样和颜悦色地对自己说话，也不夸他表现得多棒，仗打得多威风。因为他对自己直奔黄鼠狼，一棒打得对方从桌上飞过去的战绩满意得不得了。不过他还是勤快地工作着，老鼠也是，很快两人就在一个玻璃盘上找到些果冻，还找到一份冷鸡肉、少许松糕，相当丰富的龙虾沙拉。除此之外，他们又在餐具室发现一篮法式甜甜圈和大量的乳酪、奶油以及芹菜。他们正准备坐下来，鼹鼠又抱着一大把枪支，乒乒乓乓地从窗口爬进来。【名师点睛：鼹鼠默默地清理战利品，回应了上文中"鼹鼠立即穿窗而出，不见踪影"，揭示了鼹鼠的去向。】

"一切都结束啦。"他报告道，"我看得出来，原本已经惊慌失措的白鼬们，一听到满屋子乱哄哄的尖叫和大吼，有些马上扔下长枪逃命去了。另外一些坚持得久一点，可是当黄鼠狼朝着他们冲出去时，他们还以为自己被出卖了，于是抓住黄鼠狼扭打，而黄鼠狼也拳打脚踢地希望找出一条脱身之路。于是他们扭打成一团，然后一直滚啊，滚啊，滚得绝大多数掉进河里了！总之，现在他们全都不见踪影啦，于是我收取了他们遗留下来的枪支，所以，一切都圆满收场啦！"

"真是一只大有功劳的优秀动物！"獾嚼着满嘴的鸡肉和松糕，【名师点睛：獾再一次夸奖鼹鼠，更加说明了他对鼹鼠的欣赏。】说，"现在，鼹鼠，在你坐下来和我们一道儿吃晚餐以前，我还有一件事要你去做。要不是我知道可以信任你必定会把每一件事办好，也不会麻烦你的。但愿我对所认识的每只动物都能这么说。倘若老鼠不是位诗人，我会改派他。我要你将地板上那几个家伙带上楼去打扫几间卧房，彻底打理整

165

柳林风声

洁，弄得舒舒服服的。留意让他们清扫床底下，换上干净的被单和枕头套，把床罩的一角朝下翻，这个你知道该怎么做。另外，每个房间还要添一个热水罐、几条干净毛巾、几块新肥皂。接下来，如果能够让你觉得满意一点的话，不妨把他们每只都揍一顿，然后把他们从后门赶出去，我想我们永远不要再看见他们了。然后过来尝点儿这个冷鸡肉，风味绝佳哟！【名师点睛：獾平时不露声色，却是一个名副其实的管理人才。他将事情安排得井井有条，表现了其非凡的管理能力。】鼹鼠，我很欣赏你——"

好脾气的鼹鼠拿起一支棍棒，要地板上那群战俘排成一列，下达命令："快步前进！"然后带队上楼。经过一段时间后，他带着微笑回来了，宣称每个房间都已准备妥当，干净整齐，一尘不染。"还有，我用不着揍他们，"他补充道，"我想，今天晚上那些黄鼠狼已经被打得够惨了。当我对他们指出这一点时，他们全都完全同意，并且说他们不愿麻烦我。他们十分内疚，并表示对自己过去的所作所为非常后悔，但那全是黄鼠狼头目和白鼬们的错，任何时候要是有用得着他们做任何事情好赎罪的话，我们只要开个口就行了。于是我给他们每人一个甜甜圈，让他们从后门离开，他们全都铆足全力，飞一般地跑了。"【名师点睛：表现了鼹鼠的善良，对待对手和战俘都如此仁慈。】

接着鼹鼠把自己的椅子拉到桌边，埋头大吃冷鸡肉。而蛤蟆也表现出绅士风度，把所有的醋意全抛开，由衷表示："谢谢你，亲爱的鼹鼠，谢谢你今晚不辞劳苦，不畏麻烦，更谢谢你今早的机智！"【名师点睛：蛤蟆虔诚的道谢与之前的形象形成对比，同时蛤蟆现在领会到鼹鼠的良苦用心了。】獾听了很是开心："我勇敢的蛤蟆说得好！"于是他们痛痛快快、心满意足地吃饱了晚餐，然后各自就寝，在他们以无可匹敌的锐气、完善的战略和精湛的棍技夺回的蛤蟆祖宅内，安安稳稳地睡在洁净的被单上。

第二天早上，像平常一样老是晚起的蛤蟆，下楼吃早餐时已经晚得失面子了。他在桌上发现许多空蛋壳，一些又冷又硬的吐司片，一壶已经喝去一大半的咖啡。想到这里毕竟是他自己的家，再看看眼前那画面,他的情绪可很难好得起来了!【名师点睛:表现了蛤蟆失落的心情。】从早餐室的落地窗望去,他看见鼹鼠和老鼠正坐在外面草坪里的柳条椅上,时而哈哈大笑,时而抬起他们的小短腿在空中乱踢乱蹬,显然正在天南地北地聊天。

獾呢?坐在摇椅上埋头看报纸,当蛤蟆进来时,他只是抬起眼皮,朝他点个头。【名师点睛:蛤蟆在朋友们那里并不是很受欢迎,可见他的所作所为让他的朋友们很难一时间恢复对他的好态度。】但蛤蟆深知他的为人,于是坐下来,尽可能替自己弄顿最好的早餐吃,一心只顾思量着迟早要和另外两只动物扯平。等他快吃完早餐时,獾抬起头来简短有力地表明:"很抱歉,蛤蟆,我想眼前你有件相当重要的晨间工作要做。你知道,我们真的应该马上举办一场宴会,以便庆祝这件事。那是你理当做的——事实上,这是规矩。不过,你也最适合来做这样的事情了,凭你那高超的演讲天赋。"

"噢,没问题!"蛤蟆一口答应,"但凭吩咐。只是我实在想不通,你究竟为什么会想在早上举办一场宴会?你知道我活着并非为了让自己开心,而纯粹是为了弄清朋友们的愿望,然后设法为他们安排,亲爱的獾!"

"你已经够蠢了,用不着再装得更蠢。"獾暴躁地回答,"也别一讲话就口沫横飞,往你的咖啡里头喷一大堆口水。【名师点睛:獾此时的暴躁与平时的沉稳形成了鲜明的对比,他为何对蛤蟆如此生气呢?】我的意思是,宴会当然要在晚上举行,但邀请函则应该在早上写好,马上送出去。好啦,坐到那张桌边去——那边有叠信纸,顶上已经以金、蓝二色写好'蛤蟆府'三个字——快写好邀请函给我们所有的朋友吧。要是你一直认真地写,午餐以前我们就可以把帖子发出去了。另外我也会助你一臂之力,尽到我的职责。我会安排好宴会事宜。"獾还是考虑到了蛤蟆的感受,他主动包下了晚上宴会的筹备事宜,分担了很大一部分工作。

"什么!"蛤蟆大叫,"这样一个晴朗宜人的早晨,我正想把所有的人与事整顿就绪,大摇大摆地享受一番乐趣,你却要我待在屋内写一大堆

167

> 柳林风声

蹩脚信！绝不！我要——我要让你——不过，嗯，等一等！噢，当然，亲爱的獾！我一个人的乐趣或便利和其他人的相比算什么呢？你要我办，我就办。去吧，獾，去安排宴会事宜，你爱怎么安排就怎么安排，我愿意为友谊和责任奉献出这个完美的早晨。"【名师点睛：蛤蟆自从蹲完监狱就不喜欢被人指挥，所以听到獾的安排他很恼火。但是他的态度马上就发生了转变，为什么转变得如此之快？他又有什么打算？】

獾满腹狐疑地盯着他，但蛤蟆那坦率爽直的神情让人很难猜测到这态度的转变有任何卑劣的动机。他由厨房方向退出早餐室，背后的门才刚关上，蛤蟆立即匆匆坐到写字台边。他要写邀请函，他要特别留意提到自己在这一仗中所居的领导地位，还有他如何撂倒黄鼠狼头目，他一定要将这一段得意之战公之于众。【名师点睛：揭示了蛤蟆态度转变的原因，这才是他转变的动机。】同时在扉页上面他将列出今晚的余兴节目表——他在脑中构思着，大概是像这样子：

演讲　演出者：蛤蟆
（晚间蛤蟆将陆续发表几次讲话）
演说　演出者：蛤蟆
大纲——我们的狱政制度——老英国的水路——马匹交易与交易手段——产业，它的权利与义务——重返家园——一位典型的英国乡绅
歌曲　演唱者：蛤蟆
（本人亲自填词作曲）
其他创作曲　演唱者：蛤蟆
晚会间穿插演出　演唱者：蛤蟆【名师点睛：整个晚上的表演者都是蛤蟆，表现了蛤蟆的好大喜功、自我吹嘘。】

这念头让他快活极啦！他俯首疾书，在近午时分将所有信件写完。

就在此时,据报有个满身泥泞的小黄鼠狼来到门口,怯生生地问几位绅士可有需要他效劳之处。蛤蟆走到门口,发现原来是昨晚的俘虏之一,正恭敬地急着取悦他们。他拍拍黄鼠狼的头,把一整束邀请函塞入他的掌中,吩咐他赶紧到处投递,尽快分送完。倘若能够在傍晚以前办好这件差事的话,说不定会有一先令赏他,不过也不一定。<u>可怜的黄鼠狼似乎真的感激涕零,迫不及待地奔出去办事去啦!</u>【名师点睛:黄鼠狼真的将邀请函送到了吗?有没有发生变故呢?】

午餐刚一吃完,蛤蟆便将双爪深深插进口袋里,吊儿郎当地表示:"喂,尽情地玩吧,各位!想要什么尽管说。"然后趾高气扬地朝花园走去,想在那里替即将到来的演讲构思一两个点子,这时老鼠过来抓住他的手臂。

蛤蟆不知道他究竟想干什么,便使尽全力想要挣脱,但当獾坚定有力地抓住他另一只手臂时,他便知道游戏结束啦!<u>两只动物左右挟持,把蛤蟆带进房门向着门廊推开的小小吸烟室,砰的一声关上了那扇门,将他推到一把椅子上,然后双双站在他面前。而蛤蟆则闷不哼声地坐在椅子上,带着满腹疑云,情绪恶劣地打量着他俩。</u>【写作借鉴:通过动作描写,表现了獾和老鼠对蛤蟆的阻止。】

"喂,注意听着,蛤蟆,"老鼠说,"关于这场宴会的事情,非常遗憾我必须像这样和你说话。不过我们希望你明白,晚会时将不会有任何演讲或歌唱。你要了解这个事实,这一次我们不是在跟你争论,而是通知你。"此时蛤蟆意识到自己交给小黄鼠狼的邀请函被獾他们看到了,他们对自己的发挥并不认可,他们阻止了邀请函的发出,自己向亲友们夸耀的机会被剥夺了,蛤蟆瞬间感到有些伤感。

"就为他们唱一支小曲也不行吗?"蛤蟆可怜兮兮地哀求。【名师点睛:表现蛤蟆强烈的表演欲望。蛤蟆就是这样喜欢表现的动物,他的内心总是希望引人注意。】

"不行,一支小曲也不行。"尽管老鼠一见可怜的蛤蟆失望得嘴唇发抖

▶ 柳林风声

就有些不忍,但仍断然表示,"没用的,蛤蟆老弟。你明知道自己唱的都是些自夸、虚荣的歌曲,你的演说都是自卖自夸,而且——粗俗夸张得不得了,而且——"

"而且全是垃圾。"獾一针见血地说道。【名师点睛:獾说话总是这样直接,但正是因为这样的直接让他在朋友们那里有着至高无上的权威,獾说话蛤蟆不敢反驳。】

"这是为你自己好,蛤蟆。"老鼠接着表示,"你知道你迟早必须展开新生活,而现在似乎正是开创它的绝佳时机,这可是你人生的转折点。其实说这些话时我比你更难过。"

蛤蟆沉思良久。最后他抬起头来,带着一脸激动莫名的表情。"你们赢了,我的朋友。"他声音哽咽地说,"坦白说,其实我所要求的只是一件小事——只求能再有一晚的灿烂与夸耀,让我尽情地接受那对我而言似乎永恒无尽的如雷鸣般的喝彩声,以激发我的优点。然而,我知道,你们说得对,我错了。从今以后我将会做一只改头换面的蛤蟆。【名师点睛:蛤蟆真的能痛改前非吗?能改掉自吹自擂的毛病吗?】朋友们,你们将永远不用再为我脸红了。只是,噢,天哪,天哪,这真是个严酷的世界!"

随即,蛤蟆用手帕蒙住整张脸,跟跟跄跄地走出吸烟室。

"獾,"老鼠说,"我觉得自己像个冷血动物,不知道你是什么感觉?"

"噢,我懂,我懂,"獾说,"只是这件事情非做不可啊!这善良的孩子必须在这儿生活,必须保持适当水准,受人尊敬。难道你愿意他成为别人的笑柄,任由白鼬和黄鼠狼们调侃、奚落吗?"【名师点睛:表现了老鼠和獾对蛤蟆的关心和心疼,为了蛤蟆的将来他们必须这样强行阻止。】

"当然不愿意。"老鼠说,"还有,提到黄鼠狼,幸亏我们凑巧在那小黄鼠狼正要发送蛤蟆的邀请函时撞见他。从你告诉我的话里我就怀疑里头大有文章,并且仔细看了两封。真是丢脸哟,我把原来那批全没收了,这会儿鼹鼠正坐在蓝色房间里重新写简单、朴实的邀请函呢!"

终于,宴会展开的时刻接近了,离开大家后,蛤蟆回到自己房间还满脸心思。他一手支着额头，陷入漫长的沉思。渐渐地，他一扫愁容，露出缓缓的、长长的微笑，接着扭扭捏捏、害臊地发出窃窃嬉笑声。

<u>最后他站起来，锁上房门，拉上窗帘，把房里所有的椅子拉过来排成半圆形，站到它们的正前方，鼓胀起肚皮，然后一鞠躬，轻咳两声，对着想象之中清晰可见的狂欢听众尽情地引吭高歌：</u>【名师点睛：蛤蟆在房间里排练，他在想象中过了一把演讲的瘾。】

蛤蟆的最后一支小曲

蛤蟆——回——家啦！客厅里慌成一团，走道上一片哀叹，牛棚里声声长号，马厩中阵阵尖叫，就在蛤蟆——回——家时！

就在蛤蟆——回——家时！窗户撞个粉碎，门板砰的一声倒下来，晕倒在地板上的是恃强凌弱的黄鼠狼，就在蛤蟆——回——家时！

砰！鼓声响起！号兵吹起喇叭，士兵在致敬，他们发射霰弹枪，呼呼开着汽车跑，正当——英雄——来到时！

高呼——万岁！让每一个人试着喊出响彻云霄的声音，向一只你们深深引以为荣的动物致敬，因为这是蛤蟆——伟大——的日子！

<u>蛤蟆的声音洪亮，唱得津津有味，痛痛快快发泄了一场。唱完之后，又从头到尾再唱一遍。然后，他吐出一声沉沉的、长长的叹息！</u>【名师点睛：大过演讲瘾之后的蛤蟆为何要叹息呢？此处设置疑问，为下文的发展埋下伏笔。】他把自己的发梳浸入水瓶里，将头发中分，上发膏，梳得一丝不乱、油油亮亮地贴在脸颊两侧。他打开门锁，悄悄地下楼迎接他知道的想必都聚集在客厅的来宾。

当蛤蟆进入厅中，所有的客人无不鼓掌欢呼，围拢过来恭喜他，对他的勇气、聪颖和战斗才华大加赞扬！但蛤蟆只是带着淡淡的笑容，轻声

▶ 柳林风声

嘟哝着："没有的事！"或者有时变化一下，说："绝非如此！"正站在壁炉毡上向一圈仰慕的朋友们描述倘若自己在场将会如何处理大局的水獭走上前来，伸出一只粗壮的手臂揽住蛤蟆的脖子，想要带着他以胜利者的步伐绕场一周，但蛤蟆却以令他觉得相当怠慢的温和态度，委婉地推辞了。【名师点睛：蛤蟆一反常态，冷静地对待这场宴会，看来他真的领悟到了獾、老鼠和鼹鼠他们的良苦用心。】"獾才是首脑人物，鼹鼠和老鼠在战斗中一马当先、冲锋陷阵，我只是参与其事，做得很少，甚至可以说没有。"在场所有的动物全被他这出乎意料的态度吓了一大跳，而蛤蟆应酬着一位位客人，做出谦逊的回应时，自己已俨然成为吸引全场关注的焦点。

獾把所有事情安排得棒极啦，整场宴会非常成功！动物之间谈话声不断、笑声满堂，互相开玩笑，而蛤蟆却始终垂着头，没有对两旁的动物说任何一句诙谐的俏皮话。偶尔，他会偷偷瞥一眼獾和老鼠，每次总是看见他俩张着嘴巴，望着对方，同时对他的表现大表满意。【名师点睛：没有演讲的蛤蟆也许内心有些失落，但是他的朋友老鼠和獾却对他很满意。】有些比较年轻活泼的动物随着时间渐渐晚了，彼此附耳低语，说今晚不像他们美好的往日那般好玩！有些动物敲打着桌面大叫："蛤蟆！演讲！蛤蟆发表演讲！唱歌——蛤蟆先生唱歌！"但蛤蟆只是轻轻摇头，抬起一只手爪推却，借着不断要客人们多吃些点心，借着针对某个特定主题的小小谈话，借着殷勤地询问客人们家中年纪太小、还无法出席社交场合的成员近况，设法向大家传达这场餐宴是严格地依照传统方式进行的。

他的确是只改头换面了的蛤蟆！【名师点睛：照应了前文"从今以后我将会做一只改头换面的蛤蟆"，揭示了前文的伏笔。】

经过这阵高潮后，四只动物重拾被战斗猛烈破坏的生活，快快乐乐、惬意安详，不再遭受任何攻击的困扰。蛤蟆在和朋友们仔细磋商之后，挑了一组镶着珍珠的漂亮金项链、金手镯，附带一封连獾看了也认为写得很谦虚、充满感激之意的信寄去送给狱吏的女儿。对于火车司机则给予适度的感谢,并弥补他所受的一切痛苦和麻烦。在獾的严厉逼迫下,就连那船妇也被费了一番工夫找到,并在谨慎估计后给予赔偿。尽管蛤蟆对此极力反对,认为不过是受了命运女神的差遣去惩罚那有眼无珠的胖女人。【名师点睛:改变之后的蛤蟆决定对帮助过自己的人给予感谢,说明他有感恩的心。但他不情愿赔偿船妇,说明他疾恶如仇。这一点反衬了獾的大度和宽容。】至于总额并非太高,经地方上的估价员证实,那吉卜赛人的估价还是极为公道的。

有时候,在漫长的夏日黄昏里,几位好友会结伴前往他们认为如今相当驯服的野树林散步,看到他们如何受到林中居民的尊敬与欢迎,见到黄鼠狼妈妈带着她们的小娃儿来到洞口,说:"瞧,小宝贝!那位是伟大的蛤蟆先生!和他并肩的是英勇豪侠的老鼠,一位可怕的战士!远远走来的是你父亲常常告诉你的那位,大名鼎鼎的鼹鼠先生!"【名师点睛:通过黄鼠狼妈妈的话,表现了蛤蟆、鼹鼠、老鼠等依旧在一起生活,而且他们成了森林里有名的英雄和榜样,成了和獾一样的人呢!】这当真是一件令人快活的事。万一她们的宝宝性情乖张易怒、难以管教的话,她们就会对孩子说要是再不安静下来,可怕的灰獾就要来抓他们喽,这样孩子必定马上乖乖静下来。这对獾实在是非常不公平的中伤。因为他虽然素性不爱与人交际,却相当喜欢小孩子,不过这一招的效果从来不曾打过折呢!

知识考点

1. 填空题。

天色渐暗,为了迎接即将开始的战斗,老鼠在每个动物的腰间系上一条_____,并插上一把_____,为了保持平衡,在另一侧腰间配上了_____。

▶ 柳林风声

2. 选择题。

进入秘道后,蛤蟆浑身哆嗦的原因有哪些?(多选) (　　)

A.他感受到了家的呼唤,感受到了父亲的良苦用心。

B.秘道内太昏暗,他害怕前面可能遇到不测。

C.他跌进水里,浑身湿透,冷得直哆嗦。

D.因为獾扬言要丢下蛤蟆,蛤蟆又伤心又生气。

3. 问答题。

獾让蛤蟆写邀请函,蛤蟆为什么起初不乐意,最后却欣然接受了?

_____

_____

阅读与思考

1.在宴会上蛤蟆有没有唱歌?

2.读完《柳林风声》后你有什么感想?

《柳林风声》读后感

读了《柳林风声》这本书,我着实感动了一把。作者让我们感受到的是那些让人羡慕的田园风光,还有獾、老鼠、鼹鼠和蛤蟆之间的深厚友谊。

《柳林风声》主要讲述了四个小动物一起生活、玩乐和历险的故事。住在野树林中的獾虽然很少露面,却是一个极有影响力的动物;本性敦厚、善良的老鼠愿意与朋友们分享他的所有,而且极富同情心;鼹鼠是一个任劳任怨、愿意帮助人并且肯动脑筋的家伙,他总是悄悄地为大伙做事,而且总是以积极的态度面对生活;傲慢自大的蛤蟆靠着优裕的祖传家产挥霍浪费,连自己的家都没能保住。最后,蛤蟆在三个好朋友的帮助下,不仅把家产夺了回来,还改变了挥霍浪费且骄傲自大的缺点,变得十分谦逊了。

这部作品把我们带到了美妙的动物世界,而我们就好似这里的居民一样,可以亲见老成持重的獾、善良敦厚的老鼠、任劳任怨的鼹鼠,还有放浪不羁的蛤蟆。在这里,我们可以感受到那丝丝温暖而又悄然无声的东西——友情。

这部作品还把我们带到作者肯尼斯·格雷厄姆的世界里,让我们感受到和平安宁的乡村生活和温暖的家庭氛围,让我们随着这些可爱的动物感受泰晤士河岸的四季生活。

也许《柳林风声》本身的故事平淡无奇,但作者大胆地凭借童心、童趣以及家这几条主要线索,把点点滴滴的故事通过这些动物的生活再现出来。实际上,"风声"就是这些动物们发生的一系列

▶ 柳林风声

的故事。

　　读了如此美妙、有趣和温馨的作品,我仿佛又回到了那段充满童趣的童年时光,我是多么想感受一下那一缕缕动人的"风声"啊!

参考答案

第一章 河岸

知识考点

1. 水獭 獾 蛤蟆 蜉蝣
2. ×
3. 鼹鼠经历了"自满—羡慕—忌妒—得意—惊慌失措—后悔—羞愧、沮丧—深感抱歉—感动"等一系列心理活动变化。

第二章 大道通衢

知识考点

1. 单纯 好性子 重感情 听不得别人说他的好话
2. D
3. 示例：这紧邻河畔建成的老宅第，真是美丽气派，环境宜人！色泽柔和的红砖墙，蜿蜒的绿草坪，万紫千红的花卉，简直是一座美丽的大花园！

第三章 野树林

知识考点

1. 绿色 黑压压 一幅幅漫画 昏暗 越垂越近 杳无人烟
2. √
3. 老鼠提议到前面有小丘的小峡谷去，到达那里后，鼹鼠的小腿不小心被划伤了，老鼠查看鼹鼠的伤口后，觉得是金属物品给刮伤的，于是动手清理雪，挖出了一块门口刮泥板，而这个东西正是獾家的。就这样，他们找到了獾的家。

第四章 獾先生

知识考点

1. 安全 宁静 但终归要回到地下来 搬进出租公寓 屋瓦 塌了 龟裂
2. A
3. 老鼠和鼹鼠进门后，獾给两人拿了干净的睡衣和拖鞋，并给鼹鼠清洗、包扎伤口；然后，给他们准备丰盛的饭菜，耐心听他们讲冒险故事；老鼠犯困后，带他们去已准备好柔软的床和洁净的床单的房间休息。

第五章 温馨家园

知识考点

1. 小巧 设计 最合适 把睡铺凿入墙壁
2. ×
3. 老鼠一点也不在意，反而觉得鼹鼠的家很温馨、很舒服，表示自己很开心能来到鼹鼠的家，并要和鼹鼠一起大扫除，然后一点儿也不客气地钻进地窖拿酒喝的。这些举动很好地安慰了鼹鼠。

第六章 蛤蟆先生

知识考点

1. 金钱 飞车 撞车 警察 名声 明白事理 心地善良、关心朋友

177

2.B

3.蛤蟆的结局是被判入狱二十年。我觉得他咎由自取,獾、老鼠和鼹鼠多次真诚地劝告他,并在美好时间里不怕麻烦地帮助他戒掉关于汽车的瘾,但他不仅不听劝,还装病哄骗老鼠逃走了。蛤蟆的悲惨结局是他自己造成的,不值得原谅。

第七章　黎明前的笛声

知识考点

1.银色　树篱　空心大树　地道　小涵洞　水沟　水道

2.×

3.因为那里是水獭第一次教儿子小胖游泳的地方,也是过去他教小胖钓鱼的地方。小胖在那里钓到了第一尾鱼,那儿对他有非凡的意义,是他深爱的地方。所以水獭决定在那里守望、等待儿子归来。

第八章　蛤蟆历险记

知识考点

1.喜欢宠物　香茶　奶油吐司　爱慕柔情　爱慕虚荣、骄傲

2.A

3.蛤蟆开始是拒绝的。因为在他看来,让蛤蟆府的蛤蟆先生扮成一个洗衣妇到处走是不可能的,这有损他的身份。

第九章　浪迹天涯的旅行者

知识考点

1.君士坦丁堡　希腊群岛　爱琴海　亚德里亚　威尼斯　意大利　巴勒摩　萨丁尼亚　阿拉西奥　西班牙

2.×

3.老鼠看着伙伴们飞走的飞走,告别的告别,或热烈地讨论着飞往南方的计划,心里很难过,也很不舍,他十分渴望朋友们能够留下来。

第十章　蛤蟆历险记续篇

知识考点

1.看望女儿　六先令六便士　水池

2.C

3.因为蛤蟆还是一身洗衣妇的装扮,他们没有认出眼前的蛤蟆是偷车的那位。因此在蛤蟆提出开车的请求后,他们觉得眼前的"洗衣妇"很勇敢,便答应了。

第十一章　蛤蟆泪如雨下

知识考点

1.马车道　后院　办公间　温室　弹子房

2.√

3.鼹鼠穿上蛤蟆的洗衣妇衣服去了蛤蟆府,假装透露今天晚上獾和老鼠将去进攻蛤蟆府。獾十分赞赏鼹鼠的做法,因为这样可以扰乱敌人的阵脚,方便我方实施计划。

第十二章　荣归故里

知识考点

1.皮带　长剑　弯刀

2.BC

3.因为蛤蟆打算好好享受这一个晴朗宜人的早晨,而写邀请函要花好长时间,所以蛤蟆很抗拒。但想到邀请函的内容可以自己做主,蛤蟆便爽快地答应了,这样他就可以突出自己在这次夺回蛤蟆府战斗中的作用,好好夸耀自己一番。